方圆之间

付立果 著

中国言实出版社

图书在版编目(CIP)数据

方圆之间 / 付立果著. -- 北京：中国言实出版社，
2024. 12. -- ISBN 978-7-5171-4995-8

Ⅰ. I247.5

中国国家版本馆CIP数据核字第2024ZU6211号

方圆之间

责任编辑：史会美
责任校对：王君宁

出版发行：中国言实出版社
    地 址：北京市朝阳区北苑路180号加利大厦5号楼105室
    邮 编：100101
    编辑部：北京市海淀区花园北路35号院9号楼302室
    邮 编：100083
    电 话：010-64924853（总编室） 010-64924716（发行部）
    网 址：www.zgyscbs.cn 电子邮箱：zgyscbs@263.net

经 销：新华书店
印 刷：北京铭传印刷有限公司
版 次：2025年1月第1版 2025年1月第1次印刷
规 格：880毫米×1230毫米 1/32 11.25印张
字 数：230千字

定 价：58.00元
书 号：ISBN 978-7-5171-4995-8

谨以此书献给

基层一线可敬可爱的商业银行人!

序 | 基层商业银行人的赞歌

　　我与作者付立果先生结缘于文字。几十年前,我在报社工作时,立果便时有散文刊发,从那时起,我就感觉出了他对文学的热衷与创作的潜质。果不其然,后来,他的诗歌、散文、小说便陆续在市、省及国家级刊物刊发,并屡获奖项。

　　我读过多篇立果写的中短篇小说,文笔朴素,语言流畅,内容生动且富有哲理。有一天,他发微信告诉我,应中国金融作家协会常务副主席龚文宣先生之邀约,要写一部长篇小说,我回复:"好! 期待大作早成!"之后,便忘记了此事。没想到,一年后的一天,立果突然把完稿的长篇小说《方圆之间》微信发给了我，谦虚地让我帮其修改润色。

说实话，我是从头到尾看完了全篇的。看后令人印象深刻，小说确实写得不错。正如中国金融作协常务副主席龚文宣先生点评："主题明确，立意清晰，结构合理；尤其令人喜欢之处，就是细节的真实，许多时候，银行人并非那么光鲜亮丽，还有日子的无奈和奋斗的辛酸。"

立果虽是银行人，却是一个笔耕不辍、挚爱文学的人。他不仅喜欢写小说，还喜欢写散文、诗歌。他写的杂文笔锋犀利，针砭时弊一针见血，不入俗流，颇具文人风骨，爱国爱民之情怀跃然纸上，令人印象深刻。尤其难能可贵的是，他还开办了个人微信公众号"沂蒙山文苑"，多年来坚持不懈，自写自编自发诗歌、散文、小说数百篇，没有对文学的挚爱是很难做到的。

小说故事有两条主线，一是工作业绩线，即邢真（故事人物）为了晋升主动请缨下基层履职支行一把手，且立下了"军令状"；另一条是爱情线，邢真与妻子，邢真与中学女同学温欣若隐若现的情感纠葛。邢真作为一个从农村考出来的银行职员，自卑自强且干练的个性在小说中得到充分展现；李之栋（支行分管营销行长）的灵活机智，黄原（支行分管风控行长）的较真，温欣

（企业女老总）的热情大方，令人过目难忘。小说以银行内部工作故事为主，又兼写了行业重大突发应急事件，可谓一波未平一波又起，扣人心弦！

小说以正能量为主，但也揭示了银行改革过程中存在的问题与不足，更加彰显了基层银行人的艰辛。具体而言，《方圆之间》有以下几个突出的特点：

基层特色显著，可以说是一部真正接地气的小说。一般的小说大多是突出一个或几个主要人物，其他人物都是配角。《方圆之间》却涉猎广泛，突出底层人物，从网点柜员、大堂经理、客户经理、ATM管理员、科技管理员到网点负责人、部门经理，再到支行分管行长、行长，几乎涵盖了基层银行的全部岗位，个个都是主人公。作者以生动细腻的笔法谱写了一曲基层银行员工的感人赞歌——有心酸、有无奈，更有奉献坚持与牺牲。基层银行人读后，一定会感同身受，甚至为之泪流。

金融特色显著，可以说是基层银行的半部百科全书。从网点业务到信贷业务，从客户服务到客户营销，从基层干部人事管理到绩效工资管理，从银行业务服务到突发应急事件应对，从内部管理到外部环境融通，从基层具体业务管理到全行业务问题思考与措施建议等多侧面、多场景、多角度展现了商业银行的业务特色、职业特色。小说像洞房里新郎慢慢挑开了新娘的红面纱，揭开了"新娘"商业银行的神秘面目。读后，令人耳目一新，为之一振。

情感特色显著，可以说是一曲爱情与友情、家庭与事业的交响乐。有孤独时爱人的温情陪伴，亦有困境时友人的雪中送炭，有家庭生活的百般无奈，亦有工作中的思绪万千。情感与理智碰撞，事业与梦想交融。读后，令人遐想，令人深思。

至于小说取名《方圆之间》作者也是颇费心思：一是寓意古钱币——"内方外圆"；二是寓意算盘——"珠圆框方、珠联璧合"，银行曾有"铁算盘"之美誉；三是寓意银行铁规章与为人处世行为规范——"智圆行方"。

如果你打算进入商业银行工作，那么通过《方圆之间》可以全面了解商业银行究竟为何物，是否适合你的"口味"。

如果你是基层银行青年员工，那么通过《方圆之间》不仅可以学到更多的专业银行知识，还有助于个人职业生涯的规划，助力个人成长。

如果你是基层银行部门经理或支行管理者，那么通过《方圆之间》可以领略到更多切合实际的管理经验或教训，助力你在事业上更上一层楼。

如果你是已退休的银行人，那么通过《方圆之间》

可以欣赏到自己过往的故事,看到基层银行个个岗位工作者曾经的身影。

如果你只是一名非银行社会人员,那么通过《方圆之间》,你可以看到银行及银行人的真实面目,了解银行这一特殊行业中发生的鲜为人知的精彩故事。

文艺源于生活。《方圆之间》之所以能够打动我,除了作者对基层员工饱含深情的同情与挚爱之外,还离不开作者近四十年的基层商业银行经历:从金融科班出身到国有四大银行之一的某商业银行乡镇办事处工作,再到县支行、市分行,最后又回到县支行;从一线网点柜员到网点负责人、部门业务主管,再到支行总会计、分管行长。作者经历了基层行各岗位磨炼,亲身体验并洞悉了基层员工的艰辛付出、情感世界与精神需求。正因如此,才成就了如此接地气的小说。与其说《方圆之间》是一部演义小说,不如说它是一部纪实报告文学,只不过内容表达比报告文学更生动、更出彩而已。从这里,可以看到金融正史中所看不到的银行真实故事。

当然,小说也存在一些不足之处,比如因故事过于真实而显得感情渲染不够浓重;涉猎一线人物较广,主要人物显得不够突出,人物形象欠丰满;业务专业性较强,故事牵着人物走,而非人物决定故事;地方特色不够鲜明等。但瑕不掩瑜，小说立足基层，投入真情实感，读后令人耳目一新，既有人生感悟，也有专业知识收获。

2024 年 7 月英国《银行家》杂志公布全球银行 1000 强排名，前二十名中国占其十，工、建、农、中四大中国银行则分列前四名。中国银行业快速崛起，靠的是改革开放，靠的是制度优势。离不开国运时运，更离不开基层一线百万银行职员的奋斗与奉献！虽然他们在系统内工作最累、付出最多，收入相对较低，却在平凡的岗位上默默献出了青春乃至生命，演绎了银行业特有的感人故事。

无论千行百业，基层一线员工永远是一个行业牢不可破的基石；无论一个行业的业绩多么辉煌，都离不开基层一线员工的辛勤付出与贡献。四大国有商业银行如今已跃进世界商业银行前列，同样离不开广大基层员工的辛勤付出与奉献，他们永远是值得文艺工作者歌颂的对象。

最后，愿有更多的银行文艺人写基层银行人的故事，像《方圆之间》一样，为广大一线商业银行人高颂赞歌，为金融梦、中国梦添彩。

临沂日报社传媒研究院院长　牛耕

2024 年 12 月 16 日于沂河之滨

一

　　一辆暗金色商务车在日兰高速公路上由东向西快速行驶，马上就要到达蒙山县了。路北数公里之外，四月雨后的蒙山翠绿如洗，白云缭绕。浩荡的蒙山山脉，如一条伏卧在天边的黛绿色的长龙，若隐若现，连绵不断，又像是一幅巨型的水墨丹青画卷，慢慢地飘移过车窗。

　　邢真无心欣赏蒙山的景色，今天是他走马上任蒙山县支行行长的第一天，同行的除了驾驶员外还有市分行分管人事的张岳副行长、人事部总经理王辉，他们是受市分行委托到蒙山支行宣布最新人事任命的。张岳、王辉一路有说有笑，对于他们两人而言，蒙山县之行只是公差，一次短暂的行程而已，轻松愉快，而邢真就不同了。

21世纪初国有大型商业银行相继进行了股份制重组改革，成功上市，可谓涅槃重生，开启了中国商业银行市场化改革开放发展的新篇章。金融企业焕发出新的生机，员工积极性得到大幅提升。但由于受2008年美国次贷金融危机以及区域经营管理影响，作为AB银行下属的蒙山支行，至今还没有走出困境。业务经营、员工思想似乎依然停留在股改前的状态，近几年在市分行业务经营综合考核中几乎年年垫底。市分行十分着急，为了改变现状，经过慎重选拔，最终确定让机构业务部副总经理邢真担此重任。

临行前，市分行宋泽民行长还与邢真进行了单独谈话。蒙山县曾是红色金融的摇篮，北海银行鲁南印钞厂旧址就在该县天宝山腹地。在抗日战争时期，北海银行所发行的纸币成为山东革命根据地流通的主币，这也使沂蒙地区在抗日战争时期真正成为山东乃至全国根据地的金融中心。20世纪末，蒙山支行亏损严重，还差点被省分行撤并了。如今经营又出现了问题。在战火纷飞的抗战年代，在深山老林的溶洞中，北海银行鲁南印钞厂依然经营得如火如荼威震齐鲁，今天，我们更没理由不把蒙山支行经营好啊！否则，无法给前辈金融人一个交代。

2010年第一季度业务经营综合考核主要指标结果已经出来了，不出意外的话蒙山支行在全市十九家县（区）支行中排名又是倒数第一。邢真可是毛遂自荐出任蒙山支行行长并给市分行立下"军令状"的，蒙山支行今后的工作如何开展、制约支行发展的瓶颈究竟有哪些……一个个问题令他思索不断。

"邢行长，步行登过蒙山吗？"张岳的话打断了邢真的思考。

"只登过一次，过了两天才歇过来。"

"是啊，蒙山虽比泰山低了点，但爬起来累人程度一点也不亚于泰山，我也爬过一次。"王辉说。

"我坐车上去过一次，下山走下来的。蒙山风景很好，奇松怪石、竹林碧水，草木植被好，负氧离子含量很高。"张岳说。

"好啊，以后欢迎张行长、王总多到蒙山支行指导工作，有时间陪你们一起登蒙山，来一次醉氧运动。"

"肯定还会来的。蒙山支行的李之栋行长、黄原行长都熟悉吧？"张岳问邢真。

"李行长熟悉，我在市分行机构业务部和他分管的业务对口，经常打交道，黄行长认识但不是太熟。"

"你们这班子搭配得还挺有意思的，一把手1972年的，二把手李之栋1969年，三把手黄原1966年的，一个比一个小了三岁。"王辉说。

"不愧是管人事的，对每个人的年龄都了如指掌。"张岳看了看王辉，接着说，"李之栋、黄原两个人各有特点，黄原有个全市闻名的口头禅……"

还没等张岳说完，王辉边笑边抢着说出了答案："'我反对'，这是黄原当总会计时候的口头禅，会议研究的事项只要稍有问题，黄原表态发言的时候，第一句话就是'我反对'。现在变了，不说'我反对'了，改成'我不支持'了。"王辉的话引得张岳也哈哈笑了起来。

"李之栋性格比较随和，搞营销的大多都这样。他也有个口头禅，叫'我同意'，一把手提出的问题他都会同意。"张岳拿起杯子喝了口水，接着说，"李之栋比黄原年龄小，但提拔的比黄原早。论业务，李之栋在营销方面，黄原在内控管理方面都是好手，但最近几年蒙山支行无论是营销还是内控管理都不理想。你要分析分析原因，找出症结所在，才能尽快提升。"

"张行长放心好了，我不会让市分行失望的。"

"好！要的就是你这句话！"

二

　　蒙山支行三楼副行长办公室。李之栋刚上班就接到了市分行人事部王总的电话，说是新任行长到任，他和张岳副行长到蒙山支行宣布任命，让支行班子成员不要外出，等待见面会的召开。李之栋坐在电脑前，有一搭没一搭地浏览着内网上的一封封邮件，有公司业务部的、银行卡部的、结现业务部的、国际业务部的、机构业务部的……有任务分配表、指标考核通报、营销目标客户清单，不知怎的，今天看到这么多的邮件突然感到没有了压力。

李之栋原来是市场部主任，后来在前任行长提携下荣升为蒙山支行分管营销的副行长。也正因为此，他忠心维护前任行长，只要前任行长支持的事他都不会反对，才有了外界传说的"我同意"的口头禅。

　　李之栋身材匀称，中等个头，一双机灵的眼睛在和人谈话时始终转动不止，薄薄的两片嘴唇说起话来一套一套的，从来不会断茬。自从支行原来的一把手被调到市分行后，他就有了自己的小心思，直到昨天得知邢真将任职蒙山支行行长，骚动的心才恢复了平静，却又增加了一丝说不出来的失落。

　　作为支行二把手，临时主持工作三个月的李之栋主动做了不少工作，成功收回了一笔五百万元的逾期贷款，借新还旧完成了一笔一千万元即将逾期的贷款发放。这期间李之栋去过市分行几次，与市分行行长、分管行长汇报过工作，市分行领导对蒙山支行近期工作也给予了肯定。市分行分管公司业务的副行长还暗示过李之栋，这次有希望提拔为蒙山支行一把手。但李之栋没想到的是，最后竟然把一个没有支行管理经验的市分行部门副总空降到了蒙山支行。

　　既不懂营销又没有基层行管理经验的人怎样带领支行走出困境？市分行的领导究竟是怎么想的啊？只有骑

驴看唱本——走着瞧了，想到这里，李之栋摇了摇头，努了下嘴，脸上现出了一丝苦笑。

李之栋办公室的隔壁便是分管内部管理的黄原副行长的办公室。他也坐在电脑前，看着内网上的一长串邮件，有内控合规部的、运行管理部的、安全保卫部的、风险管理部的、计划财务部的、纪检监察室的、渠道服务办的……上面千条线、下面一根针，线再多也都要逐条认真起来。他逐个打开邮件，把重点内容逐项记在笔记本上。

黄原是银行学校科班出身，曾从事内部风控管理的总会计，后来总行撤销了总会计，转任了分管内控管理的副行长。黄原曾多年从事银行会计工作，精通银行业务，是全市系统内数一数二的业务骨干。他工作原则性强，遇事较真，在干总会计时"我反对"的口头禅便出了名。他个头不高、体形稍瘦，除了大额头和一双深沉聚神的眼睛外，看不出有什么吸引人的外表。

这几年来，尽管黄原做了不少内控管理工作，但蒙山支行内控管理工作在全市依然排名靠后，大案件虽然没有发生，但小问题不少。黄原忧心忡忡，如果继续发展下去，出问题是迟早的事。

原来的一把手人是好人，但过于软弱，加之支行在全市考核倒数，绩效工资年年下降，人心涣散，各项工作难以开展。今天，新行长终于要上任了，黄原期待是一个重视内控管理的行长，能够把以前没有落实的内控措施落实到位，尽快扭转支行内控管理工作的落后局面。

"丁零零"，一阵电话铃声打断了黄原的思路，是办公室打来的，通知到楼下迎接市分行领导及新任行长。

黄原来到县行后院，李之栋已经提前在院中了。大约五分钟，一辆暗金色商务车开了进来。车一停，李之栋立马上前拉开了车门，张岳、王辉和邢真先后走下车来。

一阵握手寒暄后，一起奔向支行三楼小会议室。

椭圆形的会议桌上已经摆好了写着红色个人名字的桌牌，几杯淡黄色的金银花茶飘荡着清香。上首一排中间是张岳、王辉，对面分别是邢真、李之栋、黄原，办公室主任文波列席并做会议记录。

张岳首先宣读了市分行对邢真的任命意见：蒙山支行党总支书记、副行长主持工作，待监管部门核准后再行任命。张岳对邢真进行了简单介绍，无非是市分行的信任、邢真工作能力强等。介绍结束后，张岳微笑着对李之栋说："你是蒙山的二把手，也说两句吧。"

"我表个态吧，服从市分行的决定，在邢行长的带领下，全力做好本职工作，争取尽快摘去蒙山支行落后的帽子。其他也没什么了。"

张岳微笑着又向黄原点头示意了一下，黄原放下手中的笔，说："蒙山支行这几年不仅效益不好，内控管理也落后，作为分管行长，我是有责任的。今后，我会多向邢行长汇报，尤其是存在的问题及解决措施，目的只有一个，确保支行业务发展不出问题，我就说这些。"

邢真作了表态发言，首先是请市分行放心，坚决完成市分行交给的任务；其次是希望班子成员多支持本人工作，共同努力，尽快让蒙山支行走出困境。

最后，张岳总结发言：蒙山支行已经到了无路可退的地步，只有大家共同努力才能摆脱困境。支行班子成员要齐心协力，荣辱与共，打造凝心聚力的领导班子。市分行对邢行长充分信任，有问题市分行会全力帮助解决。相信蒙山支行在邢行长的带领下，在各位行长的共同努力下，一定能向市分行交出一份满意的答卷。

张岳最后说："会议到此结束，王总到文主任办公室坐坐，看看还有什么问题。我与邢行长单独谈谈。"

张岳与邢真关系一直不错，邢真在支行、市分行部室都曾是张岳手下的兵。张岳对邢真是了解的，当年邢真提拔为机构业务部副总经理也是张岳推荐的。这次在市分行会议研究邢真提拔为蒙山支行行长时，张岳也是全力支持的。他希望邢真在蒙山支行能有所作为，一是为了邢真，希望他未来有个好的发展；二是想培养自己的接班人。所以临走前想单独再跟邢真聊聊，说白了就是给邢真支支招，毕竟邢真没有基层行管理经验。

支行行长办公室，邢真给张岳添了点水，然后坐在沙发上。

"蒙山支行一把手空缺，你知道为什么市分行迟迟没有定下行长人选吗？"张岳问。

"不知道。"

"因为市分行开了两次会议，意见不一致。有的支持李之栋接替，有的持不同意见，说李之栋原则性不强。可能是他在原行长面前'我同意'的口头禅起了副作用吧。"说到这里张岳笑了，看了看邢真接着说，"最后选你时也是有不同意见的，你的短板是没有基层行管理经验。我是全力推荐并支持你的，不过你的毛遂自荐也起到了作用。尤其是你给市分行书面立下的'军令状'，起码表现出了你的勇气与胆识。三年内把蒙山支行由全市倒数第一提升到第一方阵，最低也要进第六名啊，一般人是不敢如此立'军令状'的。"

"事在人为嘛，有压力才有动力，全力以赴就能有希望。您不是常教导我们'欲得其中，必求其上'嘛，高目标才能高成就啊。再说了，只要三年把蒙山支行提升到全市中游以上，市分行对我也是肯定的。"

"那可不一定，你承诺的目标可是不实现就主动辞职的。"

"那我要是不主动辞职呢？"

"好小子，有你的。"

"开个玩笑。我之所以敢如此立'军令状'，是对蒙山支行做过研究的。首先，蒙山支行曾经是全市先进行，有一定的业务基础、员工基础，蒙山县人普遍淳朴善良，容易沟通交流，找碴的少，相对好管理。其次，蒙山县区域经济现在也有抬头趋势，最近又被确定为'市副域中心城市'，将来会得到政策的倾斜和市里的帮扶；最重要的一条是有张行长您的大力支持啊。"

"又贫嘴了！说归说，其实管理一个支行说不容易是真不容易，说容易也容易。"张岳说着，端起茶杯喝了口水，抽出一支烟，邢真帮着点着了，张岳边收烟边开始向邢真支招。

张岳告诉邢真，能当得了市分行的副行长不一定能当好一个支行的行长，就如能当得了一个支行的副行长不一定能当好一个营业部网点主任。支行麻雀虽小五脏俱全，管理的关键是人，人心齐万事妥。一个人的能力再大，也不如团队的力量大。用人到位，考核到位，员工积极性有了，业绩也就有了。业绩有了员工的绩效工资就有了，绩效工资提升了，员工的积极性自然会提升，否则就会形成恶性循环。

谈到蒙山支行的两个副行长，说各有特点，李之栋营销能力不错，搞营销的一般都能说会道，比较圆滑。黄原是总会计转岗的，内控业务很强，但遇事较真。这也有好处，能够把控风险。发展是首要任务，但前提是不出问题，出了问题业绩再好也等于零，甚至是负值。所以，一把手不仅要重视营销，还要重视内控，依法合规经营，才能确保个人职业生涯不出问题。

另外，支行的中层管理也很关键，管好用好部门负责人，支行的一把手才能省心省力。

他还强调了与地方政府搞好关系的重要性。不过这事说起来容易做起来难。有关系的不用费力关系也会好，没关系的硬拉关系也不一定见成效。AB银行虽然是大企业，但也是国有控股的央企，管理规范是优势，但如果处理不当也会变成劣势。与区域内中小型股份制商业银行相比，有些方面就不如它们机制灵活，办事效率高。尤其是具体到基层行，体现的就更加明显，某些方面市场竞争力还可能不如区域中小型股份制商业银行。

"不过也不是一点办法也没有。"张岳停顿了一下，又拿出一支烟，邢真连忙帮着点着了，张岳抽了口烟，慢慢吐出一缕青烟，微笑着看着邢真似乎想卖个关子。

"有什么高招呢？"邢真瞪大了一双渴望的眼睛。

"走下层路线。高层领导没有关系，就与具体办事的底层人员建立关系。常言道，县官不如现管嘛，发动员工充分利用各种社会关系，与说了算、具体办事的工作人员搞好关系，也能够见成效。"

张岳又抽了口烟，把烟灰弹到烟灰缸里，说："基层支行负责人经历是将来晋升市分行管理职位的必要条件，所以，基层支行干好了可以成就一个人，但如果出了问题，也能毁掉一个人的职业生涯。无论经营业绩怎样，首先要保证不出大问题。今天就谈到这里吧，我下午还有个会，要早点回去。"

"好的，您曾在支行工作多年，经验丰富，以后遇到问题我会及时向您请教。张行长中午想吃点什么？"

"简单点就行，蒙山羊汤很好喝，蒙山的大烧饼也很有名，中午就吃烧饼、喝羊汤。"

"基层支行干好了可以成就一个人，但如果出了问题，也能毁掉一个人的职业生涯。"张岳的这句话邢真虽然记住了，心里也清楚，以后要想提拔为市行分管行长必须有担任支行一把手的经历，这也正是他主动申请下支行的主要原因。但此时的他只想着如何尽快把蒙山支行的业绩提上来，还没有真正领会到后半句的厉害。

三

　　送走了市分行领导，邢真约分管行长一起到支行各部室、网点转了一圈，熟悉一下情况，也算是和部门、网点负责人见个面。回到办公室邢真又制订了走访计划：先拜访县政府、人民银行、银监局、金融办、财政局、国土资源局等机关事业单位，然后再走访存贷款重点企业。

　　邢真从办公室回到宿舍时已经是晚上八点多了。

　　他感觉这一天特别漫长，仿佛过了一周。他准备给妻子刘媛打个电话，报一下平安。儿子亮亮明年中考，上高中后正是需要关注的关键三年。这次到蒙山支行任职妻子是不赞成的，岳母也反对，只有岳父没有明确表态。

刘媛是干部子女，父亲退休前是市税务局局长，母亲是沂州大学教授。她在税务局任科长，比邢真还高半级，这让他在妻子家人面前多少有点抬不起头来。

邢真与刘媛是金融学院大学同班同学，二人在大学期间结识并相爱。当刘媛将恋爱的事情告诉父母时，母亲坚决反对，是刘媛的坚持才让两人最终走到了一起。大学毕业后，邢真被分配到某县城支行网点做了柜员，后又从县支行网点调到了市分行机构业务部。任职机构业务部副总经理已经四年多了，这是难得的一次机遇，所以邢真主动找到市分行行长宋泽民、副行长张岳、分管信贷的副行长毛遂自荐，要求到支行锻炼锻炼，并递交了"军令状"，承诺三年时间如果蒙山支行在市分行考核中进不了第一梯队就主动申请辞职。当然立"军令状"的事妻子是不知道的，邢真也没打算让她知道。

邢真半躺在床上，后背垫着枕头靠在床头板上，拨通了妻子的手机。

"什么事？"电话那头传来了妻子刘媛的声音。

"没事，刚从办公室回到宿舍，亮亮呢？"

"在做作业。"

"以后我不在家，儿子你就多费心了。"

"现在说这些还有意思吗？你就在蒙山一心当好你的行长吧。"

"还在生我的气吗？周末没有特殊情况我会尽量回去的。"

"没事挂了。"

"嘟、嘟、嘟……"妻子挂断了电话。

邢真陷入了沉思。自己这次的选择究竟会是什么结局呢？不由又想起了两个月前的一幕：

邢真到省分行开会，会后约见了大学同学乔新——鲁商银行总部人事部总经理。

解放路附近某咖啡馆单间，邢真与乔新两个人、两杯咖啡相视而坐。

"我行上海分行现在正缺一个副职，董事长让我物色合适人选，我第一个就想到了你。你来我们行吧，年薪至少是你现在的三倍。"乔新开门见山直入主题。

邢真几乎没有思考便摇了摇头。

"怎么？AB 银行离不开你了吗？"

"不是，是我已经与 AB 银行结缘了。你想啊，人这一生为了什么？仅仅是为了多挣钱吗？圣人言'修身齐家'，现在仅这两项我还都没做好。如果再跑到上海，要么舍家分居，要么贷款买房，然后把老婆孩子带到上海。且不说妻子工作是否好调动，离家越来越远，年迈的父母怎么办？岳父岳母怎么办？还有一个问题，那就是职业道德，AB银行从没亏待我，尽管与你无法相比，但我现在的一切都是 AB银行给予我的。让我跳槽到同行业去，起码现在我还做不到。再说，我已经适应了或者说习惯了现在的一切。"

"你对 AB银行还真忠诚啊！实在难得！"乔新心里不由得对邢真升起了一份敬意！

没想到，两个月后就有了这次变动。想到今后的工作，想到郁闷不悦的妻子，想到处在关键时期的儿子，想到一年比一年变老的父母……

邢真对拒绝同学乔新没有感到后悔，对今天的选择也不后悔。开弓没有回头箭，如今只有一条路了。邢真在 AB银行系统内的信贷资格认证考试已通过，但两个月后银监局要组织商业银行高管任职资格考试，而且市分行要求必须一次通过，否则就无法去掉"主持工作"几个字，如果两次考试不过关就会被取消任职资格。邢真拿起床头柜的资格考试学习资料，打开第一页开始了学习。

"丁零零、丁零零……"邢真一页还没看完,手机响了。

原来是蒙山县银监局赵开发主任打来的,赵主任也是从市银监局下派来蒙山任职的。邢真在市分行工作时两人就认识了。邢真说:"不好意思,今天忙了一天,没去银监局报道,明天一定登门拜访。"

第二天上班后,邢真先去银监局拜访了赵主任。随后的几天,邢真几乎就没在办公室坐过。他先是拜访了县长、分管金融的副县长,后又走访了县人民银行,给林青行长报了个到,走访了县金融办,与金融办胡青华主任约定,抽时间与人民银行林行长、银监局赵主任一起聚聚。接着,邢真与李之栋副行长一起拜访了财政局、国土资源局、劳保事业处、公安、交警、法院等机关事业单位。

拜访财政局回来的路上,坐在副驾驶座上的李之栋叹了口气说:"财政局谁去走访也没用啊!"

"什么意思?"邢真问。

"分管财政的副县长付为民的老婆在 NY 银行上班,听说她的主要任务就是维护财政存款。据说付县长夫人每个季度的存款计价工资奖励都比 NY 银行一把手行长的高不少。你想,哪家银行能比啊。NY 银行财政存款大约占了全县六成，我行只占了一成，另三成被其他行瓜分了。"

"有用没用都要走访，越是这种情况越要和财政局的科长、具体办事人员搞好关系。再说了，县长也会调动的，不会在一个地方待多年不动，机会还是有的。"

起码现在是没戏，不服走着瞧，李之栋心里想着，眼睛滴溜转了一圈，没有说出口。

回到办公室，邢真拿出手机，把新结识的政府机关事业单位相关领导手机号、姓名再梳理一遍，又在笔记本上做了登记，注明了每个人的长相、细节、特点等，一来防止手机中的电话号码遗失，二来加强印象，便于今后再联系。下一步走访任务就是重点企业了。

白天邢真忙着走访，晚上也没闲着。邢真心想，都说新官上任三把火，这三把火在哪里放呢？不能不行动也不能盲目行动，要找准问题，查出症结所在，抓住关键，否则蒙山支行就无法改变落后局面。

邢真办公桌上摆了一摞分管行长、各部门、网点签订的绩效工资考核分配合约。

通过仔细查看、分析，邢真发现了问题：各分管行长、各部门、网点的绩效奖金合约考核每季度得分都在八百分以上（总分是一千分），但全行的人均绩效工资奖金并不高。其实道理很简单，支行在市分行排名倒数第一，得分最低，分到的绩效肯定也很低。到了支行僧多粥少，自己考核的得分再多也没用。

支行制定的分管行长、各部门及部门负责人的绩效工资分配考核合约存在严重问题：一是考核项目方向与市分行不一致，且重点不突出，市分行考核支行的指标项目几乎一季度一调整，而支行显然好久没调整了；二是越是落后的指标考核分值越低，相对优势的考核项目分值就高，显然这是各部门、网点都想多得分，多拿钱而制定的制度，但实际上则是掩耳盗铃、自欺欺人；三是计价工资奖励考核（相当于工厂的计件工资考核）部分分配不合理，支行将市分行下发的计价绩效工资要么进行了调控，要么进行了均衡，没有真正体现"谁营销谁受益"的原则，损害了员工在计价专项考核中的积极性。

发展决定一切。绩效工资分配考核合约是调动员工与部门工作积极性最直接、最根本的途径，必须尽快调整，而且要循序渐进，逐步加码。邢真决定，明天上班立即召开行务会议，这第一把火就从绩效工资分配考核办法调整改革做起。

第二天上午八点四十分，三楼会议室，椭圆形的会议桌内侧，邢真居中，李之栋在其左，黄原在其右。各部门、网点负责人陆续到齐，自左向右依次是：市场二部孙杨、市场一部周强、营业部郑丽芳、朝阳路支行（二级支行）钱坤、中心储蓄所陈明、办公室文波、风险管理部王程程。

邢真看了看人到齐了，说："我们现在开会，这是我到蒙山支行召开的第一次行务会议。今天会议主要内容是讨论修改绩效工资合约考核办法。大家可以畅所欲言，有好的建议尽管提出来，目的就是让绩效考核办法真正发挥指挥棒作用，达到促进业务发展、提升员工绩效工资的目的。从左边孙主任开始吧。"

"没意见，绩效合约都是支行定的，支行怎么定我们就怎么执行。"市场二部主任孙杨说完望着邢真，心想，怎么考核也白搭，反正拿不着钱。

市场一部主任周强看轮到自己了，说："现在的绩效合约是应该调整一下了，市分行考核的许多项目都变了，我们应该根据市分行考核内容的变动进行调整，同意支行调整。"

轮到营业部郑丽芳时，她才停止了思考。其实，前两个部门的发言，郑丽芳根本没有听，她打量着对面这个脸面略红、浓眉大眼、一头短发的新任行长，感觉自己的机会来了：自己已经在网点主任岗位上干了五年了，今年刚轮岗到营业部。其他支行的营业部主任有的比自己干得时间还短已被提拔为行长助理了，轮到自己干营业部主任却恰逢支行发展低谷，跟着这个邢行长在营业部好好干，或许……

"郑主任说说吧。"邢真行长的话打断了郑丽芳的"或许"，她脸上快速闪过一阵只有自己才能感觉到的火辣，但这并没有影响到她的发言。

"好，我也说说个人的意见。大家都知道营业部的考核指标是最多的，今年以来市分行也调整了许多，营业部不仅包揽了全部个人金融业务，还要考核国际业务、结现业务等。目前的合约有不少应该添加，也有一些应该取消。等支行绩效合约重新调整后，营业部会根据市分行、支行绩效合约重新制定员工合约，按不同岗位、业务分工考核落实到每一个人，争取营业部尽快改变落后局面，为全行业务上台阶发挥营业部的主力军作用。另外，建议支行调整专项计价考核办法，计价绩效工资是谁的就是谁的，多劳多得，不劳不得，不能搞平均分配或随意调控。我就这些意见，说的不对的地方请领导指正。"

邢真看着对面这个三十有余的精干女人，扎着马尾辫、一双放光的丹凤眼，想起了之前在市分行时听到的他人对她的评价：见人说话三分笑，想干就能出成效。今天听了郑丽芳的发言，他认为营业部或许会在这次绩效改革中起到带头作用。当邢真目视郑丽芳时，郑丽芳也正好微笑着目视着他，四目相对，邢真立即低下头在笔记本上写下了几个字。

随后大家的发言基本和以上内容差不多，有的说没意见，有的说需要调整，没有太多的新意。各分管行长也做了简短发言。最后邢真做了总结：表扬营业部郑丽芳主任，她讲得很好。支行绩效合约调整的主要内容一是完善考核项目、指标分值，保持与市分行考核项目和指标一致；二是按照"谁营销谁受益"原则修改计价奖励专项考核办法。支行完成修改后，各部门、网点都要对本部门员工合约进行二次调整，部门负责人要与每一个员工重新签订绩效工资分配考核合约。今天是星期五，下周三之前，各分管行长把各自分管部门的绩效合约修改调整后发给我，分管行长的绩效合约我负责修订，然后发各行长征求意见。

之后，邢真又明确了行务会议的具体要求。今后没有特殊情况会按周召开行务会议，会议内容会提前下发，主要围绕业务指标进行调度、分析与安排，对内控管理工作进行落实。各部门（网点）负责人要分析汇报一周工作开展情况，下周工作计划、目标措施；行长办公会也按此方式组织各行长召开。

散会后，邢真把李之栋叫到了办公室。

这个邢真看来有两把刷子，刚上任就找到了支行存在的关键问题，难怪市分行会派他来。可是有什么事不能在会上说呢，李之栋琢磨着走进了邢真的办公室，随手关上了门。

黄原眼望着李之栋进了邢真的办公室，心想，什么事还要闭门谈话？你邢真不找我，我也要找你谈谈，这几天老是见不到你，你总有待在办公室里的时候。

四

其实，邢真叫李之栋也没有什么大事，主要是安排下一步走访重点企业的事，让李之栋提供一个全县重点企业名单，不论与 AB 银行有无业务关系，只要是纳税大户就都列出来，名单要包括企业主要负责人、基本经营情况等。邢真计划逐户走访，以便建立银企合作良好关系，为业务发展争取机会。

没想到的是，后来就是在市场部提供的重点企业名单中，邢真发现了一个有待确认的小惊喜，而且这个小惊喜就像滚雪球，越滚越大，让他深陷其中几乎不能自拔。

星期一早上六点，邢真驾车从家里出发，八点便赶到了蒙山支行。刚坐到椅子上，敲门声响了。

开门进来的是市场一部主任周强，他进屋后坐在了邢真办公桌的对面，说："你要的重点企业名单周末我已经加班整理好网上发给李之栋行长了，也抄送了你一份，李行长随后就会发给你。"

"很好，辛苦了！我计划本周和李行长一起去走访这些企业。"

"是该走访了。我不是说领导啊，这几年我自己也没有跑出去。不过跑也白搭。"

"什么意思？"

"我走访企业，经常遇到 NY 银行的一把手行长在企业老总的办公室。有时候分管行长到企业，人家都爱搭不理的，所以必须是一把手亲自上门走访才行啊。"

"没问题啊，以后你们下企业就叫上我，只要没有特殊情况，我一定参加。"

"那就多谢邢行长了！市场部的工作还要邢行长多支持帮助。"

"谢什么，都是工作需要。营销也是我的主要工作。"

周强又对目前支行工作存在的问题进行了汇报，说支行公司贷款存量少，四行占比低，县里对此也不满意。新增贷款少，中间业务收入年年完不成市分行下达的任务，直接影响了支行利润、中收（中间业务收入）等指标考核，以致支行考核排名落后。以后必须下力气争揽大项目、大贷款，才能够从根本上扭转不利局面。

邢真认真听着，偶尔在翻开的笔记本上记上一笔。谈话结束时，邢真又鼓励了周强几句，说好好干，只要大家共同努力就一定会有好的收获。

周强刚从邢真办公室出来，就看到营业部的郑丽芳从二楼走到三楼，心想肯定也是来找邢真行长的。周强在楼道最东端，郑丽芳在最西端，两个人相互瞅了一眼，相距较远都没有打招呼。是的，周强没有猜错，郑丽芳是来找邢真汇报工作的，这已经是第三次了，前两次邢真都不在办公室。当她看到周强从邢真办公室出来时，就顺手敲响了身边黄原办公室的门。

郑丽芳跟黄原报告的是营业部网点柜员发生业务差错之事。

黄原有些诧异，营业部发生风险事件后向来都是黄原主动到网点找郑丽芳谈话，今天怎么太阳从西边出来了？而且不过就是一笔三类风险事件，黄原早已从网上看到了。过去就是发生一类风险事件郑丽芳也没有主动找自己谈过啊。这个只有一把手（行长）才能驾驭的网点主任今天怎么了？是进步了还是想进步了呢？

"郑主任坐下说。这笔风险事件我从网上看到了，是不应该发生的。"

"是啊，黄行长，您说怎么办啊？天天强调，天天吆喝，柜员就是不听，风险事件还是屡查屡犯。"

"我已经制定了风险事件专项奖惩考核办法，等有机会我给邢行长汇报一下，如果行务会议通过后就下发执行。"

"那就好，要不，光凭网点真是没辙了。"

又聊了几句，郑丽芳离开了，楼道里传来了由西向东的脚步声。黄原知道郑丽芳是找邢行长汇报工作去了。

郑丽芳敲门后进入邢真的办公室，面带微笑，看着邢真说："上周我来两次了，想给您汇报工作，您都不在办公室。"

"是的，上周主要去拜访政府部门领导了。坐下，郑主任，有什么事慢慢说。"

"邢行长，您也看过营业部的办公条件了，是七年前装修的，客户都反映太陈旧了，有的地方天花板剥落下掉，还砸过一次员工，幸亏不严重，砸的也不是客户，这有损 AB 银行的形象啊。您来了，如果能向市分行申请重新装修就好了。"

邢真在笔记本上记了几个字，说："这个我问问市分行渠道管理部再说吧。"

对于银行管理规定及流程邢真是了解的，所以当郑丽芳提出营业部装修一事时，他只能先记录下来，然后再向市分行汇报。

"再一个，营业部的UPS（不间断储备电源，市电停电时应急备用）也该换新的了，一停电UPS撑不了十分钟就断电，正常工作日还好，县行办公室也上班能够帮忙发电，到了周六只有营业部员工上班，一旦停电就麻烦了。停电造成网点网络信号中断，上级行科技部门会马上问责通报，考核还扣分。耽误客户办理业务，有的客户还打电话投诉。"

"这个问题我问问市分行科技部再说，争取尽快更换。"说着邢真也在笔记本上记了一下。

"再一个关于营业部理财经理的事。营业部的肖红也很能干，但毕竟刚从事理财经理工作，经验不足，希望能与中心所的梁玉华调换一下，毕竟营业部客户多、任务重，梁玉华经验丰富能更好胜任。肖红先到业务量较少的中心所锻炼锻炼，以后可以再轮岗。"

"这个问题可以考虑，我和其他行长商量一下。还有什么事吗？"

"没有了。在市分行机构业务部时就跟您打过交道，既是老领导，也是老大哥，以后对营业部还要多关照啊。"

"你是哪年的？"

"1971 年的。"

"噢，我是 1972 年的。"

听到邢真说是 1972 年的，郑丽芳脸上闪过了一丝红晕，没想到说错了话，但她立马镇静下来，故作惊讶："啊，看不出来啊，看您这么稳重老练，还以为您比我大呢。您看，您都是行长了，我才是网点小主任。"

"好好干，以后会有机会的。"

"记住了。只要行长支持营业部工作就行。"

"支持肯定都支持，但关键还是要靠自己努力。你说的我都记下了，还有什么事吗？"

"没有了，您忙吧，我回去了。"

郑丽芳走后，邢真即刻拿起话筒，拨通了市分行渠道管理部总经理吴平的电话。

"吴总，您好啊！方便吗？"

"邢行长好，方便，忙什么呢？"

"瞎忙呗，吴总什么时候来蒙山，我们一起去吃蒙山的回锅鸡。"

"好啊，邢行长有什么事吧？"

"让您猜着了，还真有个大事需要您帮忙呢。蒙山营业部已经七年没装修了，陈旧得不像样了，蒙山县四大银行中就咱的最差了。天花板脱落还砸了人呢！今年能不能向省分行申请装修呢？"

"今年的装修计划已经上报省分行了，恐怕不行了。"

"省分行渠道部林总就是从咱市分行调去的，你又和他熟，麻烦你再与林总联系联系。"

"恐怕够呛，我问问再说吧。"

"谢谢了。"

挂了电话，邢真又拿起话筒，拨通了市分行科技部冯燕总经理的电话。

"燕子姐，我是邢真，方便吗？"

"邢大行长啊，方便方便，说是去看你的，还没成行呢。"

"就是啊，我们都是从机构业务部走出来的，谁不来您也得来啊。"

"好好好！抽空一定去看你，怎么样，还好吧？"

"唉！别提了，满身是事啊。有个事正需要您帮忙，营业部的 UPS 几乎不能用了，您帮忙给换套新的吧。"

"有是有一套，但那是给河西支行新进的，正准备给他们送去呢。"

"燕子姐，您看能不能先给我们，河西支行您再进新的。我们这的 UPS 总是出故障，影响我们办公。"

"再购买哪那么容易，要市分行计财审批，分管行长、行长同意，再上报省分行科技，还要经省分行计财审批，然后由省分行集中采购，麻烦着呢，两个月都不一定走完流程买进来。"

"不麻烦的事就不找您了，您就先给我们吧，来蒙山行我好好招待您。"

"好吧，你小子沾机构业务部的光了！最近就去看你，先把 UPS 给你托运过去。"

"谢谢！谢谢燕子大姐！"

放下电话，邢真心中美滋滋的，近水楼台先得月啊！其实，冯燕清楚，市分行科技部目前有两套 UPS 设备，一套是给河西支行的，另一套是新进备用的。从上面下来任职的干部与上级行关系就是熟络，系统内的确有人脉优势，缺点就是与任职地方的人脉关系需要一个新建立的过程。

"嘟、嘟、嘟……"邢真按响了手机键。

邢真电话是打给郑丽芳主任的，告诉她营业部 UPS

问题已经解决了。郑丽芳接完电话，佩服新来的行长办事效率高，心想蒙山支行有救了！

邢真挂断电话来到李之栋的办公室，询问走访企业清单整理情况，李之栋说已经整理好了。

"好的，马上打印一份，叫上周主任，现在就开始下企业。"

"我打印出来咱们就走。"李之栋心想，真是个急性子。

上午，司机小梁驾车，邢真、李之栋、周强一行四人走访了地方镇三家罐头公司。十二点半返回了支行，在支行伙房几个人简单就了餐。下午准备去走访一家特殊的企业。

这家企业就是邢真从重点走访企业清单中发现的有待确认的"小惊喜"——鲁南新型建材有限公司，总经理温欣。邢真初中有个女同学就叫温欣，会是她吗？不可能。温欣的父亲是一名军人，当年就在蒙山部队当政委，初中毕业前她就随父母回东北老家了。但邢真还是忍不住想尽快去会一会这个叫温欣的女老总。

下午三点，邢真、李之栋、周强一行三人来到鲁南新型建材有限公司总经理办公室。公司一位女工作人员接待了他们，并告诉他们温总正在参加一个会议，马上结束，让他们稍等。

邢真打量着总经理办公室：面积约五十平方米，靠西墙是一排沙发，一个大鱼缸，鱼缸里几条十余厘米长的红、黄观赏金鱼在水中来回漫游着。沙发对面是一个枣红色大型办公桌，上面放着电脑，一部红色电话机，几摞办公文书，办公桌擦得铮亮。座椅上方（东墙上）是一幅大型蒙山鹰窝峰水彩画，突兀的山峰之巅一棵青松挺拔翠绿，格外显眼。山峰后便是绵延不断的山脉，在红日映照之下若隐若现在云海之间，山峰之下则是黄、绿、红相间的蒙山峡谷秋色，突显了蒙山之特色——集北方山之雄伟又兼具南方山之秀丽。这是本市知名画家李染的代表作。与之对应的西墙上则是一幅由蒙山县知名书法家刘山书写的行书"温故而知新"，五个大字柔中见刚，浑然一体而洒脱飘逸。

邢真坐在沙发上，观赏着办公室里的几盆花卉，心中期待着这位温总的到来。

"咯噔、咯噔……"楼道里传来了高跟鞋撞击地板发出的清脆声音，邢真站起来向门口望去。少许，一个女人走了进来，她身着浅蓝色无领半敞开式上衣，内套一件浅粉红色衬衣，纯白色西裤显得双腿修长，面带微笑地对邢真他们说："不好意思，让你们久等了。"

李之栋连忙介绍："邢行长，这就是我们美丽又能干的温欣总经理。温总这位就是我们新来的邢真行长。"

邢真与温欣握手，相视瞬间，两人脸上的微笑突然消失，变成了惊诧。

"真的是你吗？还认识我吗？"温欣由惊诧变成了惊喜。

"如果在路上碰见，真不敢认了，你怎么又跑回蒙山来了？"

"坐下说，坐下说。"温欣让座，大家一起坐了下来。

李之栋看看邢真又看看温欣，瞪大了一双眼睛："你们认识？"

"我们是初中时的同学，二十多年没有见面了。"温欣说。

李之栋脸上堆出惊讶的笑容，双手合掌躬身点头致意："啊，这么巧！他乡遇旧识，可喜可贺！"

"哈哈，喝茶喝茶。这样吧，晚上就在我们伙房坐一坐。"温欣说完直接电话通知了工作人员，安排晚餐事宜。邢真想说改天再聚，温欣打着电话摆摆手制止了他。

等温欣挂了电话，邢真说："要不改天吧，别耽误你忙工作。"

"当了行长就摆起架子了，不忙，再忙也没有久别相逢重要啊。工作只是生活的一部分，生活才是人生的全部。"

"好！好！一切听温总安排！"邢真说。

"这就对了，咱们先到餐厅喝茶，聊聊天。"

前几天温欣就听说了 AB 银行蒙山支行来了一位新行长，正准备登门拜见，没想到新行长捷足先登，更没想到新行长竟然是初中时的同学。

这是一场相对轻松愉快的聚餐，宾主双方没有营销任务、没有任何目的。吃完饭后，几个人又坐在餐厅茶几旁喝茶聊天。李之栋见邢真与温欣久别重逢有聊不完的话题，于是借故与周强先行离开了。

餐厅接待室里只剩下邢真与温欣两个人，橘黄色的灯光下两个人各守着一杯茶水相视而坐。"你怎么又回到蒙山来开公司了？"邢真问。

"我爸转业回到长春后在一家建材公司工作，干了几年就辞职自己开办了公司。蒙山县县长王亮是我爸在蒙山部队时打篮球结识的球友。2007 年蒙山县招商引资，王亮县长那时还是副县长，亲自到长春找到了我爸，希望利用蒙山县丰富的石膏矿资源，让我爸在蒙山县开办一家分公司，于是经过一番运作，便成立了鲁南新型建材有限公司。我也就被安排到这里工作了。"

"你日子过得还好吧？爱人是干什么的？"

温欣谈起了自己的婚姻。大学期间，她在学生会帮忙做宣传工作，结识了学生会一个同级的男校友。这个校友被温欣的容貌深深吸引住了，于是向她展开了猛烈的爱情攻势。温欣的父母本来是不赞成这桩婚姻的，可温欣被这个校友的潇洒与帅气吸引了，两个人最终走到了一起。

毕业后，男朋友跟着温欣回到了长春，在温欣父亲公司里工作。让温欣没想到的是，她嫁的竟是一个花心的男人。有一次温欣提前返回家中，看到自己的男人正与一个年轻的女人在床上厮混。后来，两人便离婚了。

邢真看着有些忧伤的温欣问："你们没有孩子吗？"

"流产了。"

"怎么回事？"

"因为他。"温欣带着一丝苦笑望着邢真，"不谈这些了，还记得初中时你干的好事吗？"温欣两眼重新闪烁着光芒望着邢真。

"你说的是放壁虎的事吧。"邢真躲开温欣的目光，侧转了一下头，他怎能忘记自己那次的恶作剧？

"是啊，我打开铅笔盒，一只小壁虎突然蹿了出来，吓得我大声尖叫，成了全班同学的笑柄。"

"那时候也不知怎么回事，就是看不惯你们，你们穿得好，吃得也好，所以就想报复一下，现在想来真可笑，可能就是嫉妒吧。"

邢真摇了摇头，接着说："放学后班主任把我留下谈话，问我为什么这么做，我说要与富人决裂。班主任听后笑了，然后严肃地告诫我，这是一种幼稚的错误行为，一个好青年、好学生是不会欺负一个女生的。男子汉做事要光明正大，不能搞小动作。希望这是第一次也是最后一次。还鼓励我要把心思用在学习上，说我是一个有前途的好学生，不能辜负父母的期望，将来一定要考上大学，成为一个对社会有用的人。最后老师还告诉我，你去找老师为我求情，不让老师难为我。"

那时邢真就对温欣有了好印象，觉得她不仅人长得好看，还活泼善良。

中学时代的美好时光，是总也聊不完的话题……

五

　　第二天一大早邢真来到办公室，感觉头还有点晕，不知是不是昨晚休息得太晚的原因。他昨夜回到宿舍时已经十一点多了，但躺下后依然无法入睡，心中对温欣充满了好奇：温欣办公室里的那幅字是否有"温新（欣）"的含义呢？温欣说怀了一个孩子也是因为她爱人流产了，又是怎么回事呢……邢真微笑着摇了摇头，拿起笔在台历版上记下了"王县长之约"几个字，合适的时间一定要把王亮县长请到行里坐一坐，借着温欣的关系，加深一下印象，联络好关系，为后续的营销工作奠定基础，比如财政存款问题、重点单位代发工资问题、县重点新建项目营销开户等，这才是下一步要做的正事。

一阵电话铃声响起，赶走了邢真脑海中的温欣。

"邢行长，告诉你个好消息，营业部装修的事有眉目了，省分行渠道管理部林总来电话了，你们抓紧上报装修申请报告。"

"太好了，谢谢吴总！"

电话是市分行渠道管理部吴平打来的。其他市分行租赁的一个临时营业场所出现了突发情况，造成租赁失败，所以这次暂时放弃了装修计划。省分行把这个装修名额转让给了蒙山支行。

邢真十分高兴，挂断市分行电话立即接通办公室电话，向文波主任安排上报营业部装修申请报告等事项。但他万万没想到的是，这次装修后来竟然惹出了一番大麻烦。

安排完装修事项，邢真浏览起内网邮件。其中一个邮件就是支行修订后的绩效工资合约考核办法，包括计价考核，如今已正式发文执行。邢真对这次支行绩效合约考核办法的修订还是比较满意的，市分行的考核项目基本涵盖，重点突出，支行优势项目分值适中，劣势项目分值得到提高。各部门、网点也根据支行考核办法重新修订了本部门、网点对员工个人的考核办法，按照不同岗位、不同职责区别考核，目标明确、执行有据、考核合理。尤其是营业部主任郑丽芳不仅自我加压，主动对支行考核营业部的合约进行了完善补充，对营业部员工的绩效合约修订也十分到位。对此，邢真在召开行务会议时专门对营业部进行了表扬。但邢真也隐约感觉到营业部的考核以后可能会有点麻烦，不过好在他已经提前想到了这一点。

银行员工的工资主要由两部分组成，一是基本工资，即岗位固定工资；二是绩效奖励工资，包括计价奖金。影响员工工作积极性的主要是绩效奖励工资。本次支行绩效工资合约奖励考核办法与部门对员工的绩效工资合约奖励考核办法的重新修订得到了全行员工的普遍认可，对于提高绩效工资奖金分配的合理性与提高员工工作的积极性起到了关键作用，这一点在后来的支行经营业绩中得到了逐步验证。

绩效工资合约调整这第一把火基本达到了预期效果。当然，邢真明白，绩效工资合约改革是一项长期的任务，需要根据支行经营状况、上级行考核方向随时改动，不可能一劳永逸，本次绩效合约调整只是一个良好的开端。

绩效合约考核存在的问题得到解决，但支行存在的其他问题依然在发生。比较突出的是劳动纪律问题，迟到早退甚至旷工的事件时有发生。邢真来蒙山支行后，支行虽然重新修订并下发了劳动纪律考核办法，但执行效果并不理想。邢真决定这第二把火就从整顿员工劳动纪律开始。

星期一早晨八点，邢真、黄原、文波三人已经站在大门口准备查岗。支行规定上午八点半到岗，八点半之前，员工陆续到岗，截至八点三十分，经核实仍有四人未到岗，其中就包括副行长李之栋。又等了二十多分钟，四人才先后到岗。李之栋迟到了十多分钟，说是路上堵车了。

查岗结束时，邢真交代文波按照新修订的支行劳动纪律考核办法形成通报，先报黄原审核，然后报他，尽快通报全行。

办公室将通报初稿网发黄原，黄原看了看，只对通报内容做了个别修改便网发给了邢真。没想到，黄原发给邢真的邮件很快便有了回复：怎么没有通报李之栋行长？要加上。

黄原看到邮件后来到李之栋的办公室，告诉他："星期一怎么就迟到了，支行要通报处罚。"

没想到李之栋很坦然，微笑着说："通报就是，甭管谁迟到了都得通报处罚，要不员工有意见啊。"

通报通过办公网络邮箱正式下发全行，四人之中李之栋位居第一，通报批评，扣减绩效工资一百元。同时要求全行各部门当晚要组织员工对通报进行学习，对今后屡查屡犯的将加倍处罚。

分管行长因劳动纪律被全行通报处罚，这在蒙山支行历史上是首次，在全行员工中起到了很好的警示作用。直到多年后，黄原才知道，原来这是邢真与李之栋合作唱的一出双簧戏。

自本次通报后，全行员工劳动纪律执行情况得到较大改观。最感到欣慰的是黄原，因为他分管营业网点的风险管控工作，如果网点员工劳动纪律出现了问题，不仅仅是人事管理问题，还可能会出现业务违规问题，最严重的是作案后出逃，这在过去其他行是有过案例的。按照上级行规定，营业网点员工营业期间没有特殊情况是不允许随便离开网点的。

有时候越是担心的事越容易发生，黄原本以为不会发生的事还是发生了。

六

星期三下午六点，黄原刚关闭电脑准备下班回家，手机响了。是朝阳路支行网点主任钱坤打来的。

"黄行长，给您汇报个事，我们网点现在解款车（负责武装押运网点现金的车）还没走呢，马一平中午请假到现在还没回来，电话也打不通。人也不在家里，不知去哪儿了。"

黄原一听直接愣住了，停顿了一会儿才说："抓紧找，让他妻子也帮忙找，我一会儿就过去。"

挂断电话，黄原意识到问题比较严重，马一平是前台营业柜员，有现金钱箱，如果他不回来，网点就无法结平系统当日账务，无法核对现金是否账实相符。马一平平时就经常请假，喜欢喝酒，结交的酒肉朋友比较多，有请客的必到，逢喝必醉，时常醉酒后挂彩，摔得鼻青脸肿。有一次晚上在外面与朋友喝醉了，摔得比较严重导致第二天无法到岗，还请了两天假。如果……他不敢再往下想，立即来到邢真的办公室。

黄原将情况向邢真进行了简要汇报，并说明了问题的严重性。

"走，我们去朝阳路网点。"邢真边说边与黄原走下楼来。

邢真一行来到朝阳路网点，马一平依然没有回来。解款车停在网点门口，几个武装押运人员一脸无奈地在网点大厅里来回走动，网点全体员工也都在等待着马一平的到来。马一平不回来，网点就无法结平当日账务，其他人员谁也走不了。

邢真、黄原把钱坤叫到办公室，听钱坤汇报情况。钱坤说："马一平下午一点多说有点事出去一趟，一会儿就回来。本以为一两个小时就会回来，可是到了下午四点多还没回来，再联系就失联了，手机打不通。现在马一平家里人正在寻找。"

"马一平走的时候结账了吗？"黄原问钱坤。

"日间轧账了，日终还没结账，超额现金没有上缴系统大库。"

"你们这是严重违规，你作为主任不知道吗？特殊情况柜员外出必须监督结平全部账务，主管人员对柜员现金账实必须清点核实，超额现金必须上缴。"黄原看着钱坤严肃地说。

"唉……"钱坤低着头叹口气，没有言语。

"马一平办理书面请假手续了吗？"邢真问钱坤。

"没有，口头请的假，本以为他一会儿就会回来的。"

"没有书面请假手续，擅自离开网点，如果在外面出了什么事，他家人来向你要人，你怎么办？"

钱坤摇摇头，苦笑着无言以对。

大约又过了二十分钟，马一平摇晃着身子走进了网点大厅："不好意思，来了个同学，喝多了，喝多了……"

"呃、呃……"马一平边说边打着嗝，头一扬一顿、肩一耸一耸地走进了现金区。马一平的妻子紧跟着来到网点，说是在马一平同学家找到的，他喝多了，手机没电自动关机了，她看到行长、分管行长都在网点，不停地道歉，说给行领导添麻烦了。

看到马一平回来了，黄原悬着的心才放了下来。

邢真却想到了业务外的问题，如果马一平在岗期间外出人身安全出了问题，单位岂能不担责？尤其是这种没有书面请假手续的情况，出了问题岂不更加麻烦？明天必须立即行动加以整改。

马一平的行为引起了邢真的重视。回到支行办公楼，邢真把黄原叫到办公室，他要了解一下全行员工的思想状况，加强员工异常行为管理，防患于未然。

黄原告诉邢真，马一平还不是重点关注的异常行为员工，被支行列为异常行为重点关注的员工是营业部ATM管理员陈伟。

陈伟十分聪明，善于投机取巧，曾在市场部当客户经理，做信贷业务时就经常和客户私下交往甚密。陈伟的妻子虽无固定职业，却也是个"能人"，保险代理、房产中介、产品代理等，只要赚钱的生意都能做。

陈伟家拥有两辆家庭车，陈伟开一辆北京现代轿车，妻子开的是一辆本田商务车，消费明显高于一般家庭，因陈伟被列入了异常行为关注人员，支行每季度都要向市分行报告关注情况。

"现在陈伟有什么新的异常情况吗？"听了黄原的介绍，邢真问。

"现在排查到陈伟的基本情况和过去的差不多，消费高于一般家庭，陈伟的妻子经商，陈伟是否违规参与妻子经商，现在还没有确凿证据。"

"平时对陈伟还要多加关注，给郑丽芳也再交代一下。"邢真说。

第二天上午九点，支行三楼会议室，邢真主持的行务会议正在召开。各分管行长、各部门（网点）负责人参加。首先，黄原通报了朝阳路支行马一平业务违规情况。接着，邢真又对该事件业务以外的潜在风险进行了剖析，要求办公室再次修改支行劳动纪律管理办法，明确要求，员工在营业期间离岗必须履行书面请假手续，离岗员工在请假条上签字，负责人进行签批。一般员工临时性请假由部门负责人签批，部门负责人由分管行长签批，分管行长由行长签批。特别强调，各部门负责人要以此为鉴，严格执行支行规定，否则，哪个部门出现问题由哪个部门负责人负责。

下午，关于朝阳路支行违规问题的通报在全行下发了，马一平违规离岗扣减一个季度绩效工资，行政警告一次；网点主任钱坤违反支行劳动纪律管理办法，擅自批准员工违规离岗，扣减绩效工资一千元，全行通报批评。马一平离岗时没有执行柜员相关制度规定，业务主管王凤霞负有监督失职责任，扣减绩效工资四百元，全行通报批评。

钱坤看到支行处罚通报心里很郁闷。全行都知道，马一平工作一贯散漫，对什么都满不在乎，是哪个部门也不愿要的人。他曾经给支行领导反映过，希望把马一平调出朝阳路网点，但一直没有结果。这次他要再找行领导谈谈，不能这样白白受罚。钱坤来到黄原办公室，对支行的处罚谈了自己的看法，说处罚一千元太重了，同时再次要求支行将马一平调离朝阳路网点。并告诉黄原，自己也要去找邢真行长谈谈。

"支行已经正式下发处罚通报了，你再找邢行长谈也没用。"黄原说。

"没用也要找，把马一平调走，行里再给我换一名柜员也行。"

"上级行规定柜员岗位轮换是一年一次，即便这次把马一平调走，说不定哪一天他又调回你们网点了。再说，岗位调整也不是解决问题的关键，关键是改变马一平的思想。"

"像马一平这样就不能安排到柜员岗位，影响对外客户服务不说，还成天违规违章，早晚会惹出大麻烦的。"

"你又不是不知道，支行这几年一直没有进新员工，现在最缺少的就是柜员。朝阳路、中心所都只有两名柜员，有一个柜员请假就要从营业部借调，而营业部柜员也不多，业务又忙。"

"那就没办法了吗？反正我管不了马一平。"

"抽空我去你们网点跟马一平再谈谈，我们共同加强管理，关键是不能再出现类似违规问题。至于马一平的调岗问题，只能等有新员工入职了再说。"

事后，黄原利用班后时间到朝阳路网点找马一平进行了单独谈话，强调了业务违规的危害以及慎交朋友的重要性，从工作谈到家庭，从珍惜职业生涯谈到遵章守纪，马一平满口答应，至于究竟听进去了多少黄原不得而知。

经过一段时间的劳动纪律整顿，全行的劳动纪律明显改观，这在随后支行组织的几次查岗中得到了验证——没有发现迟到早退、无故离岗、不履行请假手续的现象。

邢真的第二把火也基本达到了比较好的效果，邢真对此是满意的。

七

　　黄原收到了市分行转发的营业部网点装修设计图的电子版，仔细审核后发现了诸多问题：一是ATM机加钞室与现金区是分离的，以后再加钞、卸钞很不方便，不仅需要押运人员武装协助，还存在安全隐患；二是两个理财室面积都太小，单个面积只有十三平方米；三是没有设计出小会议室、储物间、员工休息区；四是卫生间在中间位置，不通风，容易污染室内空气。

　　针对以上问题，黄原逐项进行了修改：调整ATM机加钞室与现金区相联通；增加理财室面积，调整为十八平方米左右；增加小会议室，方便网点组织学习、开会使用，同时还可以开展小型业务推介会；增加储物间，方便员工更衣、临时存放档案；增加员工休息区，方便员工午间就餐、临时休息之用；将卫生间调整到后墙边角便于通风。

修改后的设计图得到邢行长、网点员工的一致认可，在省分行最后审定时也一次通过，得到了省分行的肯定与表扬。网点装修设计图确定后，装修马上就要动工了。

星期六营业部开门营业了一天，星期日营业部全体员工又到岗加班。下周装修队就要进点施工了，支行收拾整理了银行后院几间侧房作为临时营业场地，网点装修至少要四五个月时间，而网点营业一天也不能耽误。今天营业部员工是来加班搬迁的，所有营业设备、办公用具等都要进行搬迁。

在营业部加班的全体员工中，最忙的要数支行科技管理员李伟超了。有许多工作是无法提前做的，所有设备、通信线路等只有一套，只有停止营业后，才能迁移设备、更换线路、调试信号。

对外服务行业的特性决定了商业银行工作的不间断性，有些工作一年三百六十五天一天也不能中断，比如ATM存取款机的运行，网上银行的运行等。这些业务的升级换代一般选择在凌晨进行，以保证不影响对外服务。营业网点也是一样，营业部所有营业设备今天必须联网成功，否则明天就无法营业。昨天李伟超已经忙碌了一天，把线路、电源等进行了布置，但信号还没有联通，今天李伟超又把移动公司技术人员请了过来，继续协助调试。李伟超说是支行科技管理员，实际只是兼职科技管理工作，他的本职工作是市场二部（个人贷款业务部）的一名客户经理，负责几千户个人贷款客户的管理，还不断有新楼盘客户加入，发放贷款、催收贷款每天忙得不可开交。

"什么时候能联上网？"黄原问李伟超。

"不好说，反正今天早晚得联上。"李伟超额头上渗出了汗珠，微胖的身子蹲在路由器旁逐条调试网线，他知道是黄原副行长，头也没顾得抬。

下午，黄原继续陪着李伟超以及营业部几个参加信号测试的人员加班，直到晚上七点多，联网才调试成功。营业场地变迁对外告示也已张贴完毕，临时营业场地一切都准备就绪，明天可以开门营业了。

李伟超回到家里，妻子和孩子已经吃完饭了。妻子把饭菜端上餐桌，白了一眼李伟超，说："你看人家是一周上五天，你一周上七天，真服你了！"

"这不是营业部装修搬迁吗？要联网调试。"

"营业部的工作也离不开你，人家一人一岗，你一人双岗还不多拿钱。经常加班加点，年终考核也没见你有几次是优秀、良好。我不信蒙山县行离了你就得关门！"

这话戳到了李伟超的痛点。李伟超心想，妻子说的有点道理，兼职科技管理工作十年了，全行哪个部门网络或设备坏了就找他，往往还是急活，有时候要放下本部门的工作去其他部门干。本部门主任一看丢下市场二部的工作又跑了，自然也不高兴。去晚了维修不及时，其他部门主任也有意见，反正是两头得罪人。可是又有什么办法呢？行里只有自己一个人兼职科技工作，再说科技工作也不是谁想干就能干得了的，既要懂电脑软硬件知识，又要懂银行系统业务，还要有多年的经验积累。行领导也想找个接班人，不知何故一直没有结果。就是因为个人的年终考核优秀、良好少，这些年直接影响了自己工资提升的幅度。部门员工的年终考核主要由部门负责人管理，不得不说科技兼职工作确实影响了自己的本职工作，也难怪每年的个人考核结果都不理想。不过工作总还得有人干，自己不干别人就得干。李伟超边想边吃了点饭，哪里还有胃口，草草就结束了。简单收拾一下碗筷，坐到沙发上，闭目养神起来。这一周实在是太忙了，发放了两百多户个人房贷，营业部搬迁又连加了两天班，实在是太累了。

"爸爸，你看看这道题怎么做？"儿子拿着作业本跑了过来。

"让你妈妈看看，爸爸不舒服。"

"嗯，成天不回家，回家就打盹。"儿子噘着嘴去卫生间找妈妈。

"李伟超，你想干吗？我在洗衣服，你就不能给儿子看看！"卫生间里传来妻子的叫喊声。

"来、来、来，我看看。"李伟超勉强睁开双眼，把儿子又叫了回来。

当黄原第二天再次见到李伟超时，李伟超已经躺在了县医院的病床上。李伟超本来血压就高，连续几天的劳累，突发了脑出血。

当晚，李伟超给儿子辅导完作业，感觉有点头晕，也没有洗漱便上床休息了。妻子洗完衣服，发现李伟超已经躺在床上，感觉不对劲，在询问时发现丈夫说话时口型都变了，于是立马拨打了120急救电话，幸亏发现得早，这才避免了一场大难。主治医生告诉黄原，已经止血了，住院保守治疗即可，暂时无须手术。

"营业部正常营业了吧？"挂着吊瓶，脸色蜡黄的李伟超见黄原来了，又想起了营业部搬迁的事，声音微弱地问道。

"营业一切正常，你安心治疗，不要多想。"

黄原看着因劳累病倒的李伟超，心里很不是滋味。多年来支行每次设备更新换代或系统升级，李伟超总是任劳任怨，不分昼夜加班加点。他的唯一缺点就是工作节奏慢些，但有韧劲，也从不计较个人得失。在年终考核评选、绩效工资分配方面从来没有找行领导讨价还价，平时也不与领导交流沟通，只知道干好本职工作。现在自己已经病成这样了，还想着营业部搬迁营业的事……

黄原走时，李伟超的妻子跟了出来，在走廊里对黄原说："李伟超工作太忙了，这病就是累出来的。你们行领导也该给他调调工作了，最好把那个什么科技管理给去了。"

"回去我给邢行长汇报一下。现在最关键的是先给李伟超治病，其他的问题出院后再说。如果有什么需要支行帮忙的，及时给县行办公室打电话，让李伟超直接给我打也可以。"

回到单位，黄原便将李伟超的情况向邢行长进行了汇报，邢真说明天就去医院看望。至于科技管理工作临时还找不到合适的人选，等以后再议。

八

　　营业部装修已经动工了，这是一次大"手术"，原来的内饰全部拆除，重新再造一个全新的营业室，预算装修费用近二百万元，从设计、施工、验收全部由省分行公开招标。全部搬迁出来营业较边装修边营业有利于加快装修进度，也有利于提高装修质量。不利影响就是临时营业场地面积狭小，员工、客户都感觉不太方便，但大家都理解，这只是暂时的。

　　行长办公室，邢真正在看市分行网上下发的二季度考核通报。综合考核结果已经出来了，蒙山支行虽然还是倒数第一，但千分制考核分值有了提升，较倒数第二名总分只差了几十分，相较以往的差百分以上，差距明显缩小。三季度已经过半，从目前各项指标完成情况看，三季度较二季度会有较大提升，有望摆脱后三名。

"咚咚……"响起了敲门声。

"请进。"

营业部主任郑丽芳拿着一张打印的 A4 纸走了进来，满脸通红，那是内心怨气的升腾。

"邢行长，你看看吧，这是营业部二季度支行绩效工资考核合约得分情况。"

"郑主任坐下说。"

当支行将各部门、网点二季度绩效工资合约考核得分统计表从网上下发至全行时，邢真已经看到了营业部的情况。由于营业部上次绩效考核合约调整到位，考核项目齐全，造成二季度考核得分不理想，在支行七个考核部门中倒数第三。

"营业部二季度个金业务综合考核在全市十九家营业部中排名由原来的倒数第一提升到了全市第十五名，提升了四个名次，在县行七个部门中是提升最多的一个，可综合得分却……"说着说着，郑丽芳的眼泪忍不住流了下来，几乎要哭出声来。这次营业部的考核得分令她无法面对，不仅直接影响了她本人二季度的绩效工资收入，还影响了营业部十四名员工的绩效工资收入，她无法给营业部员工一个交代。

是的，营业部的进步是全行有目共睹的，这一点邢真也明白。他抽了两张抽纸递给郑丽芳，说："这个问题县行在绩效工资分配时会综合考虑的，尤其是支行绩效工资调控方面会对营业部给予考虑，放心好了。"

郑丽芳接过抽纸擦拭了双眼，情绪有所稳定。

邢真接着说："另外，行里已经研究了，其他部门的绩效考核合约马上要再次修订，要像营业部的一样，真正达到科学合理，考核全面，弱项突出，重点分明。三季度就不会再出现这种情况了。"

"行领导知道就好，不能让营业部出了力反而没有好结果。"

郑丽芳走后，邢真便电话通知办公室下发部门绩效考核合约修订的通知，由各分管行长负责，各部门参与，两天内修订完毕，报邢真审核通过后下发执行。

刚放下电话，温欣打来了电话："大行长，晚上有空吗？"

"老同学有何指示，尽管吩咐。"

"我哪敢吩咐你啊，是你吩咐我的任务，我必须要落实啊。今晚王县长来我们公司，我打算请他在伙房吃饭，这可是个好机会，你不要错过啊！"

"好！好！我一定参加。"

整个下午邢真觉得时间过得很慢，墙上挂的钟表时针像是电力不足，总是慢悠悠的半天不动。自从上次与温欣见面后两个人就再没见面。但电话、QQ、短信倒是经常联系，尤其是晚上躺在床上的时候，邢真便通过QQ给温欣发信息。有时候温欣也主动通过QQ给邢真发信息。两个异地单身人，各自主政一方，平时忙于工作，闲暇时聊天也是一种精神上的放松。

下午四点四十，邢真让司机小梁开车把他送到鲁南新型建材有限公司，然后让小梁开车返回了单位。

王亮县长还没有到，温欣给邢真冲了杯茶，自己到隔壁房间换下了工装，再次回到办公室，带来了一阵芳香。蓝白相间抽象水墨画式的纱薄上衣，一袭天蓝色长裙，突显修长身段，令邢真眼前一亮。

这次与王亮县长见面，温欣不单是为了让邢真结识王县长，也是为了给自己的公司谋发展。在与邢真第一次见面时本就想告诉他的，担心会让邢真为难，就没有说出口。公司近几年效益不错，计划扩大生产经营规模，厂房扩建、购置设备、流动资金等都需要银行贷款支持。

温欣前期曾找主持工作的李之栋谈过，李之栋说公司目前条件还不符合贷款相关规定，于是贷款的事便停了下来。温欣又跑了其他几家银行，答复与李之栋说的如出一辙，也没有办成。没想到县里比温欣还急切，督促温欣尽快上马新项目，扩大生产经营，增加县财税收入。这次见面也是王县长让温欣请邢真参加的。在王县长到来之前，温欣为了让邢真心中有数，把贷款的事以及县里的意见提前告诉了邢真。温欣还说，如果真不符合贷款条件就不要勉为其难。

温欣说完情况后，邢真给李之栋打了个电话，询问了关于温欣公司申请贷款未成的具体情况。

"鲁南新型建材有限公司是我们县里的纳税大户，在座的各位要多支持温总的公司发展啊。尤其是邢行长，你们银行在贷款上要给予倾斜，企业的发展离不开银行的支持，银行的发展也同样靠企业的兴旺啊。"吃饭时，王亮县长环视了一番，把目光停留在邢真身上。

"那当然，那当然，温总还是我的老同学呢，一定全力支持。"邢真说。

"可我听说，鲁南新型建材有限公司前段时间向你们银行申请贷款，你们没有贷啊！"

邢真微笑着站了起来："王县长，在您来之前温总才刚告诉我这事，我回去以后马上核实一下具体情况。"

"好，坐下吧。"王县长向站着的邢真招手示意坐下。

这次见面邢真很满意，不仅加深了与王亮县长的印象，还与县财政局郑局长、国土资源局李局长进行了交流沟通。

王县长他们离开后，餐厅接待室里只剩下邢真与温欣两个人，温欣望着邢真说："贷款的事别太让你为难了就好，我也是被老爸逼得非得扩大经营，还有县里也催着上马新项目。不过我对新项目还是满怀信心的，如果你们银行贷款成功了，我绝不会让你们的贷款出问题的，这一点我可以保证。无论干什么都要讲诚信，更不能坑害老同学你啊！"

其实邢真最近对温欣的公司也做过调查的，包括税务、工商部门及关联企业都反映公司讲诚信守信用。贷款不仅要看企业，还要看企业一把手的人品，邢真对温欣是信得过的，从中学开始，他就感觉到了。

"我回去再仔细研究一下，应该问题不大。不谈工作了，问你个事，你办公室那幅字写得不错，也有意义，特意选'温故而知新'与你的姓名有点关系吧。"

"是的，我这个名字是我爸爸起的，意思是让我要谦虚好学，不断提升自我。可惜我没有达到父亲的期望。大学毕业后，我本打算留校任教，父亲说还是女承父业的好，硬让我回来，无奈之下就回到了家乡。"温欣说完，莞尔一笑歪了下头，粉红色稍有点厚的双唇嘟在了一起，一副无奈却又不甘的神情。

"你现在也做得很好啊，王县长刚才不就夸你公司经营得不错吗。"

"背后有老爸呢，我只是个执行代理人。"

"又谦虚了，聊天也没忘记你爸的教诲啊。哎，问你个事。"

"说，什么事？"

"上次你说有了一个孩子却因为他流产了，怎么回事？"

"想听吗？"

"如果你方便说的话，当然想听听。"

"可是……还真有点不好意思。不过也无所谓，都是成年人了。"温欣喝了口水，又给邢真倒了点水，继续说，"他是一个精力旺盛又花心好色的人，在我怀孕四个月的时候，有一次，他在外面喝了酒回家，非要同床，就是那次发生了意外。不说了，怪丢人的，这事我谁也没告诉过。"温欣说完，似乎有点伤心，一会儿又抬起头来，微笑着继续说，"不过也是一件好事，如果把孩子生下来了，那才麻烦呢。"

"怎么说？"

"你想，我和他离婚是早晚的事，如果生了孩子再离婚，对孩子也是一种伤害。"

"你的发型很好看，烫了又染的吗？"邢真岔开了这个尴尬的话题。

"我才不染不烫呢，是继承了父亲的基因，自然卷、自然黄，不知道的都以为是烫了又染的呢。"

"自然美，怪不得看着这么天然浑成，这么养眼呢。"

"又贫嘴。"

"说的实话，初中时你的发色发型没这么明显。你跟着父亲回东北后，同学们都若有所失，时常还提起你呢。"其实，邢真心里明白真正若有所失的是他本人，那个时候他对温欣就有一种说不出的朦胧感觉，包括那次往温欣铅笔盒里放小壁虎也是别有用心——想让温欣注意到自己。

"是吗，我回到长春后也经常想老师和同学们。和你来个约定如何？"

"约定什么？"邢真好奇地看着温欣。

"过段时间，秋天到了，天气凉爽了，是蒙山最美的季节，我们一起去登蒙山如何？"

"好啊，我可以免费为你当向导，还可以给你讲蒙山美丽的神话传说呢。"

"好，一言为定！拉钩。"温欣说着头一歪微笑着像个孩子伸出了右手小拇指。

邢真稍迟疑一下便伸手钩住了温欣白皙柔软的小拇指，两双热辣辣的目光似乎也交融在了一起。

"咚咚……"敲门声分开了两只交织的手，各自不约而同地端起了茶杯。

"请进。"温欣说完，公司司机走了进来。

"温总，什么时候送邢行长回去？"

"这就走，这就走，麻烦你再跑一趟。"邢真边说边放下手中的茶杯站了起来。

邢真与温欣握手告别，说："谢谢温总的盛情款待，改天我请你。"

"就这样谢吗？"

邢真还没反应过来，温欣已经张开了双臂："来个西式告别吧！"

邢真只好顺势拥抱了一下温欣，一股芬芳再次沁入邢真的心房。

这个拥抱令酒后的邢真回到宿舍躺在床上后还不能忘怀，他心中似乎有所期待，不仅仅是秋季蒙山之约，温欣的言谈举止像放电影一样一幕幕回荡在脑海。

邢真一觉醒来时已经是早上七点多了，赖了会儿床，他还是强打精神起了床。上班后还有一个重要的会议，昨天就已经下发会议通知了，议程是否能顺利通过，他需要提前做好会议准备。另外，鲁南新型建材有限公司贷款的事也要尽快商定下来。

九

　　市分行二季度的支行绩效工资分配总数下发了，今天准备召开的是行长办公会议，主要讨论绩效工资再分配事项。另一个内容就是宣布市分行关于邢真转正的公文。银监局的资格考试邢真以八十七分顺利过关，市分行正式发文任命邢真为蒙山支行行长。

　　绩效奖励工资一般占员工平均总工资的30%~50%，经营业绩好的支行占比高，业绩差的支行占比低。对个人而言，个别业绩突出的员工绩效工资可能远高于基本工资。绩效工资每季度考核兑现一次。市分行要求今天必须分配完毕，并将分配到员工的绩效工资清单上报市分行，然后全市统一导入系统下发到个人账户中。行长、各分管行长的绩效工资是单列的，由市分行分配。各部门及部门负责人的绩效工资也基本无须讨论，根据绩效工资合约得分即可计算出应得份额。会议讨论的主要部分是计价奖励工资与行长调控部分如何分配。所谓行长调控，即为解决分配过程中的不公平现象及特殊情况，每季度支行要在总绩效工资中调出一部分用于再分配，调控比例一般占总绩效工资的10%~15%。

八点四十分，支行小会议室，行长办公会准时开始。邢真、李之栋、黄原、办公室主任兼绩效考核办主任文波列席参加。

邢真将事先打印的绩效工资考核办法给在座的每人分发一份，文波将测算的绩效工资分配表、黄原将修订后的网点内控管理专项奖惩考核办法也给每人分发一份。

邢真首先将市分行关于邢真行长任命的公文简要通报了一下，然后由办公室主任文波将二季度绩效工资分配、计价工资分配、绩效工资行长调控计提情况进行了汇报。

"各行长看看，二季度营业部各项指标提升幅度在县行各部门中是最大的，可绩效考核合约得分不高导致绩效较少，是什么原因呢？"邢真看了看李之栋、黄原说。

李之栋脸上现出了一丝微笑，立马又收敛起来。他是明白的，营业部的绩效考核合约初稿本来是他修订的，后来郑丽芳又进行了调整，还网发了各行长邮箱，为此还得到了邢真行长的表扬，心想这是营业部自找的，怨不得别人。

"二季度营业部的绩效合约修订得到位，考核项目全面，重点突出，弱项强项兼顾，其他部门的调整相对不彻底，所以营业部虽有进步但影响了在支行的考核。也正因为如此，其他部门的绩效考核合约后来又重新进行了调整。"黄原说。

"是的，黄行长说得对。郑丽芳主任也为此找过我，我们不能让多干的反而拿不到钱。所以，这次在行长调控绩效工资中要重点向营业部进行倾斜。"

邢真说完看着李之栋，等待着他的口头禅再次出现。

李之栋低着头在笔记本上胡乱写着，对邢真的话没有表态。心里正在盘算着，上个季度绩效工资分配还欠着市场一部关于单位开户的计价奖励，他已经口头答应市场部了，本来想在这次行长调控中进行兑现，看来这次恐怕又要泡汤了。

黄原看李之栋不发言便提出了个人意见："我不支持，

对营业部倾斜也要有依据才可以，这次考核虽然对营业部不太公平，但完全是依据考核办法计算出来的结果。"

"依据，有啊，看看绩效合约考核办法第二十一条：在部门（网点）绩效合约出现与实际业绩差别较大时，支行考核时将在行长调控中给予重点关注。"邢真把考核办法第二十一条读了一遍。这是他上次最后审核绩效考核办法时补充的其中一条，只是其他行长没有在意罢了。

看着考核办法第二十一条，李之栋心想，邢真这小子还真行，有点先见之明，然后说："这季度的绩效可以向营业部倾斜，可是市场一部上季度的开户计价还没兑现呢。"

"市场一部开户计价等下季度再兑现吧。"邢真说。

黄原看了考核办法第二十一条，也无话可说了。

大家一致同意将行长调控绩效工资重点向营业部进行倾斜，郑丽芳个人的绩效工资也得到了调控增加。剩下的少部分调控给了得分最低的朝阳路支行，其他部门基本没有分到行长调控部分绩效工资。

会议第二项议程，邢真提出了鲁南新型建材有限公司贷款的事，对如何才能把这笔贷款办成征询意见。李之栋没有谈采取什么措施才能办理，却第一个提出了反对意见，说鲁南新型建材有限公司质押物低于贷款金额，不符合规定，且在外省长春。异地质押理论上虽然可以，但如果贷款出了问题质押物难以监管和执行，市分行不会批准，省分行更不会批准。李之栋熟悉贷款业务，分析得完全正确，他临时主持工作时给市分行汇报过这笔贷款情况，市分行也是明确不支持的。现在他更要反对了，成功了是你邢真的功劳，但如果出了问题，凭什么要跟着你邢真一起承担责任！

黄原一听李之栋说贷款不符合规定，自然还是那句话"我不支持"。

两项议程，邢真领略到了黄原的口头禅，却一次也没有听到李之栋"我同意"的口头禅，心想，口头禅也不是张口就出的，也会因人因势而变化的。

邢真一看不可能统一意见了，只好以命令似的口吻说："这项贷款是王亮县长亲自过问的！这样吧，李行长通知市场部尽快准备好贷款材料，行与不行先报给市分行再说，然后我再去市分行协调。否则，无法向县里交代，我们以后的工作还怎么开展！"

李之栋一看邢真这架势，办也得办，不办也得办，不情愿地点了点头，没有再言语。

会议还讨论通过了黄原提交的网点内控管理专项奖惩考核办法。主要是针对网点风险事件防控，即柜面业务差错、风险事件防范、业务运行效率等进行的奖惩考核，办法上写着核减奖励绩效，但为了见成效，实际执行是罚款缴纳现金，奖励由罚款中出，也是现金。即羊毛出在羊身上，奖优罚劣。但由于上级行不允许现金奖罚，所以办法中只能写上核减奖励绩效。这种现金方式考核不牵扯支行或部门绩效分配，不涉及部门利益，大家都没有意见，所以一致同意通过了。

绩效工资分配结果下发各部门后，各部门负责人都在看，各员工也都在看，这是关系个人切身利益的事。

市场部主任周强一看不仅行长调控绩效没有分得一分钱，说好了的一季度单位开户计价奖励也没有兑现，他气冲冲地来到李之栋的办公室。

"李行长，怎么回事？不是说好了这次把一季度的单位开户计价奖励发了吗？"

"甭提了，本来是计划发的，营业部的考核出现了偏差，把行长调控的绩效工资大多分给了营业部。"李之栋看着周强满脸怒气地走了进来，也从座位上站了起来，眼睛望着周强，双手叉在腰间，一副迎战的架势。

"你们想给谁就给谁，会哭的孩子有奶吃是吧？这工作以后还怎么干啊？"

"怎么这么说呢？把调控的绩效工资分给营业部也是

有依据的，你看看绩效考核办法第二十一条，说得很清楚。"李之栋把考核办法递给了周强。

"看有什么用，办法还不是你们定的。"周强瞥了一眼绩效工资考核办法，没有细看。

"考核办法别管谁定的，最后都是征求过部门意见后才下发的。再说，人家营业部这次在市分行营业部单列排名提升幅度比县行其他部门确实大。"

"我们的开户计价奖励也是你们定的，怎么不兑现了呢？"

"没说不给啊，三季度吧，我已经给邢行长说好了。"

周强走后，李之栋陷入了沉思，对周强的牢骚也是理解的。部门主任关注本部门的绩效工资考核结果是对的，市分行、县支行的考核办法太多，随时也会调整变动。身为一个部门负责人如果只知道埋头干活不研究考核办法，不关注绩效工资考核与分配结果，有时候还真会吃亏的。并不是支行故意偏向哪个部门，是有时候支行分配绩效时也会有疏忽或遗漏。市场部的这个单位开户奖励是一季度临时增加的一个考核项目，在一季度绩效分配时遗漏了，当一季度绩效分配完周强发现问题再讨要时已经晚了。而如果周强没有发现，这项考核或许永远也不会再兑现了。

对二季度绩效工资分配不太满意的还有郑丽芳。当她看到绩效工资分配结果时虽然也感觉不公平，但看到支行毕竟把行长调控绩效工资的大部分调给了营业部和她本人，心理也就稍感平衡了些。再说三季度就不会再出现这种情况了，因为其他部门的绩效考核合约已重新进行了调整。

营业部 ATM 机管理员袁立新看到自己的绩效工资又是营业部比较少的几个之一，虽然心里不舒服但也习以为常了。自己不善营销，每季度存款任务、开户任务都完成得不好，所以每次计价等专项考核自己都拿不到奖励。虽然论资格、论工龄他是营业部的老员工了，但基本工资加绩效工资总收入总是排名靠后。

当办公室把全行员工绩效工资分配清单拿给黄原签字时，黄原对每个人的收入又看了一遍。他也发现了一些问题，比如网点绩效工资理财经理的最高，而网点做后期内部管理工作的员工则较少，袁立新就是其中之一。临柜的柜员虽承担了全行所有的柜面业务，但这些业务多数是不计价奖励的，所以绩效比较少。有些业务虽然有奖励，也全部奖励给了营销人员。比如单位开户业务，业务经办是柜员，把客户营销来银行开户的是客户经理，则计价奖励就属于客户经理。还有大客户即贵宾客户业务，比如私人银行客户、优质的单位客户等，虽然这些客户大部分业务也要经柜员办理，但最终考核奖励仅属于理财经理或分管客户的客户经理。商业银行业务与保险公司业务不同，银行每办理一笔业务可能要经过多个员工之手，几乎没有一笔业务是一个人能独立完成的，所以在计价奖励分配时就很难做到公平合理，这也正是商业银行业务考核的难点。

以上问题黄原过去也曾经跟部门负责人谈过，绩效工资分配时在营销人员与经办柜员之间要适当进行分摊，但实际鲜少执行。其实全行上下都存在重营销轻风控（后勤）的问题，黄原本人每季度的绩效工资都比分管营销的行长少很多，有时候比部门主任的还少，但他从来没有因为个人绩效问题找过行长。

黄原明白，营销工作确实不容易，一年到头指标任务重，压力大，外出营销要求人，系统内跑业务也要求人。见什么人说什么话，有时候还要忍气吞声、低三下四，反正自己是做不到。

再说了，即便自己当一把手也会倾向于分管营销的行长，全行员工都指望营销吃饭呢。市分行也是这样，分管营销的行长绩效高于分管风险管理的，各部门老总的工资系数和绩效工资也因营销与否拉开了差距，营销的高，后勤的低。市分行一般员工也是如此，后勤部门比营销部门的都少。

虽然每次开会领导都讲风险管控，都讲安全，讲内控管理的重要性，但绩效分配中营销与风险管理（后勤）岗位的待遇是有明显差距的，干部提拔也是优先提拔营销人才，这也是商业银行公开的秘密。对于风险管理者而言不出问题便是成绩，不像营销业绩那是大家都看得见、都得实惠的"真金白银"，比如存款、中收、利润等。

但银行是大家的银行，平台是银行这个大家庭给的，每个岗位只是分工不同，没有高低贵贱之分。离开了银行这个大平台，个人能力再强也不会出任何成果，而这个大平台正是全行员工共同搭建的，每个部门、每个岗位都是不可或缺的。所以黄原一直认为目前的绩效工资考核办法仍然存在不合理、不科学因素。

除上面说的绩效工资问题外，员工的基本工资，即岗位固定工资，也因是否营销而逐年拉开了差距，营销岗位员工基本工资普遍高于非营销岗位员工，这也与重营销的考核倾向有关。每年度结束后，全行要进行一次年度综合评价，根据员工一年工作表现评选为"优秀""良好""合格（称职）""不合格（不称职）"四个等级，优秀、良好等级评级名额也是有比例限制的。等级越优工资晋级的积分越多，积分越多工资上涨的幅度就越大。营销业绩好的员工年年被评为"优秀"，以至于在三年一次的晋升工资时积分都超标了，而超额积分在工资晋级后会全部清零，从而造成了积分浪费。而营销业绩相对差一点的员工则积分不足，以致在三年一次的晋升工资时失去晋级机会。

对以上绩效工资分配及年终评优存在的问题，黄原拿出会议记录本进行了简单记录，希望在以后的行长办公会议中再提议，争取能有所改善。

一是关于绩效分配中的计价工资要合理按比例分摊，不能都奖励给一个员工；二是年度员工评优要区别对待、灵活掌握，不搞一刀切。营销业绩虽好但个人考核期积分已经够工资晋级的员工不再评选为"优秀""良好"，而是把有限的"优秀""良好"名额分配给工作表现相对较好但考核期积分较低的员工。

"丁零零！"黄原刚整理完笔记，电话响了，是河东支行分管内控管理的孙行长打来的，询问黄原这次发了多少绩效工资。

当黄原告诉他发的绩效工资金额时，对方传来了笑声："呵呵，比我发的还少1000元呢，你们支行考核落后，我们行是在前五名的，可我的绩效也不多啊，比分管营销的差不少。"

"不都是这样吗，谁让你不干营销呢？"黄原说。

"干不干营销自己做不了主啊，让干照样能干。"

"营销也不容易啊，完不成任务也会被扣除绩效工资的。"

"总的来说，干营销的还是奖励的多，处罚的少啊。"

"光绩效奖金少吗？基本工资涨得也慢啊，年中考核'优秀''良好'名额也倾向营销的分管行长，造成我们的积分少，工资就涨得慢。"黄原说。

"就是啊，改天得找领导谈谈干营销去。不跟你说了，人民银行过来检查反洗钱业务，我要到网点陪着检查去，已经查两天了，还不知道什么时候结束。"

"那你快去吧，可要重视，查出问题有可能还会受处罚呢。"黄原说。

"谁说不是呢，干风险管理的净是出力不讨好，发展成绩都是营销的，出了任何问题都是我们的，我们跟在屁股后面擦腚，提拔的时候还没有我们的份。"

黄原挂断电话，浏览了一下网上邮件，一个通知引起了他的注意，关乎蒙山支行，也给黄原带来了一个分外的"任务"。

十

这个通知就是市分行关于定向招聘大学生的事宜。鉴于沂州分行柜员日人均业务量全省最高，客户排队现象比较严重，影响了客户体验，市分行上报省分行，省分行研究后决定沂州市分行可以定向招聘一批柜员合同工。招聘条件是面向本市新毕业二类以上本科大学生，专业对口。消息很快在全市员工之间传开，报名工作也随之开始。

星期一，黄原来到办公室刚打扫完卫生，敲门声响了。开门进来的是蒙山支行原职工崔生富的妻子赵大姐。

赵大姐来找黄原是为了女儿参加定向合同柜员招聘的事。赵大姐的二女儿今年大学毕业，面临着就业难题。不知从哪儿听说了市分行要定向招聘一批合同制柜员。赵大姐说，在 AB 银行里也没有熟人，就认识黄原，让黄原看在与崔生富共过事的分上，想让他帮忙看看能否把女儿招进来，而且提出一个条件，招进来不能在蒙山支行上班，其他支行都可以，如果能到市区支行更好，先就业再说。黄原没有承诺，也没有拒绝，说了解一下情况，会尽量帮忙。他清楚这次招聘竞争比较激烈，据可靠消息，报名人数与录取人数比例至少为七比一。

送走了赵大姐，黄原的心情无法平静，虽然他权力有限，但他无法拒绝赵大姐的请求，因为黄原实在忘不了崔生富这个人——他最早的上司（办事处主任），已经去世。

黄原从银行学校毕业后被分配到了蒙山支行一个乡镇办事处，当时办事处的主任就是崔生富。崔主任乐于助人，工作也上心，且会过日子，勤俭得很。如果非说缺点，用老百姓的话说，就是话多、嘴碎，好与人抬杠，说起事来有理无理总要硬抗到底，错了也死不认账。

有一天下班后，崔生富对黄原说："我是农村出身，是在粮所工作的父亲提前退休让我接的班，后来才进了银行。你也是农村出身，来这里工作，离县城远，条件艰苦，白天工作、晚上还要负责看守金库，不容易啊。"

当时办事处因离县支行较远，为方便营业保留了金库。所谓的金库就是在营业厅侧房里放了一个大保险柜，日终把所有营业现金锁进去。配备一支半自动步枪，十发子弹。办事处员工白天营业，夜间还要安排两个人负责值班看守。守库人员每人每次补助五角钱。那时黄原每月工资约五十元，每月全勤十五元的守库补助金就成了一笔不小的收入。因黄原单身且离家远一般不回家，便成了守库的常客。所以，晚上看守金库黄原倒是不以为苦，反以为乐。但有一次夜半惊魂，改变了黄原对守库的看法。

那是一个深秋的夜晚，负责一起守库的同事下班后回县城相亲，夜间下起了雨，同事没能及时返回网点。雨夜里漆黑一片，黄原一个人在空荡荡的小院平房里看守金库。小院孤零零的，周围也没有住户，黄原心里难免有些紧张。睡前，黄原将子弹入膛，打开扳机保险，把步枪放在床头。

半夜里，黄原突然被一阵"吱嘎、吱嘎"的声响惊醒，他立马警觉起来，心里像怀揣了只兔子怦怦直跳。黄原紧握步枪，瞄准发出异常声响的窗户，手指紧扣扳机，一副随时开战的架势。心想，如果有人破窗而入就扣动扳机。冷静后才发现，铁栏内的窗户没有关严，半夜起风，吹得窗户发出了碰撞声，虚惊一场。这事黄原本不打算告诉主任崔生富，但第二天崔生富到网点比较早，那位回家相亲的员工还没返回网点，崔生富便发现了黄原一人守库的情况。崔生富告诫黄原，这事不仅违规还十分危险，以后出现这种情况一定要及时向他汇报，没人值班时他可以替班，但决不能一人守库。

崔生富还告诉黄原，办事处条件虽苦但也有好处，就是能够多学到业务。你和我还不一样，年轻有学问。但中专学历还不行啊，你要参加自学考试，起码要弄个大专文凭，将来会有用的。

后来黄原参加了自学考试，顺利拿到了专科文凭。再后来 AB 银行凡提拔支行副行长的最低学历必须是专科，如果没有这个大专文凭，黄原后来就不可能被提拔为副行长，为此他对崔生富是心存感激的。谁也没想到2003 年，也就是在国有四大银行股份制改革的前期，一场变革改变了崔生富的命运。

那是一个星期五下班后的晚上，为落实上级行减员增效硬性要求，蒙山支行开展了一次末位淘汰下岗投票。当时气氛很严肃，市分行专门安排两名人员到支行监督投票。据说这是 AB 银行全省的统一行动，每个支行至少通过裁员要下岗一人，达到既减员增效，也调动员工积极性，促进市场化经营的目的（所谓市场化即员工能进能出），为下步股改上市奠定基础。

黄原当时还是一名普通员工，投票打分时他给崔生富打了 100 分。黄原清楚地记得，只有那次投票行领导与员工是绝对的公平，全行员工一人一票，且每个人的权重都一样。而平时投票打分权重是分等级的，一般情况是：行长、分管行长是一个级别的，权重占四成；部门主任又是一个级别的，权重占三成；剩下的为其余员工的，权重占三成。这种打分方式有时候几个行领导就能决定一个人的分值，但这次是唯一的一次例外。

经过一番投票、唱票，现场当众公布结果，作为一般员工每个人都心跳加速，紧张不已，没有谁敢百分之百保证被淘汰的不是自己。个个竖起耳朵，瞪大眼睛听唱票结果。黄原没想到，崔生富得分是最后一名，他本人肯定也没有想到。事后大家议论，无论是工作能力、工作表现还是资历，崔生富确实不是最差的一个。

但现实就是这样残酷，就像书上说的"谁也不知道明天和意外哪一个会先来"。有的人整天忙忙碌碌、省吃俭用，期待将来会有机会坐享清福，可是还没等到将来，甚至还没来得及想该忙什么了就突然倒下了。

崔生富一分钟前还是 AB 银行一个白领员工，一分钟后就成了下岗失业人员。黄原永远记得那个夜晚，员工个个含着同情的目光，扫视了一眼崔生富，然后默默地离场了。黄原看到崔生富呆呆地坐在原地，一言不发。

几个行领导没有离开，担心崔生富出事，安排办公室人员看护好崔生富，黄原也主动要求与办公室人员一起护送崔生富回家。

后来黄原又单独去过崔生富家几次。崔生富下岗了，妻子又没有工作，黄原非常担心他会想不开。有一天晚上，黄原又来到崔生富家，说了几句安慰的话。

崔生富说："你也不用过来了，工作又忙。放心吧，我没事。甭管是谁下来，反正得有一个人摊上。再说今年不下来，明年也保不准。当年如果不是接父亲的班，这二十年我还不是得在家里种地，只是对不住死去的父亲……"说着，崔生富流下了眼泪。黄原也沉默下来，此时此刻不知道该说什么好，默默地从茶几上抽了几张抽纸递给他。

崔生富接过抽纸擦了擦双眼，停顿了一会儿，接着说："原来弟弟还嫌父亲偏心眼，没让他接班，现在好了，不用攀了，我也没工作了。现在还不如弟弟呢，人家老家里还有几亩地种，我现在什么也没有了。"说话时脸上挂了一丝自嘲似的苦笑。其实，崔生富说错了，末位淘汰下岗只搞了那一次，他正好摊上了，成了蒙山支行第一个也是最后一个最倒霉的人。

最后崔生富还是走了一个自谋职业、自愿申请辞职的手续，支行按上级行规定补贴了崔生富几万元现金。崔生富把这几万元几乎全部补交了离职后的养老金、医保金，在一家企业当起了保安。再后来，生病了，保安也干不成了，熬到退休，谁知只领了一个月退休金便病逝了。从事件发生到去世，崔生富一次也没有到支行找过，更没有到上级行申诉过。

不管怎么说，那次惊心动魄的末位淘汰，一段时间内，确实在基层行员工中起到了震慑作用，员工再没有不听话的了。可惜这个"成效"也只管用了两年，停止了末位淘汰政策，员工又恢复了本来的状况。

今天，崔生富妻子的到来又勾起了黄原不愿追忆的往事。关于崔生富二女儿的事，无论成功与否黄原决定都要管管。黄原首先找到了邢真行长，告诉了崔生富妻子来的事，又简单讲述了崔生富的故事。邢真也很同情，表示下周去市分行找分行领导汇报一下，尽量争取办成。黄原打算如果有必要，他本人也会去市分行找领导进行汇报。

想到这里，黄原翻开记事本，把崔生富女儿应聘的事记了下来，无意中又发现记事本上关于网点月度应急演练的记录。

网点应急演练每个月组织一次，而且还要将演练情况全程录像上报市分行保卫部。演练的主要内容就是突发风险事件后网点的应对措施及过程，目的是防抢、防盗、防火、防舆情等。这种网点应急演练有歹徒、有客户、有故事，是上级行的规定动作，必须按规定执行，而且也十分必要。因为银行是特殊单位，现实中抢银行的案例时有发生。

黄原拨通了办公室的电话，安排文波通知其他的两个网点，下班后到营业部一起参加应急演练，这样那两个网点这个月就不用另行组织演练了。

下午六点多，营业部停止对外营业后，黄原、文波来到营业部临时营业处，朝阳路、中心所员工也陆续到来。六点半，应急演练开始了。

文波拿着一个黑色脖套、一个黑布包扎的纸箱子（包装成炸药包），微笑着对袁立新说："老袁，这个主角还是由你来演吧。"

女员工不能演抢银行的强盗，年轻的员工也不愿当这个主角。所以，每次基本都是由袁立新来演。袁立新只好接过文波手中的道具。

文波进行了演练前安排："这次我们的应急演练是犯罪分子持炸药包到现金柜台抢钱。一部分员工当客户，保安人员、大堂经理、现金区柜员、网点主任要密切配合，按照各自预定的演练岗位职责分工，做好各岗位的应急工作，包括公安报警、客户疏散、向行领导汇报、抓住罪犯等。现在演练开始。"

袁立新换下工装把脖套套在头上，只露出一双黑色发光的眼睛，一手提着"炸药包"，一手拿着打火机来到现金区柜台，拍打着防盗玻璃，对着现金区内的柜员大声喊叫："我是抢银行的，快把钱拿出来，快把钱拿出来！"

看着袁立新一副抢劫银行的蒙面形象，围观的其他员工被袁立新的演技逗笑了。"不准笑，赶快行动，疏散客户，我开始拍照录像了。"文波边说边录像。

"快把钱拿出来，快把钱拿出来！""歹徒"继续拍打着玻璃呼喊……

"我现在没钱，你要等一等，我打开保险柜给你拿。"柜员隔着防盗玻璃看着袁立新的滑稽形象，说着也忍不住笑了，只是强忍着没有笑出声来。

"上！"文波趁"歹徒"不注意，招呼保安、大堂人员一拥而上，将"歹徒"抓了起来。

在大家的齐心协力下演练很快就结束了。

"大家都集中到一块来，下面由黄行长对演练情况进行总结讲话。"

黄原看员工都站好了，开始了讲话："刚才大家的演练基本可以，但实际情况发生时会复杂的多。徐艳，如果歹徒不是持炸药包而是持刀挟持了一名客户，闪光的刀就架在客户脖子上威胁你把钱拿给他，这种情况怎么办？"

"不知道。"朝阳路现金区柜员徐艳沉默了一会儿，摇摇头说。

"这种情况，第一原则就是要确保被挟持客户的人身安全。歹徒的目的是抢钱，在没有得到钱的情况下一般不会伤害人质。歹徒也明白，如果持刀伤害了人质性质比抢钱还严重，公安部门一定会破案抓人的，而且判刑也会更重。所以，在这种情况下，其他员工要避开歹徒尽快报警，向行领导电话汇报。临柜柜员首先要安抚歹徒，做出准备拿钱的姿态，劝说歹徒先把人质放了，钱一定会给的。如果安抚效果不理想，歹徒情绪激动，可以考虑先将一部分钱递给歹徒，分散其注意力，缓解其焦虑，等待警察到场。记住一条，千万不能激怒歹徒。"

大家听得很认真，似乎歹徒持刀的画面就在眼前。徐艳听得很认真，她万万也没想到，正是这次黄原的提问不仅让她加强了记忆，还改变了她后来的工资待遇。

黄原停顿了一下接着说："至于歹徒持炸药、持枪抢劫的情况相对好处理，大家知道为什么吗？"

见没有人回答，黄原接着说："炸药或枪也有两种情况，一种情况炸药或枪是真的，另一种情况都是假的。无论真假，我们都要按真的对待。刚才说过，歹徒的目的是抢钱，他不会做出自杀的行为的。如果歹徒想通过引爆炸药炸毁柜台来抢钱，那么在引爆后会首先避开，以防伤到自己。所以，面对炸药的情况，只要把网点的客户全部疏散走，向公安报警，我们员工就不用担心害怕，从点燃到爆炸会有一个时间过程，歹徒点燃后能避开，我们更有时间躲避。所以，这种情况，可以不把钱交给歹徒，拖延时间，等待公安到来即可。

"如果歹徒持枪抢劫，歹徒会威胁现金区的柜员，但隔着防弹玻璃，一般情况是不会伤到现金区员工的。

"总之，确保客户人身安全、员工人身安全是第一位的，其次才是维护银行资金安全。关键是遇到突发情况要沉着应对，灵活机动，按照各自分工，做好客户疏散、公安报警、向行领导汇报等工作。好，我就讲这些。"

文波带头鼓掌，响起了一片掌声。

事情往往就是这样，怕什么来什么，刚演练完突发情况就来了。

深夜十一时许，刚刚入睡的黄原被手机铃声吵醒了。

"你好，我是公安局的，你们行朝阳路网点联防系统报警了，给你们行的网点主任打电话了，不知什么情况，再给你说一声。"

"好的，谢谢！我马上核实一下情况，一会儿给您汇报。"

难道有歹徒进入网点了？事不宜迟，黄原立即拨通了朝阳路网点主任钱坤的电话。

"钱主任，公安打来了电话，说是你们网点联防系统报警了，你知道什么情况吗？"

"我和业务主管去网点看了，没事，是联网报警设备故障，重启后已经恢复正常了。"

"那你应该给公安部门回个电话啊，公安部门电话又打我这儿来了。"

"这不刚处理完，我这就给公安回电话。"

虚惊一场，挂断电话后，黄原久久无法入睡。黄原本来就有睡眠障碍，一旦醒来再睡更难。

自从当上了分管风险管理的副行长，一年三百六十五天，每天二十四小时他的手机从来不敢关机。每天晚上八点前 ATM 故障报警短信不断，ATM 机发生故障时系统会自动发送短信。好在这个短信不只是发给黄原，还同时发给网点主任、ATM 管理员，所以，如果不是同一设备重复报警，黄原就不用过问，网点 ATM 管理员接到短信后就会主动到 ATM 机房处理故障。但即便这样，黄原夜间也不能关机，也不敢关机，上级行要求必须昼夜二十四小时保持畅通，无论节假日还是夜间，这也是由银行特殊行业决定的。谁也无法保证什么时候会突发意外情况，如有延误就是失职渎职，小则免职大则丢掉饭碗。对各网点主任、ATM 机管理员的要求也是这样，手机就像连着空中风筝的长线牢牢牵制住了这帮基层银行人，令他们的一颗心始终悬着，无论身在何地，春夏秋冬，昼夜不停。

十一

行长办公室，邢真听取市场部主任周强、分管行长李之栋关于鲁南新型建材有限公司申请的 1.5 亿元贷款进展情况汇报。

市分行将相关贷款资料通过系统上报到省分行，但已经一个月了，至今没有核准。温欣找过邢真，县里的王亮县长也电话问过。根据市分行反馈的情况，问题还是出在质押物上，质押物评估价过高且又在异地，如果不追加质押物或采取其他措施，贷款审批不能通过。

后来，温欣找到王亮县长，在王县长协调下，让县财源担保公司追加了 3000 万元担保。随后，二次上报补充资料。

为加快贷款发放进度，邢真安排李之栋带着补充完善后的贷款资料去了一趟省分行。李之栋与司机小梁开车行驶在高速公路上，返回时天色已黑。不知是因为晕车了，还是酒在作祟，李之栋腹中如误服农药中了毒，五味杂陈、翻箱倒柜，有说不出的难受滋味。只有晕过车的人才能体会到个中滋味，比单纯醉酒还难受。可在高速公路上无法停车，李之栋只好皱着眉头双手捂着嘴强忍着。李之栋已经告诉司机小梁见到服务区要停一下车。

小梁集中精力开着车，时刻注意路边的提示牌，恐怕错过了服务区。突然，前方路面上冒出了一个袋子状东西，躲避显然已经来不及了，他只好停止了加油，稍稍减速，紧握方向盘冲了过去。车辆随着"咯噔、咯噔"两声响，剧烈地颠簸了一下，紧接着"哇"的一声，李之栋如喷泉般吐了。

"不好意思，不好意思，吐车上了。"李之栋边说边用纸张擦拭着脸，吐后觉得好受多了，刚才车突然一颠实在是忍不住了。这时车里弥漫着酸辣刺鼻的辛酸味道，李之栋心里的味道也酸酸的：在基层行干营销工作真不容易，对外必须跑客户拉关系营销业务，对内为了业务还要跑上级。黄原天天蹲在家里管内勤，收入虽少了些，却没有营销压力。

车开到服务区清理收拾了一阵重新上路，回到蒙山县时已经是晚上十二点多了。

两天后，1.5 亿元贷款省行便核准完毕，但省行要求根据公司项目进度分批发放，第一期 5000 万元已经发放到了鲁南新型建材有限公司账户上。邢真第一时间电话告诉了温欣，并让温欣在合适的时候转告王亮县长。

挂断电话，温欣通过 QQ 给邢真先发了"谢谢"两个字，附加了一个拥抱表情图示，接着又发了个信息"记得蒙山之约"，附带了一个握手图示。

邢真回复了一个"OK"。

十二

市分行定向招聘大学生工作结束了，崔生富的闺女如愿进入了市区一家支行工作。蒙山支行分配了一名本地户籍的女大学生陈瑛，被安排到营业部现金区学业务。新入职员工不能直接上岗操作，须先安排一名经验丰富的柜员带徒弟，等新员工业务基本熟悉了再上岗。陈瑛的老师是现金区柜员赵静。赵静从事柜员工作十多年，业务全面，工作认真，服务客户耐心细致，已带过多个徒弟。

陈瑛上岗第一天，网点主任郑丽芳为陈瑛与赵静举行了简单的拜师仪式，赵静着工装端庄地坐在座椅上，陈瑛也着工装面对赵静站立着，在郑丽芳主持下双手合拢向老师赵静两鞠躬，老师对徒弟提出学习要求，徒弟表态虚心学习，争取早日上岗。

仪式结束后，便开始了学习。从系统出库、款箱现金营业前清点核实到交易录入，从日间轧账到日终轧账、清点空白重要凭证等，一个边做业务边讲述，一个边听业务边记录。既要与客户交流又要给徒弟讲解，一天下来老师口干舌燥，学生则看得眼花缭乱，听得大脑膨胀。不过一般一个月后徒弟就会渐渐入门了。

这天下班后，黄原安排办公室主任文波通知新员工陈瑛进行上岗前谈话，签订相关承诺书。

傍晚六点十分，三楼会议室谈话开始，黄原主谈，文波副谈并负责做谈话记录。

文波将打印好的《合规承诺书》《保密承诺书》一式两份交给陈瑛，说："这是上级行要求新入职人员必须签订的协议，你看看，然后签上名字，单位留一份你自己留一份。"

黄原把《员工行为守则》《员工禁止性规定》递给了陈瑛，说："这两本书你也带回去，业余时间好好看看。"陈瑛接过书，点了点头。

谈话开始了，黄原从商业银行必须遵循的相关规定谈到如何珍惜职业生涯，从柜面业务谈到八小时以外交友，从银行业务的特殊性谈到新员工的职业规划，陈瑛听得认真仔细，不停地点头表示认可。文波又对银行安全与保密工作要求进行了补充。

谈话内容很多，但陈瑛能够记住且印象最深的是：原来银行员工与社会上其他行业的人不一样，有些事非银行员工做不违法，但银行员工做就是违规违章，是不允许的，比如参与民间借贷、随意为他人担保等。本以为学好业务就 OK 了，没想到还有这么多要求，是要好好学学，不能做错了事自己还不知道，陈瑛离开会议室，走起路来感觉身上又沉重了几分。

不知不觉，陈瑛已经入行两个多月了，她进步很快，在现金区已经单独上岗，可独当一面。这天是第三季度的最后一天，听说转账区要发放一笔贷款，她也想学学贷款业务如何办理，于是处理完自己的业务便来到低柜转账区等待发放贷款。

已经晚上八点多了，二楼市场部的周强、客户经理胡勇强等还在忙碌着，三楼的邢真、李之栋也还在办公室，他们都是为了一笔贷款。这笔 5000 万元的贷款是市分行分派给蒙山支行的，指令蒙山支行发放给双 A 级

（信贷评级）企业鲁南现代制药股份有限公司。

下午，邢真、李之栋、周强专门到鲁南现代制药股份有限公司找财务总监协商贷款发放之事。没想到录入系统时出现了问题，总行最近刚升级了一个信贷审批管理系统，据说是总行几十号科技人员联合信贷专家花费了数年时间才研发成功的，该系统行业绝对领先，将所有现行的信贷制度、监管要求全部融入其中，实现了系统自动审核、自动检测，环环相扣、节节关联，一个地方不合适，甚至一个数据不衔接、不对应系统都无法通过。

这次是蒙山支行第一次使用该系统发放贷款，客户经理胡勇强一遍遍重复输入各种报表数据、文字报告等，系统就是无法通过。电话咨询市分行，市分行对新系统也不熟悉，没有人能搞清楚是什么原因。

最初发放贷款由信贷部门写张借据加盖上贷款企业的银行预留印鉴交给网点就可以了，后来信贷部门在系统生成个准贷证打印出来交给网点即可办理，现在流程是越来越复杂了，基层员工的工作量也逐渐加大了。

营业部所有账务都处理完了，网点主任郑丽芳，业务主管高洋，低柜柜员高雨欣就等着发放贷款。

市分行授权中心值班人员已经电话催了两次，这笔贷款需要市分行授权中心通过系统授权，全市只要有一个网点营业不结束，市分行授权中心就不能空岗走人。高洋只好客气地给市分行授权中心解释。

直到晚上九点多，这笔贷款才办理完毕，好在市分行相关人员、省分行审批核准人员都在岗专等办理，特事特办在流程审批核准过程中没有耽误过多时间。客户经理胡勇强第一次领略到了高科技的"厉害"——第一次使用新系统就来了个下马威。

好在后来科技进步，终于解决了问题。市场部门只要在信贷管理系统做好流程，系统会自动发放贷款，再也不用网点柜员等着市场部门走流程放贷款了。

营业部业务主管高洋回到家时，儿子还在做作业，一包方便面干吃了大半，剩下小半包放在了茶几上。

因病卧床的婆婆见高洋回来了，说："一到月底你们就忙，我也不能给东东做饭，孩子饿了，快给孩子做饭吧。"

"我这就做。"

"孩子正长个子不能缺了饭啊。"

高洋的丈夫是个军人，一年也就回家一两次。公公几年前去世了，作为独生子的媳妇，照顾婆婆的重担就落到了高洋身上。

儿子看见妈妈回来了，也凑了过来："妈妈，你什么时候能按时回家啊。我几乎天天都不能按时吃饭，这小胃都被你给耽误得不能正常工作了。早晨在外面吃，中午在学校吃，就晚上回家吃吧，你还经常回来的这么晚。"

看着脸色蜡黄的儿子，高洋心里很不是滋味，她把儿子揽在怀里拥抱了一下。想想这些年一个人带着孩子、公婆，平时工作忙又没有照顾好他们，心中充满了歉意。高洋松开双臂，说："好儿子，妈妈对不起你了！以后会尽量早点回来。去做作业吧，妈妈去做饭。"她转身离开儿子，悄悄抹了抹湿润的双眼。

网点业务主管是现场业务的主要监管人，重要业务、特殊业务都需要业务主管审核把关，既要签章还要通过系统指纹授权。每天营业终了还要负责网点系统日终轧账，监督现金款项入库、网点系统签退、联网报警系统设防等。网点主任天天外出跑业务、拉存款，网点的内勤业务基本就由业务主管包揽了。可以说，业务主管是每天最后一个离开网点的人之一。早晨七点半到岗，晚上七点多再离开，中午如果值班，每天上班时间就是十多个小时，确实没有时间料理家务。

柜员高雨欣回到家时，爸妈热好了饭菜，她狼吞虎咽一会儿就吃完了。爸爸坐在沙发上看电视，她来到客厅"啪"的一声把电视关了。

"怎么了，我的大公主？"

"都是因为你，当初我想考公务员，你非让我考银行。"

"你不是没考上公务员才让你考的银行嘛。"

"第一年没考上，第二年还可以再考，总会考上吧。你看现在好了，整年也没有一个双休日，每周至少上六天，如果摊上周末是月底，一周就要上七天，连上下周的六天就要连续上十三天，郁闷死了。"

高雨欣看爸爸没有反应，一屁股坐到沙发上，接着说："我同学人家考了事业编制，每周双休不说，国庆节、春节等节假日还正常休息。另外，还能带薪享受公休假。我倒好，周末不双休也罢了，五一、国庆、春节所有节假日期间还要去上班，带薪公休假从来没享受过。下班后有夕会，每周二下班后要集体学习，还经常下班后视频业务培训，网上听课。天天烦死了，就这个状态，还让我赶快找对象结婚，一天到晚哪有时间谈情说爱。不结婚正好，结了婚也得离，谁愿意找这样的媳妇啊。以后别再催我找对象了啊。"

高雨欣的爸爸高为民也是 AB 银行的一名员工，只是在 2000 年机构改革时内退了。内退前是人事科长，即后来的综合办公室主任，再有几年就要退休了。听着女儿无休止的牢骚，他一脸严肃，一言不发，不知道该如何反驳女儿，每次讲道理都讲不过女儿。

银行作为服务业历来都是这样，过去大年三十还要开门营业到下午四点呢，现在起码年三十不开门营业了。过去银行哪有周末，储蓄所要天天开门营业，周末员工轮流值班。现在起码网点每周能休一天了。非业务旺季的时候，业务量小的网点也可以周末休两天。如果说过去比现在有好处，那就是过去银行员工数量比现在多，营销压力比现在小。

"爸爸，你幸亏提前内退了，当时你为什么内退？是否就是因为银行工作太忙太累了？"

"忙不是原因，主要原因是蒙山支行差点被撤销了？"

"啊，什么情况？说说看。"

女儿开始发牢骚的时候，高为民就想整几句批批高雨欣，却不知从何说起，现在正好给女儿讲讲 AB 银行及蒙山支行的发展史，或许比讲大道理效果好，于是讲起了自己亲身经历而又难以忘怀的往事。

"那是 2000 年，1997 年亚洲金融危机虽然没有对中国银行业造成直接冲击，但也产生了间接影响。整个亚洲经济陷入停滞甚至倒退状态，泰国等商业银行纷纷破产倒闭，银行员工纷纷下岗，有的银行员工下岗后为了生存在大街上摆起了地摊。

"中国企业深受影响，金融企业自然也受到了冲击。针对国内外经济形势变化，国家对金融企业进行了大幅度改革，如剥离银行不良贷款资产、股份制银行上市改革等。银行内部同样进行了改革，如裁减低效机构、减员增效、鼓励员工自谋职业，对自谋职业员工按规定给予经济补偿等。

"那个时候工资很低，每月工资拿不到一千元，辞职人员认为即便继续上班工作，不吃不喝十年也攒不了十万元，所以认为能够一次得到十多万元的补偿也值了。辞职后自己再干点别的多好，还自由。其中一个支行的一把手（行长）也辞职自谋职业了，结果起到了蝴蝶效应，这个支行有三分之一的员工辞职自谋职业，搞得该支行一时间开门营业都成了问题，于是市分行……"

高为民沉浸在回忆之中，仔细一看，高雨欣头靠在沙发后背上闭着眼睡着了，一看表十一点多了。

"欣欣，不早了，快洗漱上床休息吧。"高雨欣上了一天班，确实也累了。

"讲到哪里了，记得明天再继续给我讲。"

"好好，明天再讲。"

第二天高雨欣回家早了点，吃完晚饭也七点多了。高为民坐在沙发上，看闺女吃完了饭，问："昨晚没讲完，还想听吗？听听蒙山支行是怎样死而复生的？"

"好，你继续讲。"高雨欣也过来坐在沙发上。

"昨晚你听到哪里了？"

"好像是什么自谋职业。"

高为民又简单重复了一下昨晚讲过的内容，接着继续讲述那段令人难以忘怀的往事。

"这个行长也辞职的支行由于辞职人员较多，市分行便主动找辞职人员谈话做工作，希望能留下一批人，以免影响该支行正常营业。结果成效甚微，递交辞职申请的人很少有撤回的。后来，市分行只好从市区支行临时借调了部分人员，这才保证了该支行的正常营业。

"有一家市分行在煤矿产业区，当时由于煤矿行业亏损严重，自然殃及银行，造成这家分行员工工资大幅缩水，近一半员工纷纷辞职，该分行不得不撤并了部分机构、网点。

"现在看来多数人当时为了那十多万元辞职是错误的选择。只有少数人员辞职后另谋出路混得还行，这部分人要么有社会关系，要么原来就私下里兼职干着其他生意。但大多数人至今混得不怎么样，有的使用补偿款买了车开出租，有的跟着别人打零工，成了低收入者。

"除自谋职业外，就是我们这批内退的了。当时上级行规定，男员工工龄满二十五年，女员工工龄满二十年，一刀切，都要提前内退。有的刚提拔了副行长才两个月就内退了，会计科有个女员工在部队文工团干过，参加工作早，当年才三十六岁就内退了。

"有人说这批内退的员工也吃亏，不仅平时发的工资少了，退休后退休金也不如在岗按规定退休的多。我不这样认为。这批内退的人虽然工资收入少了，也没有分享到股改上市后的高收入红利，但我们享受到了时间上的自由。我们这批老家伙退了下来，腾出岗位才为后来成批招聘有学历的年轻人打下了基础。优化调整了银行人员结构，从历史发展角度而言，这个内退政策还算是成功的。

"当时蒙山支行已经连续三年亏损，其中有一年亏损了六百多万元，这在当时已经是巨额亏损了。所以被省分行列入撤并名单之中。省分行让市分行拿出撤并措施，市分行其实并不想撤，迟迟没有行动，后来才保住了蒙山支行。再后来，股改上市前，按照总行统一部署，把蒙阳造纸厂、蒙山花岗石总公司两亿元的呆账贷款剥离给了资产管理公司，直接甩掉了包袱，才慢慢恢复了元气。但蒙山支行人员大幅缩减，从八十多人下降到五十几人。除自谋职业、内退的外，还有十几个人被分流到市区支行工作，当时叫'打工分流'。

"这部分被分流到市区支行的员工也不容易。到了人家的地盘混饭吃还不得听人家安排，多数在营业网点从事现金收付、ATM机管理，少数原市场部客户经理仍然从事信贷管理工作。

"这部分人离开了亲朋好友到一个陌生的地方重新开始，租房子、自己生火做饭。夫妻一块去的还好些，把孩子也带去了；一个人去的要一周一次往返于市区与蒙山县之间。那个时候还没有私家车，一百多公里的路程，下班后，匆匆赶最后一班车，回到家里就已经是晚上八九点了。返回时，要么周日下午提前赶回，要么星期一天不明就赶第一班公交车，来回两头不见日头。

"后来，这部分人有的在市区买了房子安了家，固定了下来，有的来回跑了几年又回到了蒙山支行工作。

"还有一部分员工上班也是往返于支行与市行之间，有的是携小带老来回跑的。那是市分行事后业务监督集中的时候。当时，省分行为了防范风险事件，提高事后监督工作质量，要求把在县区支行的事后业务监督全部集中到市分行统一管理。由于事后监督工作业务性强，而且一天也不能耽误，所以要求人随业务走，即原来在支行从事事后业务监督的人员要统一集中到市分行事后监督中心工作。蒙山支行事后监督中心有两个女员工刚生了孩子，还在哺乳期，集中到市分行监督中心工作后，只好把公婆或母亲也带了过去，帮忙照料孩子，一两个星期往返一次。

"被集中到事后监督上班的杨朝伟就更不幸了。三十五岁那年因病去世，太年轻了。这个人太老实了，忒能忍，有病也不去看医生，也不告诉家里人。可能是认为年轻不会有什么大病吧，经常肚子疼误认为是胃炎，随身带着生花生米，疼得厉害了就吃几粒花生米压压，然后依然坚持上班。

"那年腊月二十七，上班时杨朝伟觉得疼得有点坚持不住了，想请假回蒙山当地医院看病。春节前是银行客户最多、业务量最大、银行人最忙的时候，事后监督的业务也成倍增加。领导认为年轻轻的不会有什么大病，就说坚持两天再回家吧，过了年业务就不忙了，可以在家里多待几天。到了夜间疼得实在坚持不住了，杨朝伟天不明就赶上早班车回到了家里。到县医院一查，肝癌晚期。

"后来县行派车将他送到北京的医院治疗，可惜最终也没有挽回生命。第二年三月份就去世了。三十五岁，太年轻了，去世那年他女儿才上初中，妻子下岗了还没有工作……"

高为民讲得入心，高雨欣也听得入神，他也感觉到了对女儿心底的触动，一看时间不早了，就说："好在 AB 银行越来越好，以后不会再出现类似情况了。不知道县行现在每年盈利多少了？"

"去年盈利两千多万元。"高雨欣说。

"已经不错了，从十年前的亏损六百万元到现在盈利两千多万元，说明当年市分行坚持没有把蒙山支行撤掉是正确的选择。九点多了，你洗洗休息吧。"

"真没想到蒙山支行还有这么多曲折的故事。"

"你认为蒙山行现在盈利两千万是轻轻松松就取得的吗，都是一步一步、一代一代奋斗出来的，蒙山行的故事还多着呢，想听以后再给你讲。"

"知道了，老爸，蒙山行盈利两千万也有你高主任的一份功劳。"

"嗯，这话说得老爸高兴，像我闺女。快洗漱去吧。"

"哎，还有个问题想请示一下高主任。"

"少啰唆，什么事，说！"

"据说县行最近要搞一次中层管理人员竞聘上岗，可能要换一部分部门主任，我也想参加，如何？"

　　"县行下正式通知了吗？"

　　"还没有，只是听说的。"

　　"没下通知费什么心，见了通知再说，快去洗漱吧。"

　　"好的。晚安，高主任。"

　　"这孩子……"

十三

　　是的，高雨欣说的没错，为了提高支行中层干部队伍管理水平，建立中层管理人员能上能下的用人机制，支行早就想搞一次竞聘选拔了。但只要竞聘部门负责人就会有下来的，关乎个人利益，要慎重。

　　经过近半年的了解，邢真也基本掌握了各部门负责人的情况。市场二部主任孙杨年龄偏大，自认为提拔无望，工作积极性不高，部门业绩一直不理想，在全市部门考核中排名靠后。朝阳路支行网点主任钱坤虽然年轻，也懂网点业务，但性格有点内向，干内勤管理是把好手，但干营销有点费劲。朝阳路网点考核在全市排名一直在后五名。另外，网点主任也有建议调整网点业务主管的，有的业务主管业务水平一般，不能适应网点内控风险管理要求，市分行业务运行管理部对此也不太满意。

进入第四季度，上级行的考核逐步降下温来，尤其是各项存款，不再步步紧逼拉升，而是夯实基础，为来年首季业务开门红做好准备。这正是基层行喘口气，做点其他工作的机会，比如网点装修、部门负责人职务调整等。

邢真也想利用第四季度所谓的营销淡季来一次中层管理人员竞聘上岗，这就是他早已预谋的"第三把火"。

三楼小会议室，关于中层管理人员竞聘上岗的党总支会议召开了。除邢真、李之栋、黄原参加外，办公室主任文波列席并做会议纪要。

"李行长先说说，这次竞聘具体要怎么做，有什么建议？"邢真说。

李之栋是支持这次竞聘工作的，他分管营销工作，市场二部、朝阳路网点考核一直不理想，与部门负责人有直接关系。

李之栋说："我同意，支持中层竞聘上岗，不想干的就让位，让有能力的干。至于如何竞聘，还是按过去的方式，先下发竞聘方案，让符合条件的员工报名，然后民主测评、打分、考核走流程就是。"

邢真脸上现出了一丝笑容，这是他来蒙山支行后第一次听到李之栋所谓的口头禅——"我同意"。其实，李之栋是明白的，中层干部竞聘上岗不是一件容易的事，搞好了，大家皆大欢喜，他分管的营销工作也好干了；搞砸了，就会惹出麻烦，有竞聘成功上去的，就会有竞聘落选的，怎么收场那就要看你邢真的了。

"竞聘方案具体怎么制定是关键，既保证竞聘顺利进行，还要保证工作无缝衔接，不受影响，让下来的部门负责人能够接受。黄行长有什么具体的建议？"邢真问黄原。

黄原说："我不支持。"

黄原对于这次竞聘早就有考虑，他也明白支行稳定的重要性，所以心中已经有了竞聘的新方案。

邢真一听黄原说不支持就想火，还没等问原因，黄原接着说："我是说不能再按原来的老办法竞聘。我觉得，为了让下来的部门负责人能够接受，同时也让符合条件的员工踊跃报名，建议这次竞聘只考虑职位数，不针对具体部门岗位。原七个部门主任全部解聘重新竞聘选拔上岗，竞聘方案中只说明竞聘中层职位七个（全行部门加网点共七个），综合考核得分前七名的由支行研究后再确认任职的具体部门（岗位）。这样有利于其他想参加竞聘的员工报名，解除报名员工'抢某个人职位'的后顾之忧。如果按照过去的方式，员工报名的时候就要确认竞聘的是哪个部门负责人，会让报名的员工有顾虑，令员工之间产生误会或矛盾。"

"黄行长的这个建议好，我赞成。"邢真第一时间表态支持黄原提出的方案。

"行，那就按这个办法竞聘吧。"李之栋心想，这黄原别看平时话不多，关键时候还蛮有想法的。

"我还有个提议，现有网点四个业务主管也要重新竞聘上岗。竞聘方法同上，报名人员不用填报具体竞聘哪个网点，只明确参加业务主管竞聘即可。竞聘结束后，从综合得分由高到低选拔四名入选者，由支行再明确到哪个网点任职即可。"黄原考虑到网点业务主管现状，想借助这次竞聘改善网点管理质量。

"这个我同意，李行长呢？"邢真问。

"没意见，同意。"

"那好，办公室尽快按照黄行长提出的方案形成竞聘文案，报各行长审阅同意后下发全行，让全行员工报名。谁胜任、谁不胜任你们比我还明白，我就不用多说了，希望我们这次竞聘能够真正达到预期目的。"邢真最后这是在提示各分管行长，在测评打分时要心中有数了。李之栋、黄原自然也明白。

中层竞聘方案议题结束后，黄原把支行绩效分配、年终个人评优工作中存在的问题提了出来，并说出了解决以上问题的个人建议：一是继续修改完善支行绩效奖励考核办法，计价工资奖励要合理按比例分摊，不能都奖励给某一个所谓营销员工，后勤非营销岗位员工绩效奖励低的问题也应该让部门（网点）主任适当关注，调整部门（网点）对员工的绩效奖励考核办法；二是年度员工评优要区别对待、灵活掌握，不搞一刀切。营销业绩虽好，但个人考核期积分已经够工资晋级的员工不再评选为"优秀""良好"，而是把有限的"优秀""良好"名额分配给工作表现相对较好但考核期积分较低的员工。

黄原的建议得到了邢真、李之栋的一致同意。邢真安排黄原对支行绩效奖励考核办法进行再次修改完善后下发全行执行，并由黄原负责监督各部门（网点）对员工个人的绩效奖励考核办法进行修改。

关于年终员工考核评优工作，邢真安排办公室主任文波要按年度对全行员工考核积分情况进行统计，以便年终个人考核评优时，根据每名员工的具体情况确定

"优秀""良好"等级，既要考虑员工工作业绩表现，又要考虑员工个人积分情况，让考核评优工作发挥最优价值。

同样的政策（制度办法）不同的执行方法就会有不同的价值体现。在不违反制度的前提下，基层行负责人如何充分利用好上级行政策，真正为全行员工着想，不仅能体现出基层行负责人的管理能力，也对基层行业务经营发展起到关键作用。

黄原以上的建议被采纳并执行后效果良好。尤其是员工个人年终评优工作，消除了"个别员工考核期内积分多余清零"现象，相应增加了部分员工考核积分，使得每年工资晋级的员工比例得到提升，极大地调动了全行员工的工作积极性，得到了全行员工的一致好评。

第二天，关于支行中层竞聘上岗的方案正式发文。银行工作满五年以上，大专学历，经理二级以上的员工可以报名参加中层部门负责人岗位竞聘；网点工作满三年以上，大专学历，具有网点业务运营资格（通过总行专业资格考试认证取得的）的员工可以报名参加网点业务主管（网点副主任级）岗位竞聘。民主测评打分各层次权重占比：三个行级领导占百分之四十，七个部门负责人占百分之三十，剩余的一般员工占百分之三十。

竞聘方案下发后，在全行员工中引起了热议。有的员工虽符合条件，但不愿当负责人操心，所以也不会报名参加。符合条件且上进心强的员工跃跃欲试。这次由黄原主导的竞聘方案得到了想报名参加员工的认可，为什么不报呢？不是直接与哪个部门主任去竞争，只是竞争其中的一个职位，不针对具体个人，起码不会得罪人。

高雨欣看到竞聘通知后，来到主任办公室征求郑丽芳的意见："郑主任，我想参加业务主管的竞聘，你说可以吗？"

郑丽芳犹豫了一下才反应过来，说："行啊，成不成不好说，可以试试。"

郑丽芳心想，高雨欣如果参加业务主管竞聘，成功的可能性比较大，可营业部转账区就少了一个得力的柜员。

离开主任办公室后，高雨欣又来到黄原副行长办公室，想征求一下黄原的意见。

"只要符合条件的都可以参加。这是个机会，好好准备，把演讲材料写好。"黄原是看好高雨欣的，干过现金区柜员，也干过转账区柜员，业务比较全面，完全能胜任业务主管一职。

得到黄原的鼓励，高雨欣决定参加业务主管竞聘。

下班后回到家里，她又把这件事情告诉了父亲高为民，高为民完全支持女儿的决定。

"老爸相信我的女儿一定能成功，加油，等你的好消息。"高为民说着，伸出了右手，与女儿击掌鼓励。

市场二部客户经理魏新宇看到竞聘方案后产生了报名的想法。他没有向主任孙杨征求意见，而是直接向分管行长李之栋说明了想法。

李之栋告诉魏新宇，早就把他作为市场二部主任的人选了。还让魏新宇给黄原打个招呼，以表明参加竞聘的态度。

听了李之栋的话，魏新宇对本次竞聘也充满了信心。

当营业部理财经理梁玉华找到郑丽芳，说想参加中层负责人竞聘时，郑丽芳感到了意外。是她找邢真行长要求，把梁玉华从中心所调到营业部的，如果梁玉华竞聘上了网点负责人，营业部就少了一个得力的理财经理。关键是，如果梁玉华竞聘上了网点主任，不出意外的话会到其他网点任职网点主任，到时候可能就会把营业部的部分大客户带走，自然会对营业部造成影响。

"我个人觉得这次县行竞聘是有目的和人选的，你如果参加竞聘显然是奔着网点主任去的，我肯定不会在意，可有的人会不会产生误会。"

"这次竞聘报名又不针对具体岗位，只是竞聘一个名额，我想应该不会产生什么误会吧。"

"说的也是，我只是随便说一下，想参加报名就是。好好准备一下。"

市场二部主任孙杨看到竞聘方案后，隐约感到情况不妙。怎么也没想到，县行这么快就开始搞竞聘，且还玩出了新花样，只设职位不分岗位。这次要好好准备一下，不能不当回事了。如果被竞聘下来不仅工资收入会减少，面子上也不好看，丢人啊！积极参加竞聘，如果真竞聘不上也没办法，但决不能不参加竞聘主动放弃，那就一点希望也没有了。

朝阳路网点主任钱坤看到竞聘方案后没有感到多大压力。他认为这次竞聘主要是针对市场二部主任孙杨的，自己尽心尽力干工作，虽然近几年朝阳路网点业务考核不理想，但县行在全市考核也不理想啊。

星期三晚上六点半，支行四楼大会议室，中层管理人员竞聘开始了。今晚进行的项目是对参加部门负责人竞聘的员工进行民主测评，即由全行员工按照竞聘方案给每一个参加竞聘的人员打分（无记名投票）。为了让竞聘落选的员工能够再次有机会参加业务主管竞聘，所以这次只进行部门负责人测评，等部门负责人选拔结束后再举行业务主管岗位竞聘。

本次符合竞聘条件报名参加部门负责人竞聘的总共有十人，即十选七。除了原来的七部门负责人报名外，另外有三个符合条件的员工也报了名，他们是营业部理财经理梁玉华、市场二部客户经理魏新宇、市场一部客户经理胡勇强。

按照事前抽签顺序，参加竞聘人员逐个上台演讲。每个人演讲完毕，接着现场打分，收票，交给计票组人员统计最后得分。计票组共有三人，有两名员工负责统计，黄原负责现场监督。在统计参选人员梁玉华的得分时，黄原发现七名主任打分中有一名只打了四十分，方案规定最低打分不能低于四十分，否则该票无效。员工的打分就更花样百出了，有不少打一百分的，也有就打四十分的。这种无记名投票能够客观折射出每个人的基本素质与心态：基本素质较高的顾全大局、集体观念也较强，打分能够做到相对客观公正，不受个人恩怨与私利影响。相反，个别人会另当别论。也有的满不在乎，都给打了一百分。另一方面也能够反映出参与竞聘者的身份及其平时为人处世的情况，岗位工作对他人有益的、人缘好的相对得分就高。

经过大约一个小时，计分结果出来了，由李之栋当场宣布结果，得分由高到低：

郑丽芳第一、周强第二、文波第三、陈明第四、梁玉华第五、王程程第六、魏新宇第七，第八名至第十名依次为：钱坤、孙杨、胡勇强。

这个得分结果基本决定了入选和被淘汰的人员，进入后三名的钱坤、孙杨没有特殊情况将退出部门负责人岗位，胡勇强得分最后一名也没有了入选希望。虽然后续还有考察、支行党总支会议研究、报市分行审批、公示等诸多环节，但民主测评往往是最关键的一环。

看到测评结果，邢真脸上现出了一丝微笑，只有他自己才感知的微笑，这个结果可以说达到了预期目的。李之栋、黄原对测评结果也基本满意。

钱坤听到公布的结果时愣住了，员工快走没了，才缓过神来，起身离开。

孙杨听到得分结果时，低着头满脸怒色，匆匆离开了会议室。明天要找邢真行长问问，他到底想干什么。孙杨边下楼边想，一个趔趄差点摔倒在楼梯上。

十四

　　钱坤回到家里，告诉了妻子竞聘落选的事。没想到妻子却满不在乎地说："那个网点破主任多大点官，成天压力比县长还大，工作比县长还忙。不干正好，以后多关注关注儿子学习，将来考个好大学比什么都强。"

　　钱坤心想，好歹有个做伴的，孙杨比自己资格还老也落选了。但不能就这样结束了，不干网点主任了还可以换个网点干业务主管啊，内勤管理工作虽然也辛苦，但营销压力比网点主任小多了。再说自己精通业务，干起来也能发挥自己的特长，总之不能让同事们低看了自己，毕竟自己比孙杨年轻多了。

孙杨回到家里，告诉了妻子竞聘落选的事。妻子看着满脸不高兴的丈夫，有些心疼，关切地说："血压高、血糖高，一身毛病，过几年就该退休了，干几十年主任了也该下来歇歇，让给年轻人干了。"

儿子回家后，妻子把孙杨落选的事悄悄告诉了儿子，本想让儿子少说话，以免惹丈夫不高兴，谁知儿子一点情面也不留："哎呀，老爸，说实话你早就该让位给年轻人了。我要当行长也会让你下来，给年轻人腾位置。"

"滚，你懂个屁！"孙杨没好气地白了一眼儿子。

儿子见老爸铁青着脸真生气了，做了个鬼脸，伸了伸舌头自讨没趣地回到了自己的房间。

躺在床上后，孙杨还在回忆自己曾经的辉煌。二十八岁就当上了网点主任，是当时县行最年轻的主任。后来也当过信贷科长、储蓄科长、网点主任，算来光干部门负责人也快三十年了。后来的年轻人有的都当副行长、行长了，而自己出了一辈子力，最后竟然混得什么也没有了。不出意外的话，自己的手下魏新宇肯定就是市场二部主任了，如果继续在市场二部干，这老脸往哪儿搁？工作怎么干？明天就找邢真理论理论，看他怎么说。孙杨越想越生气，躺在床上半夜没睡着。

第二天一上班，孙杨便气冲冲地来到了邢真的办公室，大声说道："不让干就提前说明白，你们还玩出了花样，搞什么竞聘不竞岗，杀人不见血啊。"

一听这话，邢真就知道是说县行这次创新竞聘方案的事，差点笑出声来。他强忍着收敛笑容，说："不要生气，有话坐下慢慢说，孙主任。"

"还不生气？叫你你不生气？如果你们提前告诉我让年轻人干，我自动退出不参加竞聘不就完了，没想到你们玩阴的，没一个好东西。"

"怎么这么说话呢？"邢真瞪大了眼睛，面带怒色，眉一皱，头一侧，也站了起来。

"这么说怎么了？你们不就是这么做的吗？"

这时黄原走了进来，他听见了吵闹声，是来为邢真解围的，微笑着看着孙杨说："孙主任，别生气，有话好好说。"

孙杨一看黄原，更来气了，说："滚一边去，都是你们这帮狗头军师瞎参谋、和稀泥干的好事。"

"哎，孙主任，说归说，不能骂人啊！"黄原一听也来火了。

"骂的坏人，没骂好人。"原来，孙杨已经听说这次的竞聘方案就是黄原出的"馊主意"，所以看见黄原火气更大了。

　　黄原正想理论，这时李之栋也过来了。他刚才已经听到了黄原与孙杨的对话，微笑着把正想发火的黄原从邢真的办公室拉了出来。

　　"你先回办公室吧，别生气，我再过去看看。"李之栋说。

　　"不是，他还骂人呢，这人真是的。"在李之栋的推拉下，黄原嘟囔着回到了自己的办公室。

　　李之栋返回邢真的办公室，微笑着对孙杨说："到我办公室坐会儿，先消消气。"边说边把孙杨拉了出来。

　　"都是你们干的好事，鬼才不生气呢。不给我说明白了，我跟你们没完！"李之栋也不答言，半推半拉将孙杨带到了自己的办公室，用纸杯给孙杨冲了一杯茶。

　　孙杨坐下后，情绪有所缓和。李之栋曾是孙杨的手下，两个人的关系还是不错的。孙杨对李之栋说，他肯定不会在市场二部干了。想去办公室，至于待遇问题让行里看着办吧。自己干了这么多年的部门负责人，没有功劳总还有苦劳吧。

　　送走了孙杨，李之栋来到邢真的办公室，向邢真说明了孙杨的个人想法与要求。

　　"如果将孙杨调到办公室，待遇怎么落实？"邢真问。

"孙杨当了二十多年的部门主任，当年当储蓄科长时，支行储蓄存款曾经在全市考核排名前三，是给蒙山支行出过力的。"

李之栋稍停顿了一会儿，看邢真皱着眉头沉思着没有说话，接着说："其他县行也有过类似情况，一般都是支行下文部门'副主任'，带括号正主任级，这样面子上也说得过去。"

"这个问题可以考虑，等竞聘结束下文时再开会研究吧。"邢真说。

李之栋是出于对孙杨的个人关切，关键时刻想帮孙杨一把，他没考虑到的是，他的出谋划策正好也帮了没有基层管理经验的邢真。

随后的几天由黄原与办公室主任文波一起履行干部选拔程序，找员工谈话、考察拟用人情况、向市分行报批、党总支开会研究、拟提拔人员公示等。

部门负责人走完所有流程，下发了正式任命公文：魏新宇接替孙杨，任职市场二部副主任（主持工作）；梁玉华接替钱坤，任职朝阳路网点副主任（主持工作），半年后两个人没有特殊情况即可按规定转正。

其他四人仍任职原岗位不变。孙杨为办公室副主任（主任级），绩效工资考核岗位系数不变，但纳入一般员工绩效考核范畴，不再列入部门负责人绩效考核范围。虽然绩效工资考核系数未变，但实际绩效工资收入与之前还是降低了。对此结果，孙杨还是从心里感激李之栋的。

接着支行开始了网点业务主管的竞聘。报名的除了原来的在岗位上的业务主管四人，还有两人报名了，一个是原朝阳路网点主任钱坤，一个是营业部综合柜员高雨欣。

又一个班后六点半，支行四楼大会议室开始了业务主管的民主测评打分。流程同测评部门负责人一样，六个报名参加竞聘的人按抽签顺序依次上台演讲、打分、计分、统计、公布结果。

钱坤得分最高，排名第一，高雨欣排名第五，中心所业务主管林红霞排名第六。

业务主管属非管理岗位，无须按干部提拔走流程。支行按照民主测评得分将前四名上报市分行运营管理部备案后下发了正式任职公文。

营业部业务主管：钱坤、高洋（未变）；朝阳路网点业务主管：王凤霞（未变）；中心所业务主管：徐静（原为营业部业务主管）。中心所原业务主管林红霞落选后被调整到市场二部接替魏新宇的工作，担任客户经理，绩效工资考核岗位系数不变。

高雨欣虽然落选，但通过竞聘得到了锻炼，演讲得也不错，得分只比第四名少了零点五分。事后黄原还单独找高雨欣谈了话，给予鼓励，说以后还有机会。

对于本次竞聘结果，李之栋是满意的，市场二部主任、朝阳路网点主任更换了年轻人；业务主管更换了不太称职的一人。黄原也是满意的。唯一不太满意的是郑丽芳，营业部少了一个得力的理财经理。郑丽芳向邢真行长推荐了高雨欣，高雨欣不久就被支行调整为营业部理财经理，接替了梁玉华的理财工作。

郑丽芳对新来的行长邢真非常满意，感觉新行长对她特别重视、特别照顾。她向邢真行长提出的几个要求都满足了：UPS 设备更换了，营业部快装修完了，把理财经理梁玉华调到营业部也实现了。虽然梁玉华竞聘后又离开了，但她推荐的高雨欣也如愿当上了理财经理。

高雨欣竞聘落选后虽有些失落，但当上理财经理后也感到很欣慰了，她知道理财经理岗位还是能够锻炼人的，未来被提拔的机会也会多些。

本次中层管理岗位竞聘达到了预期目的，取得了圆满成功，最满意的当然是行长邢真。至此，经过半年多的努力，邢真新官上任的"三把火"全部成功点燃并取得了预期效果：绩效工资奖励考核改革、员工劳动纪律整顿、中层管理岗位调整，为全行业务发展奠定了良好的内部基础。以后就可以腾出精力全力外出营销了。但后来他才慢慢知道，一个基层行要面对的问题远不止这些。

星期一，邢真来到办公室刚坐下，市分行纪检监察室任真主任打来了电话，说是省分行转来了一封员工来信，反映蒙山支行违规提拔干部的问题。市分行很重视，明天上午任真和人事部王辉到蒙山支行核实情况。还说举报内容电话里一两句也说不清楚，明天见面再详谈。

放下电话后，邢真将这一情况立即转告了李之栋、黄原，提示两人明天上午不要外出，等待市行核实情况。本以为本次竞聘已经圆满结束了，且达到了预期效果，没想到麻烦事又来了。

第二天，大约十点多，市分行的任真、王辉一起来到了蒙山支行。在行长办公室，任真把群众来信交给了邢真。

信的大意是反映梁玉华民主测评打分时没有执行亲属回避制度，还点明了梁玉华与分管行长李之栋是亲戚关系。

邢真看完关于梁玉华的举报信笑了，说："幸亏黄行长坚持打票时让李之栋回避了，其实他们是八竿子打不着的亲戚，梁玉华是李之栋表姑的外孙女。我们有留存的票，在办公室，这个可以核实。"

"那就好办了，让办公室拿出票来核实一下，做个记录，如实回复省分行即可。"

"那好，就按王总说的办。现在就开始吧，我和王总到你行小会议室，你安排人先把梁玉华的计分票拿来。"任真主任对邢真说。

邢真拿起电话把办公室主任文波叫了上来，说明情况，安排文波协助市分行核实。

全部谈话结束后，任真对王辉说："梁玉华的亲属回避没问题。"

"那我们就把情况向邢行长说说吧。他还挺担心呢。"

两个人回到邢真的办公室，向邢真介绍了核实情况，还告诉邢真这种笼统的匿名信没有多大意义，但也必须进行核实。邢真悬着的心也放了下来。

当李之栋得知群众来信涉及他本人时，改变了对黄原的看法。当时他对黄原要求其回避是有些反感的，本来这种亲戚算不上亲戚，按规定是不需要搞什么亲属回避的，黄原这样做就是故意为之。现在想来，黄原是帮了他，也帮了梁玉华。

李之栋来到黄原办公室，笑着说："还是老兄有先见之明，幸亏你让我回避了，要不，这次是说不清了。"

"当时就是想着，虽然你们算不上什么亲戚，可全行员工都知道你们有关系，所以还是回避的好，可以堵住想说闲话的人的嘴。唯一疏忽的是当时没有现场向员工说明这一情况，如果告诉员工你已经回避了，应该就不会出现这种情况了。"

"这样就很好了，起码不用再多说话。"李之栋说。

李之栋走后，黄原心里想，帮的岂止是你，我还帮了梁玉华。

送走了市分行任真主任、王辉总经理，邢真松了口气，总算有惊无险，已完成的竞聘工作没有推倒重来。

"嘟嘟、嘟嘟"手机上响起了QQ的信息声，是温欣发过来的。

"邢大行长，秋天只剩下个小尾巴了，再不抓住就该下雪了，什么时候登山呢？这个周末如何？"

"好的，就这个周末。不见不散，随时保持联系。"看到温欣的信息，邢真很高兴，这段时间一直忙工作，是该放松一下了。

十五

周五下午，邢真与温欣约好了周六登蒙山。邢真给妻子打了个电话，说周六有事，这个周六就不能回家了。近半年多来，妻子刘媛已经适应了邢真周末不回家的状态。

星期六早晨约六点半，邢真与小梁提前来到风味糁馆，等温欣来后一起吃早餐。五分钟后，温欣来了，穿着一身浅灰色休闲运动装，身边带了个女人，给邢真介绍说是公司办公室主任小李。

四人找了个空桌坐下，每人上了一碗牛肉糁，小梁又端来了馅饼、煮鸡蛋、油条。

邢真看着温欣吃得津津有味，说："糁是沂蒙老区的特色名吃，蒙山县的这家糁不比市区的差，我个人感觉比较符合我的口味。有人喜欢冲上鸡蛋吃，味道也不错。"

"是不错，改天再来吃鸡蛋糁。"温欣说。

吃完早餐，他们开车向蒙山方向出发了。半个多小时即到达蒙山门口。

小梁购买了门票，肩上背着一个大背包，里面装满了吃的、喝的东西。

四人通过检票站进入景区，一个大理石砌成的迎客门映入眼帘，大门石柱上雕刻的一副对联鲜红夺目：天开图画大观东鲁，地毓灵秀德行中华。横批：蒙山胜景。

远望去，蒙山主峰龟蒙顶高入云端，湛蓝的天空白云悠悠，映衬着巍峨的主峰。悬空玻璃栈桥隐约可见，凌空峰顶宛若一条长长的黑丝带。早上七时许，游客不多，邢真一行四人打算走着上山，返回时看情况，或坐车或继续步行。

"人人那个都说哎，沂蒙山好，沂蒙那个山上哎，好风光……"一首《沂蒙山小调》宛转悠扬，在道路两旁的音箱里响起。

小梁和小李两个年轻人聊着天走在了前边，邢真和温欣跟在后面，每人手中拿着一瓶矿泉水。

"你知道歌唱沂蒙山比较有名的歌曲有哪些吗?"邢真问。

"除这首《沂蒙山小调》外，记得还有一首《沂蒙颂》。蒙山高，沂水长，军民心向共产党，心向共产党……"说着温欣看着远方的蒙山，不由自主地唱了起来。

"哟，唱得不错啊。"邢真听着温欣动情的歌声，心里暖洋洋的。

"还凑合吧，过去唱过这首歌。"温欣说。

"写沂蒙山的歌曲不少，比较有名的还有《谁不说俺家乡好》《家住临沂》等。你过去来过蒙山吗?"

"没有，一直想来却一直没成行，可能也是因为没有合适的同行人吧。"

"这么说这次是找到了合适的同行人了?"

"那当然啊，老同学，大行长，还帮我们公司办成了一笔急需的贷款，也算是恩人了。"温欣莞尔一笑看着邢真说。

"言过了，贷款能批下来，是因为你们资料齐全，我也没帮上什么忙。说着说着又扯到了工作上，今天不谈工作好不好？”

“好。大行长，那你这个导游就谈谈蒙山吧。”

“好，现在导游开始工作了。各位游客大家上午好！我是本次为你们服务的导游邢真，开耳邢，真心的真，大家叫我真心好了，我会真心为大家服务好。”

温欣看着邢真认真的样子笑了，小梁、小李也回过头来，各自朝邢真竖起了大拇指。

“孔子登东山而小鲁，登泰山而小天下，这里的‘东山’指的就是蒙山。蒙山为仅次于泰山的山东第二高峰。

“泰山的名气在于其深厚的历史文化底蕴，而蒙山的可爱则在于其浑然自成的天然景色。如果把泰山比喻成一位琴棋书画诗样样精通又兼有故事的贵妇人，蒙山则是一位青春荡漾、活泼潇洒、清纯可人的待嫁少女。”

“邢真，你真行！这次的导游没选错。那你看我是像泰山呢，还是像蒙山？”温欣放低了声音问。

“你有泰山的尊贵，又兼蒙山的自然。”邢真看着温欣悄悄地说。

“拉倒吧，你还挺会奉承人的。我向往自然潇洒，但我已经不是待嫁少女了。”温欣虽然嘴上满不在乎，但心中还是感觉热乎乎的。

“清纯自然与否在于内心而不在于年龄。你一说待嫁，想问你个事。"

"为什么没再嫁人？"温欣猜出了邢真想问的话。

"聪明。"

"这样不挺好吗？一个人想干什么就干什么。再说了，想嫁人也不是一件简单的事，缘分不到想嫁也嫁不了啊。"

"可像你这样一个漂亮的单身女老总会让不少男人惦记着的。"

"这不少男人包括你吗？"温欣侧脸含情脉脉地看着邢真。

"你说呢？"邢真突然感觉脸有点发热了，他扭头躲过了温欣热辣的目光，后悔说出了男人惦记的话。

"我又不是你肚子里的蛔虫，起码现在还没看清楚。"

"秋催落叶红，遥看夕阳坠，心儿与你飞呀飞，飞呀飞。漫步沂河边，两岸杨柳翠，梦里与你永相随，永相随……"

邢真正不知道如何搭话，一阵歌声传来，抬头一看，不知不觉已经到达九龙潭。

"这歌曲的名字就是刚才给你说的《家住临沂》，作词作曲原唱是一个叫苗雨的本市人。"邢真说。

"曲调优美，歌词也不错，体现了沂蒙地区的人文与自然。"

"是的，我也比较喜欢这首歌，本地人写、本地人唱，有感情。"

两人边走边聊，到达鹰窝峰时已经是上午十点五十了。小梁与小李早就坐下来等着邢真、温欣了。

四个人坐在观峰亭里休息，邢真又讲起鹰窝峰的故事："这就是你办公室里的那幅画了。鹰窝峰于峡谷之中拔地而起，直刺苍穹。你看东侧绝壁千仞，草木不生。西侧则郁郁葱葱、奇松怪石绵延不断。再看，峰顶那棵挺拔的迎客松直入云端，傲视蓝天。只有雄鹰才能飞上峰顶筑巢，故称'鹰窝峰'。它是蒙山的标志，自古就有'不到鹰窝峰，枉为蒙山行'之说。"

"过去天天在办公室里看画，今天终于身临其境了！在中央电视台文旅广告上也经常看到这个景点，像一盆巨型的人造假山风景，景色独特，确实不错，一会儿要拍照留念。"温欣兴奋起来。

他们休息拍照后继续前行，待到达主峰龟蒙顶时已经十一点半了。这时的龟蒙顶游客往来如梭，坐车上来的游客逐渐增多。

十二点多，他们走下龟蒙顶，找到一处僻静的干净石坡，远离了游客，开始野餐。小梁在干净的石坡上又铺了一层塑料桌巾，把吃的喝的逐样摆上：有沂蒙小米煎饼，蒙山县有名的左记烧鸡、八宝豆豉（一种特制咸菜，沂蒙地方特色小吃）、蒙山辣椒肉丝酱、蒙山大烧饼、蒙山水蜜桃罐头、煮熟的蒙山土鸡蛋、蒙山山泉水等。

"带了这么多好吃的，还真是饿了。"温欣说着拿起个煎饼就要吃。

"温总，擦擦手吧。"小李说着递给了温欣几张湿纸巾。

"好吧，还是我们小李讲究。"

山风吹过，松香伴着满"桌"的菜香飘过了山岗，诱得林中鸟儿唱起了欢快动人的歌。

"这些东西在家里吃就没味了，在这壮美恢宏的蒙山之巅吃就别有一番滋味。"邢真拿起烧饼卷上辣椒酱、土鸡蛋边吃边说。

"是啊，环境好，心情好，吃嘛嘛香。"温欣拿着小米煎饼卷上了烧鸡肉大口大口吃了起来。

"蒙山的看点还有很多，蔚为壮观的日出，红霞漫天的夕阳，群星灿烂的苍穹，海市蜃楼般的云海，惟妙惟肖的群龟探海……四季不同景各异，时间各异景不同。"邢真来了兴致。

"我看你该改行了，以后就叫你蒙山一导吧，呵呵……"温欣说。

"行啊，在蒙山顶也开家银行，就叫蒙山办事处，我是导游兼蒙山办事处主任，旅游金融服务一条龙。"

"那你名字也该改了，不叫邢真了，叫真行，呵呵……"温欣的话引得小梁、小李也笑了起来。

吃完饭，小梁、小李收拾起桌巾，把残余垃圾归拢到塑料袋里。四个人坐着喝水聊天。邢真拿出手机，播放了一首《八百里沂蒙八百里歌》：

> 八百里沂蒙八百里歌
> 唱醉了一盘盘痴情的石头磨
> 妈妈纳着一双双拥军的千层底
> 爸爸推起一架架支前的木轮车
> ……

"这首歌的歌词就是我们蒙山县有名的词作者高岩写的。"邢真看着温欣说。

"好像在哪里听过，词写得有味道，曲谱得也有山东民歌的滋味。"温欣说。

休息了半个多小时，邢真一行四人远距离观看了蒙山老寿星。顺着山体巨石坡面雕塑的寿星，高达二百一十八米，一手拄鸠杖，一手托仙桃，慈眉善目，笑逐颜开，令人惊奇。邢真告诉温欣最佳的观赏位置在拜寿台，在蒙山主峰西约二公里，温欣说太远就不过去了，留点念想下次再来。

看过老寿星，开始下山。小梁背着轻了许多的背包和小李走在前面。

"小梁，我们去看栈道峡谷，前面有条小路节省时间，我们走小路。"邢真告诉小梁。

"好的，我知道这条路，树荫多晒不着。"小梁回头说。

这条小路是一条六七十厘米宽的土路，曲曲折折，上上下下，全部被树林遮着，外地游客很少有走的，只有熟悉路况的人才敢走。小梁与小李两个人有说有笑，一会儿便消失在了前方的树林中。

"这两个年轻人走得这么快，一会儿就不见人影了。"温欣说。

"没事，你的李主任丢不了，小梁是本地人，熟悉路。"

"我不担心路，我担心我的李主任被你的小梁迷惑了。"温欣朝邢真扮个鬼脸说。

"不至于吧，那我还担心小梁被你的李主任迷惑了呢。"

"开个玩笑。"

"小心，这个陡坡有点滑，我先下去，接应你一下。"邢真说着慢慢走下陡坡，向还在上面的温欣伸出了双手准备接应。温欣刚走了两小步，还没碰到邢真的手，脚下一滑，"哎、哎、哎"叫喊着冲了下来，邢真不由得伸出双臂正好把冲下来的温欣接在了怀中，两颗加速跳动着的心也撞在了一起，两个人好像都没有即刻松开双臂的意思……

"唰唰！"树林里突然传来一阵清脆的窸窣声，两人同时快速松开手臂，仔细一看原来是一只黄色野兔，不知是被温欣的喊叫声惊动了还是其他原因，快速消失在树林中。

"快看快看，那儿有一只棕红色的松鼠，好可爱！"温欣指向一棵大松树上，只见一只松鼠正上蹿下跳着觅食。

"快看！那边的水杉树上还有一只，灰色的。"邢真也发现了一只，指着一棵碗口般粗的水杉说。

"真好看。"温欣说。

"蒙山好看的动物不少呢，除了松鼠、野兔外，还有苍鹰、獾、赤狐、刺猬等，据统计总共有二百多种呢。"

"你这个导游知道的还蛮多的。"

"看给谁导啊，给我们漂亮的温总导，又是我们银行的大客户，当然要竭尽全力。"

"耍贫嘴！十分给你先打八分，剩下的两分要看你接下来的表现。"

"没问题。穿过去就到栈道。"

"好。"

二人边说边走，走出树林小道，便上了蒙山栈道。

栈道建在蒙山高处悬崖峭壁之上，放眼望去，秋天的蒙山峡谷如诗如画，成片的黄叶林、红叶林、绿叶林相映成趣，把绵延不断的山脉点缀得美轮美奂。

"这里真美！"温欣看着远方景色，不由得赞美起来。

"是啊，据说当年就是为了让游客饱览蒙山壮美秋色才修建了这条三公里长的栈道。我们一起合个影吧。"

四个人背倚栈道栏杆让路过的游客使用邢真的手机拍了照，把栈道下峡谷秋色尽揽照中。

不知不觉一行四人来到了栈道入口处，准备坐车下山的游客排起了长队。温欣、小李都说累了，要坐车下山，小梁便排队购票。

坐车大约二十分钟便下了山，这时已经下午四点多了。

"为了答谢，晚上我请邢导吃烧烤，还有小梁、小李，今天辛苦你们了，上下山都背着东西，后勤保障做得不错，也应该请。"温欣上车前对大家说。

　　"好！一切听从温总安排。"邢真说着打开车门上了车。

　　邢真吃完烧烤回到宿舍洗漱后躺在床上已经是晚上九点多了。查看手机，看到了温欣从 QQ 上发来的消息："今天玩得很开心，谢谢邢导！"还发了一个拥抱的表情。

　　"开心就好！在干吗呢？"邢真发个信息问。

　　"累坏了，躺着休息呢，你呢？"

　　"也累了，和你一样，刚躺在床上。"

　　"早点休息，晚安！"

　　"晚安！"

　　聊天结束后，邢真还无法入睡。蒙山一日游的一幕幕浮现在眼前：飞奔的野兔，上蹿下跳的松鼠，还有与温欣拥抱的那一刹那……

　　当他准备放下手机休息时，突然发现妻子发来的短信："明天星期日应该回来吧，回来看看你的好儿子。"邢真心中一怔，儿子怎么了？他连忙拨打妻子的手机，另一头传来"您拨打的手机已关机"的语音提示。在不安与疲倦中，邢真睡着了。

十六

　　第二天，邢真六点就醒来了，妻子的手机还是关机，他起床洗漱后便开车回家。到家后，他看到妻子刘媛和儿子亮亮正准备吃早餐，知道儿子应该没什么大问题。

　　"洗手吃饭吧，吃完饭再说。"刘媛对邢真说。

　　儿子亮亮只斜眼看了一眼邢真，一言不发，吃了点饭就回到自己房间里，关上了门。

　　"亮亮怎么了？"邢真问刘媛。

　　"你吃完饭，一会儿让他自己告诉你。"

　　邢真吃完饭，打开儿子房间的门，对儿子说："出来说说，么回事？"

亮亮走出卧室，站在门口，耷拉着脑袋还是一言不发。

"说啊，怎么回事？"邢真有点不耐烦了。

亮亮努了下嘴，两只手搓揉在一起，仍然不说话。

"男子汉敢做敢当，你怎么不给你爸爸说了？"刘媛坐在一旁也不耐烦了，亮亮还是无语。"不说，我替你说了。"刘媛稍停，接着说，"上课不听讲看小说，被老师抓住两次了。今年下半年以来成绩滑落到全班倒数后五名。"

邢真怒气冲冲地喊道："你怎么回事，上课不好好听课，还看……"

"够了！"突然亮亮一声大叫，邢真愣住了。

"这半年来，你们谁管过我！妈妈出差一个星期不见人，爸爸一走两个星期不见人，除了在外婆家吃就是在外婆家住……"说着说着，亮亮呜呜哭了起来。

邢真和妻子一时无语。沉默了一会儿，刘媛拿着抽纸走过去，帮儿子擦了擦泪水，把亮亮领到卧室。

亮亮还在抽泣，刘媛说："好了，男子汉有事说事，哭什么。"

刘媛嘴上这么说心里也不是滋味，儿子说的没错，自己有时候外出检查一去就是一周，有的时候两周连着转不回家，只好把儿子安排在爸妈家。

等儿子慢慢平静下来，妻子说："妈妈以后尽量不再出差了，实在不行，妈妈可以调换个不出差的工作，抽出时间多陪陪你。"

停了一会儿，她接着说："但你以后千万不能上课看小说了，不听课怎能学习好，学习不好怎能考上一中呢，考不上一中考一类大学就没希望，考不上好大学将来怎么就业？"

看儿子还是一言不发，刘媛提高了嗓门，继续说："亮亮，我说的话你听见了吗？"

亮亮点了点头，表示认可了妈妈的话。

"好了，收拾收拾你的学习资料，一会儿我们一起去你外婆家。"刘媛说完走了出来。

儿子的话也让邢真陷入了沉思。自从到蒙山支行工作后确实没怎么过问过儿子，一去上班至少一周不能回家，有时候周末也因工作无法回来。儿子的学习成绩上半年还是班里的前十名，现在却倒数了，这样下去肯定不行。

邢真来到儿子房间，对儿子说："爸爸刚才不应该吼你，是爸爸不对。可是，你说的这些也不能成为看小说的理由啊。初中是打基础的时候，基础打不牢，到了高中就跟不上，将来考大学就是问题。"

亮亮继续收拾自己的学习资料，没有说话也没看邢真一眼。

"亮亮。"邢真提高声音叫了一声。

儿子放下手中的书本，站着听邢真说，也不正视。

"爸爸以后周末会尽量回家陪你，可有时候确实是工作离不开，你也要理解爸爸，好吗？"亮亮点了点头。

"爸爸以后不会吼你了，只要你上课不看小说，就一定能再回到前十名。"亮亮没有反应，站在书桌前两只手又搓揉在一起。

邢真从儿子房间走了出来，妻子在卧室门口向他招手，示意他过去。

邢真来到卧室，妻子关上门，说："我以后尽量不再出差，实在不行就跟领导申请调个岗位。如果我的岗位调不了，你就跟市分行领导申请一下，尽快调回市分行工作吧，别再……"

"肯定不行。"还没等妻子把话说完，邢真就打断了。

"那你就在蒙山县当你的行长吧，亮亮以后再出现问题别怪我没给你说。"刘媛边说边打开房门离开了卧室。

邢真一时无语，心想，自己申请去的蒙山支行，现在工作刚刚理出个头绪，怎能说不干就不干了呢？即便自己主动辞职，市分行也不可能同意啊！

"今天爸爸有事外出了，明天回来，一会儿我就带亮亮去爸妈家，晚上和亮亮在那住，没事你就回单位忙你的工作去吧。"妻子边收拾东西边没好气地对邢真说。

"干与不干也不是我一个人说了算的事，没那么简单。"邢真辩解。

妻子没有搭理他，收拾好东西叫上亮亮走了。

邢真一个人坐在客厅，若有所失。突然想起好久也没有回老家看爸妈了，那就先回老家看看，然后直接回单位吧。不知怎么回事，邢真这时又想到了温欣，通过QQ给她发了条信息："在干吗呢？"

周末，温欣一般不会主动给邢真发信息，除非知道邢真在单位没有回家。

很快，温欣回了："没事啊，没回家吗？"

当邢真告诉温欣说要一个人先回老家看看，然后直接回单位时，温欣说跟着一起回他老家看看，邢真没搞明白自己怎回事，竟然痛快地答应了，然后把老家的地址发给了她。

邢真开车到超市给父亲买了一箱白酒、一箱啤酒，又买了点酸奶、水果等吃的东西，开车直奔老家。

邢真的老家在蒙山腹地，位于蒙山县城东北，是一个建在山脚下的小山村。大约四十分钟，邢真到达老家村外，他在路边停下车，等待温欣的到来。

不久，他看到一辆白色宝马车开了过来，正是温欣的车。

温欣也看到了邢真，打开车窗伸出手朝邢真一摆，说："前面带路，走吧。"

两辆车一前一后向村里驶去，在一个红色大门前停了下来，温欣让小李从后备厢里拿出几样东西。

"你还花什么钱，来玩玩就是。"邢真下车后说。

"一点心意，是给老人的，不是给你的。"

邢真打开大门，把东西一样一样拿到院内。邢真的妈妈看到儿子回来了，从堂屋里笑着走了出来。

"儿子，你怎么……"邢真的妈妈说了半句，看到温欣、小李两个漂亮的女人一时呆住了，后半句竟没说出来。

"娘，这是鲁南新型建材有限公司的温总，这是温总公司的李主任。"

"阿姨您好啊！"温欣伸出手握着老人的双手说。

"好好，这闺女长得真洋气！像个洋姑娘。"

"说什么呢，娘，人家可是地道的中国人。"

"娘知道，就是看着长得俊。来就来呗还花什么钱，快屋里坐，屋里坐。"

"阿姨，没花什么钱，一点心意。"温欣说。

刚坐下不久，门外传来了邢真爸爸洪亮的声音："看着有车开过来了，想着可能是邢真，还真是。"

温欣、邢真又站了起来："大大，这是鲁南新型建材有限公司的温总，这是温总公司的李主任。"邢真向爸爸介绍。

"叔叔您好，我是邢真初中的同学。叫我小温就好了。"

"好好，你们先坐着喝茶，我收拾一下，吃了中午饭再走。"

"别忙乎了，我们一会儿就回单位。"

"你这孩子净胡说，多少天没回来了，屁股还没坐热凳子就走，光你吗，还有你同学，走，门都没有。"老人说着关上了大红门，拉上门闩用一把大铜锁啪的一声锁上了。

"你看我爸这人就是强势。"邢真不好意思地对温欣说。

"你这孩子，什么强势不强势，人家热总第一次来咱家还能让人家空着肚子回去。"邢真妈妈反驳道。

"娘，人家不姓热，姓温。"

"哎呀，你看我这破记性，就记得不是凉的，忘了是温还是热了。"老人说完哈哈笑了起来，引得大家也笑了起来。

"咕咕、咕咕"院子里传来一阵公鸡的惊叫声，原来邢真的父亲已经抓住了一只公鸡，开始杀鸡了。

温欣赶紧来到院子，说："邢叔叔，您不用忙乎，我们都不是外人，随便弄点吃就行。"

"闺女，不用你管，快进屋喝茶去，外面不干净。"

"我爸就那样，谁也管不了。走！我领你们到村外逛逛去。"邢真对温欣和小李说。

邢真来到院子里，给爸爸说明了情况才拿到钥匙，开门后和温欣、小李一起走了出来。

秋末的山村空气格外新鲜，到处弥漫着花草的芬芳。房前屋后金黄色的柿子挂满了枝头，红黄蓝各种花卉散落在小道两旁。

"这个地方环境真好。"温欣边欣赏边说。

"是不是觉得我们这里对爸妈的称呼挺特别啊。"邢真说。

"管妈叫娘倒是知道，称呼爸为大大还是第一次。"

"蒙山县北部称呼爸为大大，蒙山县南部称呼爸为爷。"邢真介绍。

"那称呼祖父呢?"

"祖父叫老爷,外公也叫姥爷,只是带女字旁的老,外婆叫姥娘。不过现在的年轻人也都改了,称呼爸爸、妈妈、爷爷了。"

"时代变迁,一切都在变嘛。"温欣说。

"叽喳、叽喳"几只喜鹊在村口一棵大柿子树上欢叫着上下跳跃,黑白相间的羽毛与黄色的柿子、绿中带黄的叶子、红瓦石砌房、远处的青山相映形成了一幅乡村水墨画。

"贵客到喜鹊叫,这是在欢迎我们的温总和小李啊。"邢真指了指树上的喜鹊说。

"好啊,我们是贵客,你是地主,可要好好接待我们啊。"温欣微笑着看了一眼邢真。

"没问题,走!我们到前边的小河看看。那里还有一个水库,是我小时候游泳的地方。"

三个人有说有笑来到村东边的河套旁,老远便听到了哗哗的流水声。由远及近,声音也越来越大。这是一座顺着地势拦截沟壑而建的小型水库,河流由北向南从山谷流下,灌满了水库,又从大坝一侧约十米宽的泄洪渠道漫过水泥坝倾泻而下,于是就形成了一个人造瀑布。

"快看、快看！"小李像发现了新大陆，指着水库上游说。只见几只白鹭在上游浅水草滩上优雅地散步，数只野鸭子在上游水中游来游去觅食。

　　"这儿真好，你小时候就是在这里游泳吗？"温欣问邢真。

　　"是的，我们几个小伙伴几乎天天来这里玩，下水游泳，捞虾抓鱼。"

　　邢真说完从地上捡起一块薄薄的石片，扬起手臂猛地朝水库中心扔去，水面上荡起一长串漂亮的水花，宛若蜻蜓点水。

　　"还是打水漂的高手啊，我也试试。"温欣说着也捡起一块石块，用力朝水面抛出，谁知只出了一个水花，石块便沉入水中。

　　"选石块是有讲究的，要选薄的石块。"邢真说着从地上找了一块石块递给温欣。温欣接过石块再次抛出，果然也出现了一串水花，高兴地自己给自己鼓起掌来。

　　小李也练了起来，三个人你扔我甩，玩得不亦乐乎。

　　邢真三人出门后，忙着洗菜的邢真妈妈对邢真爸爸说："老头子，我咋看着那姓什么温的看咱儿子的眼神有点不对劲啊！"

　　"咋不对劲了，就你事多！"

"好像对咱儿子有意思。"

"有意思咋了? 他们又不是毛头孩子了。"

"你这老头子怎么没心没肺的, 儿媳妇都多少日子没回来了?"

"哎呀, 人家不愿回来你还非要八抬大轿去把人家抬来啊。"

"我是担心小两口闹别扭。"

"有什么好担心的, 能过就过, 不能过就散伙。"

"没正经的, 孙子都老大不小了, 你还胡说八道。"

"我就是看不惯她那一家人的脸色, 好像比咱农民高出一头似的。你看今天这闺女多好, 一口一个叔啊、姨啊, 热乎乎的, 这才像一家人嘛。"

"又老没正经, 瞎胡说!"

午饭后, 温欣说下午回去也没事, 想再找个地方玩玩。

在邢真的建议下, 一行三人便又来到了天宝山腹地的北海银行鲁南印钞厂旧址。

这是一处藏在大山深处的天然溶洞。西边是高山, 东边也是高山, 山洞就隐藏在北边山体的中间位置。在草木的掩映下, 该洞坐北朝南, 太阳出来的时候正好照在洞上, 所以当地百姓称其为朝阳洞。

邢真是第二次到此处参观游览了，作为本地人他曾查阅过关于该印钞厂旧址的历史故事，于是又一次为温欣、小李当起了解说导游。

朝阳洞曾是红色金融的摇篮，也是目前山东省保存下来较为完整的北海银行鲁南印钞厂旧址。

一张张北海银行发行的纸币，见证了抗战时期那场没有硝烟的金融战争。

"没想到这大山深处还隐藏着红色金融革命故事，你邢大行长是沂蒙红色金融的传承人，发扬光大沂蒙精神义不容辞啊！"温欣听了邢真的讲述，一侧头微笑着向邢真竖起了大拇指。

温欣的话令邢真不由得想起了来蒙山前，宋泽民行长的嘱托：今天，我们更没理由不把蒙山支行经营好啊！否则，无法给前辈金融人一个交代。

"一定不辜负领导重托！"邢真高高举起紧握的右拳，一脸严肃向温欣'承诺'，引得身边的小李也笑了，"你们这是拍电影演戏呢！"

游完朝阳洞，邢真他们各自回到宿舍休息。邢真躺床上眯瞪了一会儿，一觉醒来时已经是下午四点多了。他起来洗了把脸，坐在客厅打开电源烧水，一个人心里空荡荡的。本来想回家与老婆孩子过个周末，明天一早返回，没想到回家只吃了顿早饭就回来了。

大约五点，温欣打来了电话，让邢真去她那儿吃晚饭，还说已经准备得差不多了。邢真痛快地答应了，然后打开电视等着太阳落山。

邢真眼瞧着电视，心里却想着温欣为他准备的晚餐。他看了一会儿电视，感觉没什么意思，便关上了。先是洗了头，照着镜子重新刮了一遍胡须，然后从衣橱里找出一件浅蓝色夹克衫、一件纯白色衬衣、一条青色休闲裤换上。

好不容易等到太阳落山，天色渐渐暗了下来，邢真开车来到超市，买了鱼罐头、牛肉、水果等一大包吃的，又来到花店买了一束以香水百合为主搭配的鲜花，特意让花店工作人员用小纸箱封装起来，并用粉红色塑料带扎上提着。

"先生为什么还要把鲜花封装起来呢？"卖花的姑娘好奇地问。

"想给对方一个惊喜啊。"邢真笑着说。

"是这样啊，我还是第一次遇见这样包装的。"

邢真开车来到浚河边祥安家园，温欣在这里租了一套精装修的房子。他停好车，左手提着购买的食物袋子，右手提着鲜花箱子，进入电梯来到五楼按响了门铃。温欣通过猫眼看了看，微笑着打开了门。

"我都准备好了，不是告诉你不用买什么东西了吗？"

"也没买什么，在超市买了点水果。"进屋后，邢真打开了纸箱，拿出鲜花双手献给温欣，说："周末愉快！"

"啊，好漂亮的百合花！谢谢！我还以为箱子里装的什么呢，原来是鲜花啊，真有你的。"温欣接过鲜花闻了闻说，"好香！"然后走到墙角把一个小圆桌上花瓶的花拿出来，换上邢真买的花。

邢真打量着温欣，一身浅粉色丝绸休闲服在灯光下熠熠发光，凹凸有致的体型走起路来更显风姿，三十六岁的年龄看起来就像一个二十多岁的姑娘，能够保养得这般模样实在难得。

温欣摆好花转过身来，看着邢真直愣着眼看自己，脸上火辣辣地泛出了红晕。

"怎么了，不认识了吗？"

邢真听后，脸腾地一下红了，"没有没有，看你刚才走路的姿势挺美的！"

"又贫嘴，坐下喝点水，一会儿我们就开始吃饭！"

两个人的晚宴开始了，一盘点缀着香菜的清炖鲳鱼，一盘水煮大红虾配着姜丝醋汁，一盘红烧排骨，一盘海米凉拌西芹，加上邢真买的一盘牛肉、一盘红烧带鱼共六个菜品。

"这么丰盛，我们两个人吃不了啊。"邢真说。

"样数多，每盘量小。"温欣边说边打开一瓶法国进口原装红酒倒到醒酒器中，晃了晃说，"先吃点菜，尝尝我做的这个鲳鱼怎样，酒醒醒再喝。"说着用一个小勺铲了一块鱼肉放到邢真的小盘里。

"好吃，软嫩香糯，不咸不淡。"

"好吃就多吃点。"

温欣斟满了两杯红酒，递给邢真一杯，端起酒杯微笑着看着邢真说："来，今天是周末，祝我们两个单身在外的孤家寡人周末愉快！"

"周末愉快！"邢真端起杯与温欣轻轻碰了一下。

"哎，你怎么不在家里住一宿又跑回来了？"温欣问。

"儿子不听话，上课偷看小说被老师抓住了，回家后我和刘媛两个人想好好教训一下他，结果反被儿子数落了一顿，嫌我和刘媛成天不在家，不管他。"

"亮亮说的没错啊，你说过刘媛经常出差，你一个星期回家一次，有时候两个星期才回家一次，难怪亮亮会数落你们。"

"是啊，可我有什么办法呢？异地交流干部基本都是这样。刘媛还想让我再回市分行工作，根本不可能，哪有想来就来、想走就走的道理。"

"所以你们就因这事闹得不开心啊。哎，不是我说你，有事好好沟通，你真不应该回来。"

"不全是，刘媛的爸爸外出了，明天回来，她回娘家陪她妈去了。"

"你也可以一块儿去陪老人啊。"

"刘媛不想让我去，说没事让我回单位。正好好久也没回老家了，就顺道回去看看。来，敬你一杯，谢谢你陪着我回家看老人。"邢真举起酒杯与温欣碰了下，然后喝了一大口酒。

"你又客气了，我也是想出去散散心啊。我应该敬你才是，带我去了一个世外桃源。"温欣说着举杯与邢真碰杯。

"你和刘媛过得还好吧，平时你也很少说起她。"温欣问。

"怎么说呢，反正就是过日子罢了。不说她了，说点高兴的，我们喝酒。"

两个人你来我往，不一会儿，两瓶红酒见底了，温欣又打开了第三瓶。当第三瓶喝完时，邢真已经感觉头有点发晕了，温欣却来了兴致，又打开了一瓶。

"不能再喝了吧，再喝就醉了。"邢真说。

"能喝多少算多少，今朝有酒今朝醉，莫使金樽空对月，醉了就睡，一觉醒来又是崭新的一天。来，干杯！"说完，温欣举杯将一杯酒一饮而尽。

"干！"邢真也将一杯酒干了。

喝完第四瓶温欣还想再开一瓶，被邢真制止了。两个人一起走到阳台上欣赏美丽的浚河夜景。夜晚，墨色的浚河在彩虹灯映照下如印了两岸风景的彩带，彩虹桥上不断变幻色彩的观赏灯在水中倒映成双，两岸林立的大厦在射灯照射下也不断变幻着各种花样，在镜子一样的水中映出了"海市蜃楼"。

"浚河的夜景好美啊！你每晚都可以在这里免费欣赏多幸福啊！"邢真说。

"是的，可是总是一个人也就没心情欣赏了。"温欣说着突然一翘脚快速亲吻了一下邢真的双唇，然后侧身从邢真身后双臂抱住了他，头靠在了邢真左肩上，邢真热切地感觉到了温欣快速跳动的心和酥软的胸，自己的心跳也在怦怦加速。

"我要晕倒了，还是到沙发上坐坐吧。"邢真说着，解开腰部温欣扣着的双手，回到客厅坐了下来，两人开始喝水聊天。又聊起了中学时难忘的校园故事，聊起了温欣短暂而伤心的婚姻，聊起了事业、爱情与人生。

"我该回去了，不早了，你也该休息了。"邢真看了看表已经十一点多了。

听到邢真说要走，温欣突然靠近邢真，双手环绕扣住了邢真的脖子，红红的嘴唇再次热烈地亲吻到邢真的双唇上，邢真满身的热血像加注了压力，而温欣满身的芬芳似乎比红酒劲还大十倍，令邢真热血沸腾。

"丁零"邢真手机响起了短信声音，温欣松开了双手，邢真拿出手机一看，是一个未知号码短信。然后站起来说："我该回去了，你喝点水也早点休息吧。"

"你喝这么多酒又不能开车，怎么回去？"温欣含情脉脉地看着邢真。

"没事，打个的回去就是，明天一早来开车。"

邢真下了电梯走出楼来，感觉头重脚轻。走出小区后发现大街上很少有车了，又走了一会儿才打上了一辆出租车。

刚回到宿舍，温欣打来了电话，问到宿舍了吗，邢真回答到了，然后只脱了外衣躺床上就睡着了。凌晨三点多，邢真口干舌燥醒了，头还晕乎乎的，起床喝了杯水，才脱了衣服躺下睡了。

邢真再次醒来时已经是早上七点多了。他打开手机看昨晚收到的那个未知短信："我想你了，你在哪里？点击……"邢真没看完就知道又是电信诈骗信息，拉黑然后立马删除了。

　　进入 QQ 看到了温欣的两个留言：一条是昨晚打完电话后发的"胆小鬼，怕什么，我又不想霸占你"，那时邢真已经睡着了。另一个是今早六点多发的"昨晚喝醉了，不好意思"。邢真想着昨晚温欣拥抱他的样子，微笑着摇了摇头。沉思了一会儿回复了一个信息"我也喝多了，度过了一个愉快的周末，谢谢你"，并附加了一个拥抱的表情。这是邢真第一次给温欣发拥抱表情。

十七

营业部装修基本完工了。黄原又一次来到新装修的营业部，看看还有什么遗漏或不合适的地方。

几个月来，只要有空黄原几乎每天都会到网点装修现场看看，这是他的分内工作，在市分行召开的网点装修会议上是签了责任状的：支行分管行长要负责网点装修的现场监管，防范施工方偷工减料或擅自更换不符合规定的材料。现金区加固材料、防爆玻璃、防盗防火等都要按设计标准施工，使用合格的产品，施工方出具厂家产品合格证书。装修过程中防盗钢筋网等必须现场拍照，以备完工后验收。因监管工作疏忽出现问题的，要按规定承担管理责任。

外人看来，银行网点与一般对外服务窗口没有什么特别。只有内行的人才知道，银行网点在防盗、防火方面是有国家规定标准的。比如现金服务区（包括 ATM 机房）就是一个由钢筋混凝土筑扎起来的水泥铁笼子，六面四方都严丝合缝，十分牢固。所以，那些试图闯入银行内部图谋不轨的歹徒不仅徒劳还会被银行高科技锁定，最终绳之以法。

黄原对本次装修还是比较满意的。

但他转了一圈还是发现了问题：一是现金区柜台窗口没有预留网线出入口、电源接口，服务客户的对讲机、互动签字屏、点钞机（柜台外客户使用）等设备就无法安装使用。二是为了自助设备供电，营业大厅墙壁上到处预留了电源插座接口，但这些接口都是敞开式的，而且位置比较低，容易发生漏电风险。尤其是客户带着孩子来办理业务的，这些敞开式的电源接口就是一种潜在的隐患。

黄原找到施工负责人，针对以上问题逐一进行了交代：现金柜台增加网线等出入口，墙壁上敞开式的电源接口要全部安装保护盒。

随后，黄原来到邢真的办公室，汇报营业部装修情况及搬迁开业事项：再有一两天装修就全部完工了，施工验收也会于近日完成。虽然是旧址装修，消防大队也要重新验收后颁发消防验收合格证，一般是先搬迁营业，然后再联系验收即可。

邢真说，已经和市分行张岳副行长沟通过了，一切准备好之后选个好日子，搬迁开业要举行个仪式，把县电视台记者也请来，借这个机会通过有线电视对外宣传一下。届时邀请市分行张副行长和相关部门老总等来参加开业典礼仪式，县里也提前和金融办胡青华主任沟通了，让他帮忙邀请分管金融的钱进副县长，还有县里的财政、国土资源局以及金融办、人民银行、银监局等领导参加。

营业部搬迁的日子定了，11月8日（星期一）。

11月7日，星期日，郑丽芳带领全体员工又加班忙乎了一整天，把营业部重新搬回了焕然一新的原址。忙了一整天的还有科技管理员李伟超。李伟超身体已经恢复，还是兼职科技工作。黄原也陪同加班人员一直忙到晚上七点多，信号、设备一切调试完毕后才回家。加班的员工虽然感觉很累，但营业部旧貌换新颜大家都很快乐，开开心心，顺利地完成了搬迁工作。

第二天十点十八分，开业典礼准时举行，鞭炮齐鸣，办公大楼悬挂的数不清的祝贺彩带把大楼装扮成了红楼模样，营业部门前扎起了彩虹门，"AB银行蒙山支行营业部装修开业盛典"黄色大字在彩虹门上熠熠生辉。各单位送的花篮一字排开摆放在主席台前排，花篮上红色语幅带随风飘荡。

　　开业仪式由邢真主持，先是分管金融的钱进副县长讲话，然后是市分行张岳副行长讲话，温欣作为来宾代表讲话，最后由参加仪式的各方领导上台剪彩。八九个身着红色旗袍的礼仪小姐端上红花相连的红色绸带，县长、市分行相关领导、金融办、人民银行、银监局、邢真等共同裁下红花，开业仪式在一阵掌声和欢快的音乐声中结束了。

　　营业部搬迁后受到社会各界的一致好评，客户流量也有所增加。市分行三季度综合业务考核结果出来了，在十九家县区支行中蒙山支行排名第十六名，各项业务正逐步提升，然而意想不到的事突然降临了。

　　这天下午，营业部的客户并不多，一位六十岁左右的妇女领着一个约三岁的儿童走进了营业厅。大堂经理李英兰迎了上去，询问老人办理什么业务。老人拿出银行卡说是想查查卡里的余额，但又忘记了密码。

就在老人向大堂经理咨询解决办法时，儿童被几米外的网上银行演示机的画面和声音吸引了过去。由于客户不多，儿童离开时老人忙于咨询只是撇了一眼，没有太过在意。儿童来到演示机下面，或许是想更清楚地看到屏幕上的画面，于是两手抓着演示机突出来的平面键盘两脚离地，吊起身来试图探上头去观看，此时悲剧发生了。在孩子身体重量的悬拉下，演示机失去了平衡，瞬间砸向了孩子，只听得孩子的后脑勺"嘭"的一声撞击在杠硬的瓷地板砖上，同时演示机键盘边缘的金属棱重重地砸在孩子的胸上，孩子倒地后只"哇"地哭了一声，老人跑过去在大堂经理的帮助下抱起了孩子。"强强，强强，强强！"无论老人怎样呼喊，孩子都没有任何反应。大堂经理李英兰急忙跑到营业厅外拦住了一辆出租车，与老人一起将孩子送去医院抢救。

　　黄原、邢真很快便得知了这一消息，放下手中的工作立马赶往医院。邢真、黄原刚走到急救室门口便听到了老人撕心裂肺的哭喊声："我的孩子，强强，我的孩子，强强……"

　　李英兰见邢真、黄原来了，迎上去说："孩子砸得不轻，正在抢救之中，可能要尽快进行手术，医生说有可能会留下后遗症，甚至有生命危险。"

"先电话报告市分行，这属于临时突发重大事件。"黄原提醒邢真后，邢真拿出手机给市分行领导汇报。

打完电话邢真告诉黄原，市分行让先安抚好客户，然后再协商处理后事。

黄原又告诉邢真还要向县人民银行、金融办、公安部门报告，以便后续处理。

一会儿，李英兰领着一个四十岁模样的男人走了过来，男人自我介绍说是孩子父亲的远房堂兄，姓杨，叫杨亮。相互介绍后，邢真说："事情已经发生了，先抢救孩子要紧，我们单位肯定会负责妥善处理的。这样吧，你和黄行长相互留个电话，然后再联系协商处理。"

邢真又对杨亮交代了一下，安排黄原暂时留下，他与李英兰先行回到单位。

黄原掏出烟递给杨亮一支，并帮助其点燃，两个人站在门口聊了起来。

杨亮介绍说，被砸孩子的父亲叫杨明华，三代单传，三十多岁才结婚，好歹生了这个儿子，没想到今天又出了这事。"唉，这家人够倒霉的了！这次你们单位要重视啊，如果孩子有个三长两短，那麻烦可就大了。"杨亮说着，把烟蒂扔到地上用脚踩了踩。

"现在关键是先抢救孩子。事情已经发生了，你要多劝劝他们，我们单位肯定会认真对待的。"黄原说，"刚才我们邢行长已经给市分行领导汇报了，后续我们单位会跟进处理的。"

晚上，黄原回到营业部，与邢真一起查看了现场情况。出事的这台设备是一台安放在营业大厅的网上银行演示机，专供企业或个人客户登录网上银行办理业务之用。设备是由省分行集中采购的，营业部装修时市分行给新配发的。邢真打量着这台单薄的设备，厚度约2厘米，高度约1.6米，在1.1米处突出一个键盘供客户站立着操作，键盘上是一个朝后倾斜的屏幕。

"这台设备设计有缺陷。你看底座面积太小，不能支撑键盘上的外来重力。"邢真边说边下按键盘，设备便会向前倾斜。

"如果只是在键盘上正常操作业务，设备肯定不会歪倒的。"黄原说，"谁想到孩子会在键盘上打吊儿玩。"

"给市分行汇报一下，这件事应该向生产厂家通报，出了这么大的事，设备设计缺陷不得不说是一个重要因素。"邢真说，"如果底座面积加大些，支撑作用就大，就不会出现这个悲剧了。"

第二天上午，杨亮来到黄原的办公室，身后跟着一个年轻人，杨亮介绍说是杨明华。他们是来要钱的，说昨天银行给垫付的一万元已经用完了，需要再交住院费。昨天已经做完了手术，生命暂时保住了。

"你们是单位，还是大银行，一次就不能多交些住院费吗？"孩子的父亲杨明华很不耐烦，杨亮也随声附和。

"我们是大银行没错，可钱都是国家的，我们个人谁说了也不算。"黄原拿起办公桌上的一支签字笔晃了晃，接着说，"越是国家的大单位管理越严格，就这支笔我们下面都没有购买权，全是上级行集中采购的。不过，你们放心好了，我们一定会想办法把住院费交上的。"

送走了杨亮二人，黄原起草关于蒙山支行营业部设备事故的报告，形成报告后要上报市分行相关部门、领导，还要上报县人民银行、金融办、公安部门。这些都是重要事项报备制度要求报告的单位。

下午，设备生产厂家来了两个人，还带来了设备检测合格证书。证书是由相关质检部门出具的。黄原接过证书瞧了一眼，根本没有仔细看，就带着厂家人员到营业部现场查看设备情况，并调阅监控观看了事故经过。

"这个小孩几十斤重，重量压在设备键盘上，肯定会倾倒的。"厂家其中一个人看过监控后说。

黄原没有接话，而是现场对设备进行了键盘按压演示，然后说："还是设备底座面积太小，支撑力不足，否则不会出现这种情况的。"

厂家人员也试了一下，结果证明黄原说得没错，根本不用太大力气就能使设备向前倾斜甚至倒下。

看完现场后，厂家两个人也没有实质性表态，只是说回去给领导汇报，然后就离开了。

下午四点多，邢真从市分行回来，立马组织召开行长办公会议，研究讨论营业部突发事故问题。除李之栋、黄原参加外，文波主任、郑丽芳主任列席。

邢真先说明了市分行的处理意见：一是要安抚好客户，不能激化矛盾；二是协商赔偿事宜时引导客户走司法程序，即法院起诉，只要法院判了赔偿金额，列支赔偿费用就符合财务制度规定，否则就无法进行赔偿，说白了就是不能采取私了来解决。至于临时要垫支的住院费，办公室可以先借一部分钱应急。

黄原汇报了设备厂家来人查看现场的情况。

"这个事故也不能全由我们银行负责啊，孩子的监护人也有责任，银行是成年人办理业务的地方，大人如果带孩子来就应该看管好孩子。"郑丽芳说。

"理是这么个理，但问题出在我们银行，出在我们的设备上，责任肯定是有的，至于责任大小要由法院来评定。"邢真说。

"既然设备设计有缺陷，厂家就应该负责赔偿。"黄原说。

"那要看看厂家是什么态度了，如果不主动承担赔偿责任，我们恐怕也不好办吧。"李之栋说。

"按说就应该厂家赔偿，为什么不好办？"郑丽芳没想明白。

"集中采购单位都是省分行的大客户，与省分行都有关系，不是我们想让厂家赔厂家就赔的。"李之栋说，"就是想让厂家赔也要先通过市分行，市分行再向省分行汇报，省分行同意了才行。"

邢真对当前工作进行了安排：当务之急是安抚客户，监测舆情。营业部、办公室要做好应对准备。一是支行员工不能接待记者采访，如有记者采访的可以引导记者去市分行，这是总行的规定；二是维护好营业部网点秩序，不要因此影响了对外客户服务。有情况及时向支行汇报，黄行长具体负责与对方协调赔偿事宜。分工不分家，李行长外围关系比较熟悉，主要负责向公安、人民银行等部门做好汇报，尤其是公安部门要协调好，必要的时候需要公安部门帮助维持营业秩序。

第三天刚上班，杨亮就来到了黄原的办公室。黄原把市分行的处理意见明确告诉了杨亮，即走司法起诉程序，依法解决。

"现在走司法程序也走不了啊，人还在治疗中，不能进行伤残评估。明摆着的事，在你们单位设备上出的事，你们银行脱离不了关系，还需要打官司吗？"杨亮听了黄原的话，显然是生气了。

"昨天我跟你说过，如果不走司法程序，一分钱我们也拿不出来啊。"黄原说，"因为我们没法列账，不按规定列账钱就出不来。有了法院的判决书，我们就可以凭借判决书列账。要不，真没办法。"

"怎么列账是你们的事，我们管不了，反正你们必须承担责任，尽快给钱解决目前的治疗问题。"

被砸孩子脱离了危险后已转到省城医院继续进行治疗，蒙山支行先后已经垫付了十万元的治疗费用。

一天上午，营业部刚开门营业，几个人陪着杨明华及其母亲来到营业大厅哭闹。

郑丽芳等人不知所措，电话汇报给了黄原。黄原打电话给李之栋，让他尽快联系公安部门协助处理。黄原心里清楚，这种情况公安部门不出面，银行是解决不了的。

又过了五六分钟，公安警车开了过来，停在营业部门外，几个警察带着小型录像机进了营业大厅。黄原早已在大厅等候，给警察简单汇报了一下情况，又交代最好不要激化矛盾，只要劝走杨明华的家人，不影响银行营业即可。

在警察的劝说下，又持续了十多分钟，杨明华一伙人才停止了哭声，被警察领出了营业厅。

没想到第二天，杨亮、杨明华及其父母等六七个人又气势汹汹地来到黄原的办公室，黄原打电话把文波叫上来，打开了小会议室房门，把杨家一伙人带了进去。

杨明华阴着脸坐在了座椅的扶手上，明显高于其他坐在座位上的人。"啪"的一声，杨明华用力拍了一下椭圆形桌面，说："妈的，AB银行不讲理了吗！到底想干吗？"

"消消气，有事说事。"杨亮劝道。

黄原一脸严肃，一言不发，文波挨着黄原坐着，也不知所措。

"能消气吗？多长时间了拖着不解决，今天不给钱，我就死在这里，看你们能把老子怎么样？"

"我孙子至今还躺在医院，我也不想活了，我这就死给你们看。"杨明华的母亲说着起身直奔黄原而来，黄原、文波见状立马站了起来，谁知老人哭喊着一头拱向了黄原，让黄原措手不及。文波急忙拉着老人劝说，杨亮也过来帮忙劝阻，老人仍号啕不止："强强，我那受罪的孙子啊，老天爷你睁开眼吧……"

文波、杨亮好不容易才把杨明华的母亲拉到座位上坐下，老人还是呜呜哭个不停。黄原、文波重新坐了下来，又说了许多安慰的话，并承诺住院费会继续帮助缴纳的，一切以治病为主。

黄原心里清楚，无论杨家怎样骂、怎样闹，也情有可原，毕竟人家孩子被砸成了重伤。

最后，在杨亮、文波的劝说下，杨家一伙人才离开了。

黄原再次将情况向邢真进行了汇报，邢真又将杨家人几次来银行的事及其诉求汇报给了市分行。但市分行依然要求走司法起诉程序，等法院判了才能够赔偿。事情一天一天拖着，2010年马上就要结束了，谁也没想到新的问题又来了。

十八

　　一天，黄原接到了一个自称是省晚报记者的电话，说是想了解一下杨明华儿子被砸事故的经过。黄原知道不能接待采访，告诉他一会儿给他回电话。挂断电话后，黄原立即告知了邢真，邢真随即请示市分行分管舆情的副行长，得到的答复是，支行不接待采访，转告记者，明天市分行再与记者联系。黄原按照市分行的要求告知了记者。

　　第二天一早，一条爆炸性新闻在省晚报电子版刊发了，标题是"银行设备砸伤三岁儿童至今未出监护室"，而且各大网络媒体纷纷转载，浏览量已近百万，而且还在不断上升。网民留言也已过千，且评论内容五花八门，矛头均指向了 AB 银行，不仅仅是该突发事件了，把日常在 AB 银行遇到的不愉快都抖搂了出来。

邢真得到这一消息是市分行通知的，市分行是省分行通知的，省分行是总行通知的，总行舆情监测部门 24 小时运行，关于 AB 银行的负面消息在第一时间就发现了。

市分行说被省分行批了一顿，省分行说被总行批了一顿。总行要求省分行尽快处理，省分行要求市分行尽快处理，市分行要求蒙山支行尽快处理。否则，舆情如果继续发酵，总行、省分行要进行问责处理。市分行张岳副行长还专门给邢真打了电话，说明了问题的严重性。如果处理不好，支行负责人被记过甚至免职的可能性都会有。

邢真感到了从未有过的压力，耳边响起了刚到蒙山支行时张岳说过的话，"在基层支行干好了可以成就一个人，但如果出了问题，也能毁掉一个人的职业生涯"，若因此被问责处理，个人的职业生涯可能就此终结了，一切的努力也将化为泡影。

问题到了必须解决的时候了，可合规解决除了司法手段还能怎样处理呢！邢真也犯愁了。

上午八点，还没到上班时间，邢真便让办公室通知召开专题会议，研究舆情及事故处理对策。参加人员和上次行长办公会议一样，三个行长，加上文波、郑丽芳。

首先黄原通报了关于事故近期掌握的情况。

杨家之所以不愿意通过起诉解决问题，是咨询过熟人律师后商定的意见。如果通过法院判决，还要等孩子出院进行伤残评估后，而且在责任划分上杨家对孩子的监护责任大，银行承担的连带责任小，对杨家不利，因此杨家坚持协商解决。赔偿金额杨家也多次明确了，必须是除了治疗费外，还要六十万元，少了不行，估计再谈判最少也不会低于五十万元。

关于这次记者曝光事件，是一个省晚报派驻沂州的记者连夜加班写出来刊发的。如果那晚上支行接到记者电话，与记者见上一面，好好说说，或许就不会这么快单方面见报了。

至于设备厂家自从看完现场回去后就没有了消息。

"幸亏事故是机器设备设计缺陷造成的问题，如果是我们安装不当出现的问题，这次可就麻烦了。"黄原最后说。

"这么说的话，还幸亏设备是上级行集中采购的，要是我们自己购买的，这次不也麻烦了吗。"李之栋跟着说，两只眼睛瞧了邢真又瞧黄原，不停转动着。

"设备问题可以不追究我们的责任，但现在舆情又出问题了。如果继续发酵，给 AB 银行造成不良影响，我们谁也逃脱不了关系，责任最大的还是我们！现在当务之急是如何解决赔偿和控制舆情问题。"邢真有些不耐烦了，微红的脸色又加了一丝严肃，眉一皱，头一侧，说，"大家说说如果不通过司法手段，按照市分行的说法还要合规落实赔偿，我们应该怎么办？"

"如果市分行答应可以不通过起诉解决，那咱们想办法解决。"李之栋说。

"我不支持，即使市分行同意可以不通过起诉解决，没有法院判决书怎么能合规列账赔偿金？金额这么大，我持保留意见。"黄原说。

说来说去，大家也没有想出什么好的招数，最后决定，邢真马上再去市分行汇报，征求市分行意见，以便尽快妥善解决问题。

邢真驾车直奔市分行，上午十点来到张岳副行长的办公室。他汇报了支行目前掌握的情况，在谈到赔偿时，张岳说："这个问题最后还是要落脚到你们支行办理，市分行的要求只有一条，尽量通过走司法程序解决，目前的医疗费垫支问题，账务处理也要合规。"

稍停了一会儿，张岳看了一眼邢真说："你再找宋行长谈谈吧，把问题说清楚，看看宋行长怎么安排。"

邢真又来到市分行一把手宋泽民行长的办公室。

"我就知道你会来，你不来我也会去找你。这件事引起了省分行、总行的重视，说说吧，你们是怎么处理的？"

邢真简单汇报了支行目前的处理情况，存在的主要难题还是赔偿金列支问题。"不走司法程序，赔偿金不是小数目，确实不好办啊。"邢真皱着眉说。

"这个确实也是问题，但问题不能再拖了，前提是既要合规又要解决问题，没办法你们想办法也必须解决。"宋行长说完端起杯子喝了口水，一皱眉似乎突然想起了什么，接着说，"哎，你们原来有个储蓄所，房子空着多年了，怎么也没见你们行有营业外房租收入啊？"

"我们无偿提供给合作单位了，该单位开户、存款都在我们行，互利共赢嘛，我们有签订的合作协议。"

"这个储蓄所过去我去过，在县城中心位置，如果对外出租的话一年的租金起码也要几十万元，你们算过这笔账了吗？该单位的综合贡献度能达到租金的水平吗？"

"这个我们倒没有具体算过，回去我们再综合算算。"

"嗯，是有必要算算，我们不能做赔本买卖啊。这样吧，我一会儿还有个会要参加，没什么事的话，你赶快回去处理吧。舆情的事我已经安排宣传办了，你直接找姚才强主任，他与媒体部门熟悉。"

邢真走出宋行长的办公室，关于医药费垫支及赔偿款列支问题心里多少也有了点数。

基层行是一线对外服务窗口，面对的社会受众多，产生的问题也必然多。摊上事了，别管怎么解决，通过什么手段解决，基层行都必须面对，没有任何退路，想躲也躲不掉。关键时刻，基层银行管理者就必须担当与负责，即便明知风险的存在，也必须迎难而上。否则，什么事也办不好。这是所有基层单位存在的现实共性，不仅仅是银行业如此，其他行业单位也如此。

邢真按照宋泽民行长的安排，到宣传部找到姚才强主任。姚主任早已联系好了报道该事件的记者。按照姚主任的意思，解铃还须系铃人，计划让曝光的记者再重新写篇材料，澄清一下相关报道中的问题。

见面后，姚才强为他们彼此做了介绍。记者姓金，叫金响。邢真见到这个记者时心里直冒火，在伸出右手与金记者握手时恨不得照他脸上扇一巴掌，可脸上依然堆着笑容说："金老师，不好意思，给您添麻烦了！"

"没事没事，再了解一下情况，把问题说明白就行。那天晚上我给黄行长打电话，可能你们有规定，就没有见面沟通。如果那晚见面沟通一下，情况可能就好多了。"金记者说。

彼此寒暄了几句，邢真带着二人返回蒙山支行现场了解情况。

下午三点多，邢真一行三人到达蒙山支行营业部，带着金记者查看了现场网银演示机、监控录像。金响记者当场表态，明天返回市区就把稿子写出来，然后发给姚才强主任把关，没问题的话争取尽快在省晚报电子版刊发。

第二天，送走姚才强、金记者，邢真刚回到办公室就接到了县公安局牛局长的电话，说分管金融的钱进副县长下达了指示，蒙山支行营业部被人告了，装修后没有消防验收就开业了，必须立即关门。关门的事没得商量，必须执行。还说，砸伤孩子被媒体曝光的事县里也知道了，对蒙山县影响很坏，领导很生气，要求银行尽快处理，否则要问责。

放下电话，邢真很生气，消防验收工作他早就安排李之栋了，本以为营业部装修完工这么久，消防合格证早就办完了。他立即打电话把李之栋叫到办公室。

"消防验收怎么回事，这么久了怎么还没办完？"邢真满脸怒气，瞪着眼问李之栋。

　　李之栋看邢真满脸怒色，皱着眉说："我跑消防大队多次了，他们拖着不办，我有什么办法？"说完两手向外一摊，一副无可奈何的样子。

　　"不办就再去找啊，也不能放下不管，这事也没跟我说啊！这回好了，县长让公安局长打来了电话，要营业部停止营业。"邢真面带怒色地说。

　　其实，李之栋自己心里明白，事故发生前就可以把消防合格证书办完拿来的，谁知突然发生了意外事故，他也就没再去消防大队。这个工作本来应该由黄原负责的，邢真安排他办理他多少也有点不情愿。

　　李之栋一听说营业部要关门，心里咯噔了一下，一双眼睛滴溜转了两圈，说："原来也都是边营业边办理的，谁知道出了这事。要不，我再去县消防大队找队长，把消防合格证尽快办出来。"

　　"事情没处理完之前，找谁也没用。"

　　邢真打电话又把黄原叫了过来，把县公安局长来电话的内容告诉了黄原，然后说："关于医疗费垫支的事，市分行的意见是让我们想办法，还必须合规处理，符合财务列账规定。我们商量一下怎么办。"

"我同意，那就按市分行意思解决，反正市分行领导也都知道这件事。"邢真这次听到了李之栋平时少有的口头禅。

"黄行长什么意见？"邢真问。

黄原摇了摇头说："没意见，不，我是说我没有解决的办法。如果有不符合规定的列支我还是那句话，我不支持。"

"散了，你们回去吧！这事不用你们管了。"邢真面带怒色，边说边收拾起一沓文件甩在桌面上，说，"黄行长尽快与杨家人联系，就说银行全力配合治疗，会继续缴纳治疗费用。还有就是，你安排营业部现在就关门，对外张贴告示，再搬回后院临时营业处。"

李之栋、黄原见邢真生气了，两个人便悄悄离开了。

李之栋回到办公室，心想，这一把手也不好当啊，不出问题便罢，出了问题如果处理不好就毁了。这回砸伤了人还上了新闻，够邢真喝一壶的，巨额医疗费垫支看看他怎么解决吧。

黄原回到办公室，心想，凡事我不参与，你们爱怎么办就怎么办。违规问题不征求我的意见便罢，征求我的意见我就三个字——不支持。

黄原安排营业部在大厅外打出了告示："因新装修线路故障问题，本网点暂时停止营业，有办理业务的客户请到后院装修前临时营业处办理，给您带来的不便敬请谅解！"

郑丽芳带领营业部员工忙了大半天，重新搬回后院临时营业处。等待办理业务的客户怨声载道，大堂经理李英兰等在营业室门口口干舌燥耐心解释着。

邢真解决了医疗费用垫支问题，杨家安心在省城医院给孩子治病，孩子的身体也一天天在恢复好转，蒙山支行也与杨家协商了赔偿解决方案，即等治疗结束后，双方再协商或依法解决。

杨家不再来银行吵闹了，李之栋、黄原心里对邢真还是蛮佩服的，有办法、敢担当！关于医疗费垫支来源问题，李之栋、黄原也知道个大概，但邢真没有摊牌，李之栋、黄原也便装作什么都不知道。其实，邢真心里是有数的，等事件最终通过法院结案了，所有费用都可以依法合规列支了。

这天，邢真接到了市分行宣传科姚才强主任的电话，说省晚报金记者返回后第二天就把第二篇稿件写出来了。市分行先把稿件上报到省分行审批，过了几天省分行打来电话说，既然已经赔偿完了，稿件就没必要再发了。

第一篇报道热度已经有所下降，再发一次又会重新燃起舆论热度。

事实证明，省分行没有让发第二篇稿件是对的，又过了几天，舆情热度就慢慢降了下来。

又过了不到一个星期，营业部的消防合格证书拿回来了，邢真给公安局牛局长汇报并征得同意后，利用一个周末，营业部又加班重新搬了回去。科技专管员李伟超也跟着周末加了班。

经过一个多月的折腾，蒙山支行营业部的突发事件终于得以平息，全行业务恢复了正常运营。

在这次突发事件中，邢真总揽全局担当负责。李之栋虽不分管风险管控但也在外围做了工作，包括协调公安部门、消防大队等。当然，最为难受的是黄原，在与杨家多次的协调交涉中可谓费尽了口舌，甚至还受到了辱骂和威胁，但他始终不卑不亢、坚持原则、把握方寸，最终较好地完成了协商谈判工作。

上级行也下发了通知，要求所有同类型的网银演示机都要在底座上打孔后固定在地面上。后来厂家新生产的该类设备也进行了改进，加大了底座面积，增加了承载力，即便大人按压键盘设备也不会倾倒。

2010 年再过几天就要结束了，市分行给各支行下达了各项存款确保完成计划数。

这个存款计划数明白人都理解有两层意思：一是最低也不能少于该计划数，二是超额也不能超太多。可有时候上级行也会调整，今天让增加，明天可能又让减少。无论上级行怎样变动，基层行都要服从，所以就会出现今天跑客户往里拉存款，明天又求客户往外转存款的现象。

对此，作为分管营销的副行长李之栋、市场部及各网点主任最反感，但没办法，于公于私还必须执行。大家心里也都明白，从省分行到市分行再到支行之所以都这么做，无非就是为了来年一季度的旺季业务大会战，如果年末存款基数过高，来年就会很被动。新增市场份额占比就不会高，不仅面子上不好看，员工还拿不到一季度绩效奖金，因为一季度是全年绩效奖金最多的季度，占全年总绩效奖金的三分之一还多。

当年存在这种现象的也不只 AB 银行，其他同业商业银行也大致如此。

AB 银行总行若干年后便发现了这一问题，逐渐从考核办法、考核指标上加以纠正。比如加大了日均存款、存款存量考核权重，市场份额占比方面也增加了存量占比考核权重，减少时点存款考核权重占比。后来还调整了旺季业务大会战时间段，由每年的"一月一日至三月末"调整为"每年的十二月到次年的三月末"。这种一季度存款看似猛增、年末却又降回到年初的非正常现象才得以逐渐消除。

十九

2010 年结束了，新的一年开始了。商业银行人都知道，最忙的季节也开始了。第一季度是一年中收获的季节，也是全国人民春节狂欢的季节。阴历的一年将在这个季度收官，所有的欠债也基本在阴历年末清算完毕。亿万农民工也会鼓着腰包把一年赚的钱带回老家过年。春节前后是老百姓把一年的收入存入银行的旺季，也是各家商业银行争揽存款的旺季。

和同业商业银行一样，AB 银行每年都大搞特搞旺季业务竞赛大会战，人力物力财力也向第一季度集中倾斜。

从总行、省分行、市分行到支行，一层层下达旺季业务营销任务指标，为了争优创先，任务指标层层加码，到了基层支行网点第一季度的存款任务几乎变成了全年的任务目标。

2011年1月4日，元旦后上班的第一天晚上六点三十分，蒙山支行旺季业务动员大会在四楼会议室隆重召开。

"2011年蒙山支行旺季业务竞赛动员大会"红色横幅在主席台上方悬挂着，邢真坐在主席台中间，左边是李之栋，右边是黄原，全行员工着工装齐刷刷坐在下方。以各项存款为重点，客户发展为抓手，蒙山支行轰轰烈烈的旺季业务大会战拉开了序幕。

大会由邢真主持，第一项由李之栋宣读支行旺季业务会战方案，主要指标为存款、客户发展。除按部门分配了计划指标外，还实施了全员储蓄揽存考核，第一季度各行长个人揽存任务是每人日均存款二百万元，剩余的员工每人日均一百万元。为保障个人揽存工作落实到位，每个员工要上交两千元的保证金，完成任务的全额返还，而且还按考核办法另行奖励。完不成的不仅拿不到专项奖励还要按比例扣减保证金。

第二项由黄原宣读支行旺季业务考核办法及相关

要求。

第三项由营业部主任郑丽芳、市场部主任周强、市场二部主任魏新宇先后上台表态发言。

第四项由各网点主任、市场部主任先后上台签订存款目标任务责任状。这项内容支行是跟着市分行学的，邢真也和市分行签订了责任状。

最后由行长邢真总结发言。

"同志们，旺季业务冲锋的号角已经吹响，我相信，有全行员工意气风发的干劲，我们团结奋进、敢于争先，蒙山支行旺季业务一定能取得首季开门红！"邢真讲完，全场响起了一片热烈的掌声。

会议一直开到八点半才结束，上了一天班的全行员工大多还没有吃晚饭。

营业部理财经理高雨欣回到家吃完饭已经九点多了。爸爸坐在客厅沙发上看电视，妈妈收拾碗筷。高雨欣来到客厅，"啪"一声关上电视，一屁股坐到沙发上对着厨房喊："妈，别忙乎了，过来开个家庭会。"

"什么事？大呼小叫的！"

"旺季业务大会战又开始了，我现在是理财经理了，分配的存款任务也最多。"高雨欣看看爸又看看妈，"所以，你们二老还必须豁上老脸为本经理拉存款啊！"

"拉就拉呗，过去又不是没帮你拉过。你们现在新来的这个行长怎么样？"高为民问。

"我认为这个邢行长保准行，这也是全行员工共同的看法。所以，我要好好表现表现。过去是拉个几十万，现在我当理财经理了，几十万根本不解渴。"

"那要拉多少？"妈妈问。

"几百万不嫌少，几千万也不嫌多！"高雨欣歪着头朝妈妈做了个鬼脸。

"你以为爸妈是印钞机呢，几千万还不嫌多，做梦吧你。"妈妈转身离开了。

"哎哎，别走啊，还没说完呢。"高雨欣看着妈妈的背影喊，妈妈没有回头继续走向厨房。

"能拉多少就拉多少呗，谁让我闺女是理财经理。"爸爸高为民说。

"爸，你们那时候压力山大吗？"

"我们那时候营销压力确实不如现在大，不过加班加点倒也是家常便饭。"

"营销压力不大，还加什么班啊？你不是当过计算机系统管理员吗？还曾经自吹是蒙山支行第一批计算机科技人才。"

"就是因为当计算机系统管理员，所以才经常加班，有时候二十四小时不分昼夜连续几天几夜都在银行加班不回家。"

"几天几夜不回家，你们在单位干什么？"高雨欣好奇地问。

"知道市场部胡勇强的爸爸是怎么去世的吗？"

"只知道多年前就去世了，不知道具体什么原因。什么情况？"高雨欣瞪大了眼睛。

闺女的好奇让高为民再次回忆起了过去难忘的金融岁月。

AB 银行科技电算化发展从无到有，从小到大，从算盘到计算机，作为一名 AB 银行基层员工，也是付出过汗水与泪水的，有的同事甚至献出了生命，胡勇强的爸爸胡玉富就是其中之一。

AB 银行的科技发展史有必要讲给闺女听听，免得她身在福中不知福，于是高为民讲起了自己的亲身经历。

"蒙山支行第一台计算机投产是 1990 年，我是第一个使用这台计算机记账的员工，也是全行唯一一个享受进口空调待遇的员工，那时候支行行长办公室也没有空调。当然，机房安装空调不是因为我，是因为那台计算机，记得是 0520 浪潮牌的。

"那时候的营业部还叫会计科，会计科专管记账，出纳科专管现金收付，也是为了防范风险钱账分管。每天所有会计员将受理的业务凭证审核无误后都交给我在计算机上记账。计算机软件是 DOS 系统，每天日终记完账要使用像唱片一样的磁盘进行数据备份。

"会计业务刚上机的时候业务不熟，日终经常无法结平账务。我和当时的会计科长，就是你们现在的黄原副行长，便将几百张会计业务凭证摆在地板上，一份份分析查找，看看差错出在哪里。找到了差错凭证还好办，把这笔差错冲账后再重新记账即可。如果找不到问题出在哪里，只好推倒重来，恢复昨天备份的数据，把一天发生的几百张业务凭证重新再记载一遍。为了不耽误第二天正常营业，经常因账务不平加班到深夜。

"到了月末、季末、年末，打印企业客户分户账（银企对账单）、打印存贷款计息凭证、打印月报、年报，行式打印机速度很慢，有时候加一夜班都打不完。但次日营业前该打印完毕的所有业务都必须打印完毕，否则，一旦新的一天营业后数据就被覆盖无法打印了。

"后来 0520 机一步一步更新为 286、386、486 机型，直至终端机，核算形式由单机演变为多机到现在的前台终端机，联网形式也由全省到全国联网。AB 银行 2000 年在同业首先投产了企业网上银行、个人网上银行。同一年率先实现了全部业务全国联网上机，仅仅十年间 AB 银行由一支笔、一把算盘实现了科技联网电算化质的飞跃。

"那个时候，各支行都配备了计算机系统专管员，我是蒙山支行第一个科技专管员，我内退后李伟超接替了我的工作。市分行不仅有科技科，会计结算科也就是现在的运行管理部还配有专职参数管理员。每次计算机换代、系统程序升级，从支行计算机系统管理员到市分行科技科全体人员、会计科参数管理员就要彻夜加班加点。数据移行、参数维护、数据核对昼夜不断，一般都是利用周末或节假日进行，因为不能耽误对外的正常营业。

"其中，综合业务全国联网上机是最复杂、最繁忙、最庞大的一项工程。全部账务、全部数据都要准确无误移行到新电算化系统，其间还不能耽误正常营业。临近上机前近两个多月的日子里，营业部员工加班加点整理账务，逐笔勾兑移行数据，还要彻夜守在网点电话机旁，随时等候上级行指令。那时候虽然我已经调到办公室工作，但作为兼职科技专管员肯定要全力帮助营业部综合业务上机。

"一个支行若出现了问题，可能会影响全市、全省乃至全国成功上机联网投产，我和营业部参与综合业务上机的全体人员深感责任重大。当时黄原是营业部主任，胡勇强的爸爸胡玉富是业务主管，我们三个人便成了综合业务上机的骨干力量，每天加班都必须到岗。

"记得投产前夕，我们已经连续两个夜晚没有回家，实在困了就轮换着在沙发上睡一会儿。第三个夜晚忙到凌晨五点，我们几个人到外面小摊上吃了个早点，来回就半个小时的工夫。回到营业室，急促的电话铃声响了，黄原接起电话，因空岗三十分钟被市分行会计结算科的领导批了一顿。

"好在蒙山支行上机工作开展得扎实有效，各项规定动作落实到位，在没有上级业务人员现场指导的情况下，蒙山支行是全市唯一独立成功完成综合业务上机的支行，后来还得到了上级行的通报表彰。

"可惜的是，就在综合业务投产后的第二天晚上十一点多，胡玉富突发疾病送到医院也没有抢救过来，那一年他才四十一岁。我认为他的病就是过度劳累导致的。

"不说这些伤心事了，再给你讲个笑话，听说过你们现在的风险部主任王程程存款送报纸的故事吗？"

"没有，什么故事？"高雨欣又来了兴致。

"20世纪80年代末90年代初，通货膨胀比较严重，国家为鼓励存款，发展经济，三年以上的存款除正常利息外，还增加了保值利息。各家商业银行开展了有奖储蓄，奖品为电风扇、电视机、自行车等。那个年代，连电风扇、电视机都没普及，更别说空调了，所以如果哪家存款能够中一个小家电就高兴得不得了。

"那时候王程程是新分配到网点的一名大学生，普通话说得比较好。一位农村老大爷来网点存款，王程程为了让大爷存长期的定期存款，介绍说，大爷您存三年的吧，三年的有保值。大爷一脸诧异，问道，你说什么？存钱还给报纸吗？

"不是报纸，是保值！王程程一遍又一遍解释，好不容易才给存款的大爷说清楚。

"笑话归笑话，那个年代，计算个人存款利息的确需要真功夫。因物价、经济等因素，银行存款利息不断调整，有时候几个月就调一次。一笔定期存款利息要分多段计算，最多的十几段。

"那个年代还没有电子计算器，全靠一把算盘、一支笔手工计算存、贷款利息。最后汇总计算出的结果四舍五入，能够实现存款利息、保值息一分不差，是需要耐心、细心和过硬的计算技术的。新员工进了银行算盘是必须要学的，加减乘除都要学会，否则就无法上岗工作。'三铁'即铁款、铁账、铁算盘，就是那个时代银行人合规精神的真实写照。"

高为民端起茶杯喝了口水，突然问道："知道哪几个月是三十天、哪几个月是三十一天吗？"

"知道十二月份是三十一天，因为年年这天要搞年终决算。"高雨欣回答。

高为民解释道："一、三、五、七、八、十、腊（十二月），都是三十一天，二月份比较特殊有二十八天和二十九天两种，其余的都是三十天。有些业务是按天计算收入的，比如贷款利息、银行承兑手续费、活期存款利息等，如果弄错了每个月的实际天数就会出现计算错误。这些是那个年代必须要掌握的基本知识。

"现在柜员工作简单多了，柜员输入交易代码，把存单往打印机一放，利息、本金就全部打印出来了，分毫不差。银行的服务产品也丰富多了，由过去的单一存款，到现在的各种理财业务、代理业务等，实现了一机（手机网银）在手，存款、贷款、理财、生活缴费、购物全实现。网点到客比以前也少了。所以，我要说你们这代银行人是赶上了好时候啊！"

"啊，快十一点了，不行！得休息了，明天还要上班拉存款呢。拜拜，高主任。"高雨欣听着爸爸又要对她开展警示教育，连忙摆摆手洗漱去了。

高为民一个人坐在沙发上叹了口气，自言自语地说:"唉,一转眼,胡玉富都去世十多年了,时间过得真快啊!"

过了一会儿,高雨欣从洗漱间出来,高为民说:"欣欣,你哪天晚上如果能早点回来,就买点东西,我们一起去你陈泽叔叔家坐坐,听说他今年生意不错,看看他能存点款不。"

"好的!多谢高主任!"

"这孩子。"

二十

　　邢真散会后在伙房简单吃了点东西，回到宿舍时也已经九点多了。坐在客厅沙发上，看到手机QQ上温欣来了一条留言："现在工作忙吗？"

　　邢真回复："忙。旺季业务大会战开始了，刚刚开完动员大会。忙什么呢？"

　　过了十多分钟，温欣回消息了："刚才洗漱呢，你在干吗呢？"

　　"没事，一个人在宿舍发呆呢。"邢真刚回复了信息，温欣的电话就打过来了，主要是问一下第二期贷款发放的事。希望尽快发放，否则就会影响公司项目工程进度。邢真告诉温欣，贷款近两天就会到位，让她放心好了。

两个人聊了四十多分钟，从温欣公司业务开展情况聊到银行旺季业务，从工作聊到个人近期生活状况。

"最近你约下王县长，到我们伙房来吃顿饭，我再把财政、国土局等领导叫来，看看我们的旺季业务能不能帮忙。"邢真说。

"到你们伙房吃饭，你请客，要约也得你约啊。"

"说得也是，好！改天我先到县政府向王县长汇报一下去年的工作，顺便约个饭局。然后你想着再提醒一下县长，以免县长一忙忘记了。"

"这还差不多，我等你的消息。"

挂了电话，邢真想给妻子打个电话，一看表快十一点了，就没有再打。

过了一个星期，邢真提前与县政府办秘书约定了向王亮县长汇报工作的时间，定在星期二下午两点半。

星期二下午一点多邢真就来到办公室，把向王县长汇报的材料再次进行了修改，然后打印了两份。主要内容为2010年贷款支持县域经济发展情况以及2011年贷款计划、投向等。

在见到王亮县长时邢真提交了书面报告，并当面进行了简单汇报，王亮县长对 AB 银行蒙山支行 2010 年的工作给予了肯定，并鼓励新的一年继续加大对当地企业的贷款支持力度。在邢真邀约抽时间到伙房一聚时，王县长愉快地应许了。

邢真从县政府回到单位办公室，把邀约王县长的事立即通过 QQ 告知了温欣。

星期五上午，温欣通过 QQ 给邢真发来了消息："没有特殊情况，今晚我和王县长去你们伙房，你提前准备一下吧。"

"好！谢谢了！晚上见！"邢真回复温欣信息后立马打电话给伙房大厨杨师傅，告知他晚上做什么菜、烧什么汤。

下午五点，温欣第一个到达蒙山支行，之后人民银行林青行长、县财政局郑局长、国土资源局李局长陆续到来。大约六点多，天色已黑，王亮县长、县长秘书、司机一行三人也到了。邢真、李之栋、温欣等人已在院子里等候多时。见面握手寒暄后便来到餐厅就座。

大家边吃边聊，李之栋突然向人民银行林青行长提了一个问题："林行长，记得人民银行原来制定了一个对各家商业银行财政存款与贷款挂钩的考核办法，县政府后来下发各金融机构了，现在还执行吗？"

"是有这个考核办法，不过后来没完全执行到位。"林青看了看王亮县长说。

"是啊，我也记得有这么个办法，这个办法很好啊，贷款多的银行就能多拿到财政存款。怎么没执行呢？"王亮县长看着林青行长问。

"这个……原因有多方面吧，一两句话也说不清楚。改天抽时间再专门向您汇报。"林青搪塞着。

"这样吧，最近林行长、郑局长你们准备一下，抽时间到我办公室说下情况，具体时间由李秘书安排。"

"好的、好的。"林青、郑局长异口同声应诺。

"邢行长，鲁南新型建材有限公司的第二期贷款怎么还没发放呢？"王县长看着邢真问。

"出了点小状况，正想给您汇报呢！"邢真说。

"什么情况？"王县长紧追不舍，眼睛盯着邢真。

"我们行的贷存比例过高，也就是贷款多、存款少，不符合监管要求，对此省行要求我们先把存款提升上来，再考虑贷款发放。不过请王县长放心，我们争取尽快发放。"邢真说。

"这还不好办吗，林行长、郑局长，你们明天就到我办公室落实一下财政存款的事，把财政存款向邢行长这里倾斜一下，银行支持企业，政府就要帮扶银行嘛！还有国土资源局李局长，你们的存款也要向支持企业的银行倾斜。"王县长说完，各位局长异口同声点头应诺。

邢真的如意算盘自我感觉打得漂亮，一顿饭，既解决了财政存款问题，又解决了国土资源局的存款问题。但国土资源局李局长的滑头，邢真后来才慢慢领教到。

邢真回到宿舍才想起今天是星期五，没有回家也忘记了提前给妻子打电话说一声。他立马拨通了妻子刘媛的手机，接通后传来了妻子的声音："你在哪里呢？怎么还没回来？"

"媛媛，不好意思，那个，什么，今天晚上请温……不，不，请王县长吃饭，忘了给你打电话说了。"酒的力量让邢真说话思路也不清晰了，还差点说错了话。

"又喝不少酒是吧？我看你是为了个小行长不要命了是吧？"刘媛听出来邢真又喝多了，很生气。

"哎呀，你，你又不是，不知道！求人办事能、能不喝吗？"

"喝吧，喝吧！早晚喝出事来你就不喝了。"

"嘟、嘟、嘟！"妻子刘媛说完把手机挂断了。

邢真脱掉鞋子、外套，躺在床上，打开QQ给温欣发个信息："你回去了吧，没事吧。"然后就迷迷糊糊睡着了。

上午九点，黄原来到营业部大厅，一看就蒙了：整个大厅挤满了人，乱哄哄的，且以老年人为主。不仅等候排队的几排座椅上全部坐满了，还有的自带小马扎三三两两坐在大厅角落里大声聊天（太吵，声音小了听不见）。现金区三个柜台上都坐着办理业务的客户。

大堂经理李英兰来回小跑，忙得不可开交，见黄原来了，说："黄行长来了，今天是离退休老干部代发工资的日子，忙坏了。"

春节前本来就是银行网点客户高峰期，再加上代发工资，网点就更忙了。黄原立马加入了疏导、协助客户工作之中，一会儿指导客户在查询机上查询业务，一会儿到现金柜台指导老年客户签字，黄原也变成了网点大堂经理。

在指导客户办理业务过程中，黄原询问几个相对年轻些的老人，为什么不把存折换成银行卡，换成了银行卡就不用排队了，直接到 ATM 机上办理存取即可。得到的回答基本一致：钱放银行卡里不放心，看不见摸不着，发多少、取多少也看不见明细。再问年龄大些的老人，每月到发工资日子就按时来取款，为什么不错开时间，晚来几天就不用排队了。老人们回答：平时见不上面，只有领工资的时候才能见一面，年龄大了见一面少一面，反正在家闲着也没事，所以不约而同到发工资的日子就来，排队时间长也不嫌，正好一起聊聊天。

还有的身体不方便的老人坐着轮椅让子女推着来取款，这种情况主要是父母对儿女不放心，自己要保管着存折，取款也要亲自来。但最让网点大堂经理担心的是没有子女陪伴，自己拄着拐杖颤颤悠悠来银行办理业务的老人。大堂经理一看见这样的客户，无论多忙也要放下手中的工作，然后搀扶着客户办理业务，直到办理完毕再送到营业大厅外。

每逢春节前夕或代发工资的日子，网点的限时服务考核就成了难题。排队超时监测考核是由系统自动检测的，而且还纳入了网点服务质量考核扣分，这令网点主任很是头疼。脑子灵活的网点主任便想对策，比如客户进店后先不通过系统取号，而是按顺序发给客户手写的排队号，轮到办理业务时，再由大堂经理代替客户系统取号换回手写的排号单。总之，在不影响对外客户服务前提下，只要能降低系统内超时业务比例，网点工作人员总能想出对策。

对于这些情况黄原看得清楚，但也只能睁只眼闭只眼。黄原在营业厅忙了一上午，一看手表快十二点半了，等待办理业务的客户只剩下了十多人，就让网点人员应付，自己离开了营业大厅。

其实最忙的还是现金区里的柜员。三个柜员中赵静是老柜员，也是现金区的顶梁柱，今天上午从八点半一开门到十二点多，她就一刻也没有停止过办理业务。倒了一杯水放在柜台下，凉透了也没敢喝，因为怕喝了去卫生间耽误办理业务。即便这样，她也早想去卫生间了，她坚持着准备办理完老太太这笔取款业务不再叫号就去卫生间。

好在只是一笔取款业务，很快就办完了。"您收好，请核对一下现金，欢迎下次光临！"赵静说完习惯性地又按响了叫号机"请267号客户到1号柜台办理业务"。喇叭响起后她才意识到自己做了什么。然而，她实在不能再坚持了，匆忙把工号牌转换成暂停办理业务牌，弯着腰皱着眉头进了卫生间。

当赵静一身轻松地回来时，还没走到座位，站在柜台外的一位中年男性客户就开骂了："妈的，看老子好欺负是吧，叫到我的号撒腿就跑了。"

赵静就当没听见，坐下后把暂停业务牌转换过来，强装笑颜，说："您好，请问您办理什么业务？"

"办个屁，老子不办了，叫你领导来我问问，你们AB银行就这样服务吗？"

大堂经理李英兰听到吵闹声走了过来，微笑着说："先生，请问怎么了？有话好好说。"

"你说怎么了？我从十一点多就来了，排了一个多小时，轮到我的号了，她倒好一走了之。"客户一脸愤怒，指着赵静说。

"您别生气，今天情况特殊，领工资的人多，她可能是去卫生间了。"李英兰和颜悦色地说。

"这么巧了，早不去晚不去，轮到老子了就憋不住了！屁也没放就跑了。"客户仍然很气愤。

赵静低着头，脸色铁青，仍然一言不发。

李英兰想把客户引到三号柜台办理业务，他却不依不饶，非让赵静现场赔礼道歉不可，还说赵静耷拉着脸给谁看。网点主任郑丽芳听到客户吵闹声也过来了，向客户说了道歉的话，赔了笑脸也不行。客户声称如果赵静不现场赔礼道歉就拨打投诉电话。

郑丽芳进入现金区，关闭了与柜台外的对讲机，贴近赵静身旁，悄悄地说："认个错，赔个不是吧，要不拨打了投诉电话就麻烦了。"

赵静依然一言不发，咬着嘴唇，泪水唰唰落了下来。

她不是因为客户的骂声而流泪，今天是她父亲去世一周年忌日。本来她应该请假回家去给父亲上坟的，没想到就在昨天下午，现金区的 2 号柜员田英怀孕九个多月突发情况住院了，只好从转账区抽出一名柜员顶上，应付代发工资业务。赵静主动打消了请假的念头，昨晚给妈妈打了个电话，说是推迟一两天再回去给爸爸上坟，也没有把这个情况告诉郑丽芳。郑丽芳看到赵静泪水哗哗流下，一时也不知如何处理了。

"哎，还哭了，我还没投诉呢，这是死了人演戏呢？"客户看赵静不仅没有赔礼道歉还在哭，更生气了。

"今天……今天是我爸爸的忌日，本来……本来我想请假回家上坟的。"赵静低着头边抽泣边小声说。

郑丽芳听后立马打开防盗门走了出来，这时客户已经被李英兰安排到三号柜台办理业务。郑丽芳等客户办完了业务，悄声告诉该客户到办公室说个事，说完拉着客户就走。

"什么态度，我非投诉一号不可。"客户嘟囔着被郑丽芳领到了主任办公室。

郑丽芳给客户倒了杯茶水，然后把赵静父亲忌日的事说了一遍，又解释说刚才柜员离开是上卫生间，不是有意的。

"上卫生间你别叫号啊，叫了号又一声不吭就走了。"客户听完郑丽芳的解释后，情绪平静了下来，说话声音也小多了，"不过，你们这样让客户排队等这么长时间确实不合适。五个窗口只开了三个，还有两个窗口闲着始终没人值班，为什么不多开几个窗口呢？"

"我们也是没办法啊，全行员工不够用，柜员更少。"

"人不够用，招工啊，现在待业大学生这么多。"

"这个，我们基层行没有权限，招工也要总行、省分行招才行。不过，您提的这个意见有道理，我们可以向上级行反映。今天让您等的时间太长了，不好意思，我给您道歉了！"

"说这些也没用了，这样吧，你给柜员说一声，我不投诉了。要不是看你的面子，我非投诉她不可。"客户临走时说。

送走客户，郑丽芳一看时间已经下午一点了，看现金区赵静和陈瑛在办理业务，就让三号柜员先轮换着吃午饭去了。

郑丽芳再次进入现金区，来到赵静身旁，说："客户不了解情况，让我代他给你道个歉。"

赵静微笑着说："没事，没事，你快回家吃饭去吧。"

郑丽芳看到客户已经不多了，才离开营业厅回了家。

中午值班的柜员就餐一次一般只能轮一个，赵静是最后一个吃午饭的。午间轧账离开柜台时已经快下午两点了，可她一点儿也没感觉到饿，只感到腰酸腿疼。

饭菜早已凉透了，她也没有再加热，简单吃了点午餐，然后又投入到紧张的工作之中。赵静从离岗吃午餐到再上岗工作，前后也就二十多分钟的时间。

下午虽然没有上午忙，但还是较往常忙了很多。当赵静日终结完账回到家时，已经是晚上七点半了。丈夫已经习惯了赵静的早出晚归，已和女儿吃完了饭，正在看着女儿写作业。看见赵静回来了，便准备到厨房热饭菜。

"不用忙乎了，我们主任给我们买的盒饭，我吃完后回来的。"赵静撒了个谎，一是因为自己一点也没有感觉到饿，实在不想吃，二是因为如果不说吃过了，丈夫是个犟脾气，非得逼着自己吃不可。

赵静坐在沙发上，头靠沙发后背，闭目养神等女儿写完作业再休息。

"妈妈，你怎么了？睡着了吗？"女儿写完作业过来坐在赵静身旁，双手想揽妈妈的脖子。其实，赵静没有睡着，只是不想睁眼，也不想说话。

"好孩子，妈妈只是累了，快去洗漱睡觉吧。"赵静睁开眼，推开女儿的双手说。

女儿本想和妈妈说说话，看妈妈不高兴，又说累了，不情愿地站起来洗漱去了。

当赵静洗漱完躺下后，丈夫随后也躺下了，凑过来想套近乎。"怎么了？不会发烧了吧？"说着抚摸了一下赵静的头，"也不热啊。"

"好了，好了，别闹了，今天发工资客户太多了，有点累，快休息吧。"赵静推开丈夫的手。

丈夫自觉无趣，翻过身子背对着赵静不久便睡着了，发出了均匀的呼吸声。

赵静感觉浑身不得劲，腰疼腿也疼，翻来覆去怎么也不舒服，一时难以入睡。她想起了今天是父亲的忌日，想起了自己曾经的过往。只有高中学历的她，能够成为一名国有大银行的员工是幸运的，也是艰辛的。

在柜员岗位上已经干了十多年了，经常一坐就十多个小时，长期柜员工作已经让她落下了职业病，颈椎、腰椎变形，压迫神经造成腰疼、腿疼。尤其是夜里躺在床上的时候经常疼得半夜睡不着。她也曾经到医院看过，医生说必须做手术才行。当询问手术风险时，被医生的风险分析吓住了，赵静没敢冒险，因为她知道家里需要她，如果一旦手术失败，不仅仅是自己倒霉，还有家人，于是赵静选择了坚持与忍耐。

　　尽管这样，赵静也没有向行领导提出过不干现金柜员了。她知道自己学历低，虽然有个大专学历，但还是后来通过函授取得的。除了干柜员，还能干什么呢？和自己一批进单位的劳务临时合同工，四分之三的人要么嫌累、嫌收入低辞职走了，要么被一次又一次的竞聘淘汰了。自己今天还能够在 AB 银行上班是幸运的，而且还成了一名正式的长期合同工。她曾经也想干理财经理，可考了两次理财师都没过关；大堂经理也不容易，天天跑断了腿，自己腿疼也不适合；信贷业务一点不熟悉，且没有考取系统内信贷专业资格。所以，她认为干柜员是自己的强项。

　　当年赵静高中毕业后，由于学习成绩差没有考上大学。她也不想再复读重考，只想在家里帮父母种地干活。慢慢地，她知道了父母种地的不容易，明白了父亲要她复读高中的用意，但一切都晚了。后来恰巧蒙山支行招聘一批临时柜员工，她通过考试、面试得到了这份蒙山支行的临时工作，所以她十分珍惜。即便在每个月只有二三百元工资的时候，在不少临时工主动辞职走的时候，她依然选择了留下。她不想再给父亲添麻烦，虽然收入不高，只是个临时工，但还算是一份体面的工作。

赵静感觉自己对不住女儿，从上幼儿园到小学她没有接送过一次。更感觉对不住父亲，本以为父亲还不老，以后孝敬的时间还多。谁承想，去年的今天父亲却因突发脑梗去世了。接到父亲的病危电话时，她正在办理一笔法院查询扣划业务。等她办理完业务，离开网点前还要按规定上交大额现金，轧平账务，等忙完这些回到乡镇医院时，父亲已经走了。没有见到父亲最后一面，是她一生无法弥补的遗憾。

妈妈告诉她，父亲在弥留之际曾喊过两次"静静"，显然是想见女儿一面。今天是父亲的忌日，本该去上坟，却也没有成行。想到已去世的父亲，思念与无法弥补的愧疚让赵静又一次流下了泪水。

或许正是以上经历磨炼了赵静不叫苦、不叫累的坚强性格。在那个专业银行向商业银行过渡，减员增效的年代，AB 银行多年没有批量招聘正式员工，基层行最辛苦、收入最低的柜员岗位大多是这批临时工干的。那个年代，没有微信、没有支付宝，网点营业大厅里也没有智能设备机器，而且代发工资、代收电话费、代收交警罚款等许多企业与政府的业务都转移到了银行，除了ATM 取款业务外，各种业务都集中到了网点柜台上。

这批临时柜员工大多是二十岁左右的年轻女性，她们在钢筋混凝土筑成的封闭现金区里，在监控录像全方位监控下，坚守在三尺柜台上，为 AB 银行的发展默默无闻地工作，听从安排，不计得失，奉献出了最美好的青春年华。

二十一

春节前不仅银行业务忙，社会上游手好闲不务正业的人也忙了起来。银行又多了一份潜在的风险——安全风险。市分行保卫科节前安全检查工作又开始了。

这天，黄原刚到办公室，市分行保卫科郑国方打来了电话，说上午要到蒙山支行来进行安全检查，算上司机一共三个人。每逢重要节假日前开展安全检查已经是惯例了，比如中秋节、春节等更不会缺席。黄原立马电话通知了各网点主任，要求做好迎接市分行安全检查的准备工作。黄原知道，郑国方经理工作十分认真，每次检查出的问题不仅要全市通报，还要对各支行进行考核扣分通报。电话通知完各网点，黄原向邢真进行了汇报，并通知伙房安排午餐。

上午十点多，郑国方一行人到了，黄原陪同他们到各网点开展检查。首先检查了营业部，营业部是新装修的，硬件基本没问题。存在问题的主要是《网点安全检查登记簿》，网点主任在登记簿上登记的检查内容不全面、不规范。

"郑主任，你看，你这样登记的检查内容能行吗？太简单了吧？"郑国方经理指点着登记簿对营业部主任郑丽芳说。

"哎呀，郑经理，我一会儿就重新登记，你就别上报了。"郑丽芳微笑着说，"郑大哥，我们还是当家子呢，请多关照，以后决不会再给您添麻烦。"

"该检查的都要检查，该登记的都要登记上，以后安全检查不能应付事啊。"郑国方拿着安全检查登记簿看了一眼郑丽芳说。

"好的，好的，绝对没问题，下不为例。"郑丽芳满脸堆笑，边说边不停地点头。

到了中心所发现的问题就多了。"黄行长，你看，这两个地锁坏了一个，上次检查就发现了，怎么还没修啊？"郑国方用脚点着坏了的卷帘门地锁，皱着眉看着黄原说。

"我让办公室联系维修了，原施工安装方还没来，一会儿再催催，尽快修好。"

"这个拉链门开门后也不能这样推开就完了，不是要求营业的时候要使用链条锁上吗？啊，陈主任？"郑国方指着缩在门侧的铝合金拉链门对网点主任陈明说。

"忘了，忘了，这就锁上。"陈明赶紧去找链条锁。

"黄行长，你看，后门又敞开了不关上，这个可不是发现一次了，啊，黄行长。"

"就是呢，这个陈主任怎么搞的，看来不重罚他不觉咪。"黄原说着赶紧走过去把后门关上。

黄原陪着检查完三个网点后已经十二点多了，到伙房一看，邢真已经在餐厅等他了。

饭后，邢真、黄原送走了市分行检查组已经接近下午两点了，他们便直接去了办公室。没想到的是，上午市分行安全保卫刚检查完，下午就出了大事。

上午过后，朝阳路网点客户较上午少了许多。下午两点十分，一个戴着帽子、黑色口罩的人，手提一个黑包裹，东张西望，来到了现金区柜台徐艳的窗口。大堂经理看出了不正常，正想靠近问该客户办理什么业务。

"不要过来，我是抢银行的。"口罩人突然指着大堂经理大声说。

大堂经理立马停住了脚步，这才意识到，不是网点自己搞的演练，这次是真的遇到歹徒了。

"我是抢银行的，快点把钱拿出来，要不我就点燃炸弹了。"

口罩人边说边解开了黑色包裹，露出了只有在电视剧里才能看到的一捆带导火索的管状炸弹。

大堂经理反应过来后赶快疏散客户。徐艳和对桌的柜员小张看到歹徒一手拿着打火机，一手按着柜台上的一捆炸弹，一时也愣住了。

"快点把钱拿出来，要不我就点燃炸弹了。"歹徒再次向柜员喊叫时，徐艳才缓过神来，站起来对小张说："快去找主任拿钥匙开保险柜，拿钱来。"徐艳给小张递了个眼神，暗示她快躲起来报警。小张马上离开柜台跑向卫生间准备报警。

其实，大堂经理和业务主管王凤霞在大厅外已经悄悄报警了，同时电话通知了黄原、网点主任梁玉华。

"别耍花样啊，要不我就点燃炸弹。快拿钱来。"口罩人看一个柜员离开了，大声吼着。

"你看啊，我这里的钱都付出去了，没有了，你别急，再等一会儿，钱都在里面的保险柜里。"徐艳说着慢悠悠地拉开了桌面下的桌洞，里面只有一沓百元钞，几摞十元、五元等零钞。

其实里面根本也没有什么放钱的保险柜，日终所有钱款都会武装押运走，网点夜里一分钱也不留，所以根本用不着保险柜。

"把你下面箱子里的钱拿出来，那里有。"口罩人说。

"箱子里钱也不多，还锁着呢，钥匙在主任那里。"

"骗我是吧，再啰唆我点燃了，刚才的那个人呢？"

"我骗你干吗，钱又不是我的，我还想活命呢。刚才离开的那个员工找主任拿钱去了，只有前面的这个门能出去，你在这看着，反正她也出不去。"徐艳想起了黄原应急演练时讲的话，反而平静下来，也不害怕了。

"不想死，那就快拿钱给我，少废话！要不我就点了。"口罩人说着"啪"的一声打开了打火机。

这时徐艳紧张了起来，向屋里喊道："快拿钱来啊，小张，找到主任了吗？"然后看着口罩人说："我进去看看行吗？"徐艳想离开柜台躲得远点。

"不行，你不能走，快把钱拿出来，要不我就点了。"

徐艳努力使自己冷静下来，说："我不走，你也别急，等开了保险柜把钱取出来就给你。"

"别给我耍花样，别报警，要是警察来了，我就点了爆炸，我也不想活了，我们一块儿死。"

"你还年轻，可别想不开啊，什么也没有命值钱。你是不是遇到什么困难了，可以说说，说不定我们还能帮你一把。"

"少废话，赶快把钱拿出来。"

"你还有父母吧，还有老婆孩子吧，你不为你自己想，也要为他们想想啊。他们还等着你过年呢。"徐艳边想边说，与口罩人拖延着时间。

"我一个人，没有老婆孩子。少废话，再不拿出钱来，我就点了。"

室内，徐艳设法与口罩人不停地对话；室外，邢真、黄原、特警正在对里面的情况进行交流，大意是，防爆玻璃与现金柜台的防爆破应该是没问题的，现金区里的柜员是安全的，如果歹徒引爆炸弹，柜员可以躲进卫生间，不会有危险。这些平时银行演练都交代过了。

"你们确定里面的员工是安全的？"特警还是不放心。

"确定，安全。"邢真说。

"好，那我们就行动。"说完，四个特警持枪守住了营业厅门口两侧，开始了攻心对话："你已经被包围了，快投案自首吧。"

"不要过来，不要过来，过来我就点燃了。"歹徒看到全副武装的特警来了，再次打着打火机对着柜台上的炸弹，面对着特警大声喊叫。

"放下打火机，现在自首，还算作案未遂，会从轻处理。"

"不要过来，不要过来，过来我就点了。"

"你还年轻，不要糊涂啊。自首是你唯一的出路。"

"完了，完了……"口罩人看着门口全副武装的警察，突然丢掉手中的打火机，一下子瘫坐在地板上，号啕大哭了起来。

特警见状立即冲上去，按住口罩人，给他戴上了手铐。两个特警架着口罩人走出营业厅，直接押到了特警车上。另一个特警对现场进行摄影、拍照，并把炸弹、打火机一并带走了。

邢真、黄原与特警握手告别，表示感谢。随后，邢真他们一起走进营业室，网点主任梁玉华、业务主管王凤霞以及其他网点人员都围拢了过来，七嘴八舌、惊魂未定，抢着述说这吓人的一幕。

柜员徐艳微笑着从现金区走了出来。邢真迎上去握手以示安慰，说："临危不惧，好样的! 你没害怕吗?"

"一开始也吓傻了，后来想起了黄行长在应急演练时说的话就冷静了下来。"

"看来网点定期按规定进行应急演练还是十分必要的。"邢真说。

"那当然，上级行的规定动作都是经过血的教训总结出来的，领会透了，落实好了，就会控制风险事件的发生。"黄原说，大家纷纷点头认可。

"好了，你们收拾一下，恢复营业吧，黄行长负责整理出这次案件材料上报市分行，要向上级行给朝阳路网点请功。"邢真说完，大家不约而同地鼓起了掌，掌声、欢呼声在大厅里响起。

下午，公安刑侦人员又来到朝阳路网点现场了解事发时的一些细节，并讲述了审讯口罩人的基本情况：原来这个人是因盗窃犯罪刑满释放的，出狱后依然游手好闲，还染上了赌瘾。春节临近，因赌博欠债被债主逼债，走投无路，便起了抢劫银行还债的恶念。

前期经过踩点发现朝阳路银行位置相对偏僻，下午客流量少，于是铤而走险，自己制造了所谓的"炸弹"来抢银行。炸弹是假的，是使用燃放后的一种叫"炸天雷"的烟花筒改装的。

徐艳下班回到家，看到爸妈也赶来了，和丈夫一起在等着她。原来他们都知道了歹徒抢银行的事，担心徐艳受到伤害。虽然与爸妈、丈夫都打电话说过了，但他们还是不放心。徐艳一进家门，他们就都围拢了过来，问这问那。徐艳安慰道："那炸弹是假的，有什么可担心的。"

"那万一要是真的呢？"爸爸瞪着眼问徐艳。

"真的也没事，我们的柜台是水泥钢筋浇灌的，上面是坚固的防爆玻璃。"

"那也不安全，万一把玻璃也炸坏了呢！"妈妈道。

"抢银行的是想抢钱，不是想自杀，也不是想杀人。他要是引爆起码自己先躲开，他躲我也就躲开了，我又不傻。即便来不及躲开，往柜台下一蹲也是安全的。"徐艳说，"再说了，我们单位每个月都针对这些突发事件进行演练，我心中有数，不会有问题的。行长说了，还要给我们向上级行请功呢，说不定还会表彰奖励我呢。"

"那也要以防万一啊，傻闺女！什么奖励不奖励的，人身安全比什么都重要。"妈妈说。

家人的担心是正常的，也是有一定道理的，但徐艳说的也没错。在遇到突发情况时，员工要机智灵活，既要冷静又要以防万一。无论什么情况下，都不能大意，保护客户与员工自身的人身安全永远是第一位的。

二十二

　　春节前支行成立了两支党员营销先锋队，部门负责
人、入党积极分子、部分青年团员也主动加入了先锋队。
两支队伍还要进行 PK 竞赛，按周通报营销业绩，竞赛结
束后还要评选出一支优胜队伍进行表彰奖励。

　　两个分管行长为队长，李之栋带领一队，黄原带领
一队，深入机关、企业、学校开展旺季业务营销工作。
重点客户、重要单位邢真亲自带队上门营销。先锋队成
员也是分类选拔的，有市场部客户经理、有网点理财经
理，针对不同客户、不同群体支行还制订了综合营销方

案，有目的、有差别、有针对性地开展综合特色营销。

市分行的旺季业务通报也天天进行，从目前通报数据看，单纯旺季业务指标蒙山支行已经走在了前面，在全市十九家县区支行中排名第五。这与蒙山支行旺季业务措施得力、员工积极性提高是分不开的。

2010年第四季度市分行综合业务考核结果出来了，蒙山支行又有了进步，由第三季度的全市第十六名提升至第十四名，又上升了两个位次，退出了全市后五名。

邢真看到以上成绩还是比较满意的。自从上次与王亮县长见面后，人民银行的林行长、财政局的郑局长就财政存款与贷款挂钩考核工作专门向王亮县长进行了汇报。在王亮县长的亲自过问下，全县的财政存款按照2010年末新增贷款情况在各家商业银行间重新进行了调整，并重点向蒙山支行进行了倾斜。蒙山支行的财政存款份额占比由百分之十提高到了百分之三十五。

然而，国土资源局的土地款并没有向蒙山支行倾斜，李局长在蒙山支行陪同王县长吃饭后，邢真登门拜访了几次，国土资源局只是象征性地从其他银行转到蒙山支行一千万元。

第一季度会战只剩下二十几天了，财政存款问题解决了，邢真想重点再营销一下土地款。等春天到来，天气转暖，房地产建筑行业便会活跃起来，而政府土地公开拍卖也会同时展开，土地押金、拍卖款等土地款项花落谁家（哪家银行）需要提前介入。

邢真为了得到国土局的土地款，一次又一次地登门拜访李局长，或许是被邢真的真诚打动，国土资源局的土地款有几笔大额款项陆续转到蒙山支行，助推了蒙山支行旺季业务开展。

旺季业务大会战在忙碌中结束了。市分行召开了第一季度旺季业务总结表彰大会，对旺季业务竞赛进入全市前六名的县区支行进行表彰，其中蒙山支行获得第五名，邢真代表蒙山支行登台领取了旺季业务优胜支行奖牌。蒙山支行也有四名员工登上领奖台：郑丽芳获得营业部优胜网点主任奖，市场一部胡勇强获得全市十佳客户经理奖，中心所肖红获得全市十佳理财经理奖，营业部李英兰获得全市十佳客服经理奖。

邢真参加完表彰大会回到县行后，按照支行制定的旺季业务竞赛方案奖励办法，也组织了一次旺季业务竞赛表彰大会，对先进集体、先进个人进行通报表彰。李之栋带队的党员模范先锋队获得优胜奖。

会上，黄原还宣读了市分行转发省分行对朝阳路柜员徐艳的表彰通报，在春节前夕歹徒持炸药抢劫突发事件中，徐艳智勇双全，冷静应对，表现优异，全省通报表彰，晋升工资一级。

会议开得热烈而隆重，掌声一浪高过一浪，全行员工脸上洋溢着收获后的喜悦，如同这盛春绽放的花朵。

过了几天，市分行第一季度支行业务经营综合考核结果也出来了。季度业务综合考核与旺季业务竞赛考核指标不一样，季度考核的是所有经营指标，包括时点、存量、日均、市场占比等。旺季业务竞赛考核的只是存款、客户发展等几项重点指标的时点增量。蒙山支行第一季度考核结果虽然没有旺季业务竞赛结果好，但也有了进步，较去年第四季度又提升了三个位次，由全市第十四名提升至第十一名。邢真带领蒙山支行全体员工经过一年的努力提升了八个名次，摆脱了三类支行的困境，顺利进入了全市县区支行综合考核第二梯队。虽然在第二梯队排名靠后，但毕竟跨上了一个新台阶。

全行员工对新行长上任一年来的工作成绩是满意的。从季度绩效工资发放金额的提高，员工看到了实实在在的效益。对蒙山支行的未来也充满了期望，工作积极性、主动性也得到了改观。

邢真对一年来蒙山支行取得的成绩也是满意的。但同时他也明白，越往前进步难度就越大，竞争也更激烈。

完成自己给市分行承诺的三年进一类行的目标还需要付出更大努力,必须寻找新的突破口,才能更上一层楼。

火车跑得快全靠车头带,把全行中层负责人(部门主任)的工作积极性调动起来是关键。前阶段邢真对支行绩效工资奖励考核办法进行了调整,但调整并不彻底,尤其是部门及网点主任的绩效工资分配系数每季度是固定的,不利于充分调动部门及网点负责人的工作积极性,应该进行再修改。

除按照部门、网点不同各主任的绩效考核系数不同外,即营销部门高于后勤部门、营业部网点高于其他网点,邢真还增加了部门负责人绩效考核系数与本部门季度业绩考核结果挂钩考核,即根据每季度各部门、网点综合业绩在市分行的考核排名,邢真将部门及网点负责人每个人的绩效考核系数由原来的固定值调整为三个档次:全市排名前五名、后五名、中间名次。以市场部为例:全市排名进入前五名考核系数执行 1.6,全市排名进入后五名执行 1.4,剩余中间名次执行 1.5。

这样调整后就革除了部门及网点主任绩效考核系数固定不变的弊端,真正发挥"多劳多得、少劳少得"绩效工资分配杠杆作用。同时解决了营销部门与后勤部门,大网点与小网点之间分配不均问题。只要本部门、网点在市分行季度业绩考核中排名靠前，后勤部门负责人绩效考核系数可能会高于营销部门负责人绩效考核系数，小网点负责人绩效考核系数可能会高于营业部负责人绩效考核系数。

邢真将支行绩效工资考核办法进行以上修改后网发李之栋、黄原征求意见，并抄送办公室，如各行长无不同意见，要求办公室尽快形成正式公文下发全行执行。

发完邮件，温欣来电话了，说是几个要好的初中同学晚上聚会，邀请邢真一同参加，邢真答应了。

同学聚会在温欣公司的伙房举行。除了温欣、邢真外，共来了一女三男四个初中同学。

老同学相见，自是格外亲切，对逝去的青葱岁月有着聊不完的话题。邢真除了聊过去，还不忘借机营销银行业务，银行透支卡（信用卡）办理、分期付款个人贷款、公务员贷款、住房公积金贷款、大额储蓄存款、个人理财等，谈起来一套一套的。

"行了，邢大行长，你这是摇着拨浪鼓的挑货郎——走到哪里都忘不了卖货啊！别光吆喝业务了，该喝酒了。"温欣笑着打断了邢真的话。

"我是为同学服务的店小二，岂止是卖货呢。好，喝酒！我们交叉喝一个。我和明文喝一杯，你们也别闲着。"邢真说着端起了酒杯与坐在身边的同学单独喝酒。这个同学叫杨明文，现在是宣传部文明办主任。

"来明文主任，我们单独喝一杯，以后有时间到我们单位喝酒，去了就是支持我这个老同学！"邢真说。

二人聊着聊着就聊到了文明单位创建，邢真突然就来了精神，瞪大了眼睛看着面前的同学。

"你们对文明单位好像也不重视，你们银行的市级文明单位多年了，好歹还保留着。"

"我们可以再创省级文明单位啊，一般都需要什么条件？"

"省级文明单位创建可不是随便就能创成的，硬件软件都要具备，作为一个小单位也算是一项大工程了。"杨明文摇着头说。

"今天先不聊这个，明天我再登门请教。"邢真说。

邢真是个急性子，想好的事说干就干。第二天刚上班，他就叫上黄原、办公室主任文波来到了县委宣传部文明办。

关于创建省级文明单位，三个人与杨明文谈了一个多小时，主要是杨明文说，邢真三个人听，文波不停地在笔记本上做记录。

创建内容主要包括：职工之家建设、职工伙房建设、职工精神面貌、单位社会美誉度等，既要有硬件设施，还要有软件的东西，看得见的软件包括书面申请资料、单位文明事项书面资料、单位及个人先进事迹材料等。黄原、文波听得直皱眉头，两个人都想到一块儿了：真要创建可来麻烦了，来活干了。

邢真却听得眉开眼笑，心想，改善员工工作环境，增强员工单位归属感，这不正是蒙山支行员工渴求的吗，也正是支行各项工作再上新台阶的措施之一。

"好，我们回去就做验收前的各项准备工作，做好了，先请你们去验收，不合适的地方我们再整改，确保省市验收时一次过关。"离开时，邢真握着杨明文的手说。

"好，好，你们回去就抓紧准备吧，四季度验收，工作量还不小。"杨明文点着头说。

邢真等挥手告别，离开宣传部。

"这个活动员工是欢迎的，我们必须全力以赴确保四季度创建省级文明单位成功，这也是提高蒙山支行社会美誉度的一次机会。刚才杨主任说省级文明单位员工每年还可以多发一个月的工资呢。"返回单位的车上，邢真说，"我们是条条管理的集团企业，发不发还不好说，但起码我们可以借此机会为员工改善伙房条件，丰富其业余生活。文主任按照创建验收方案，具体负责各项书面资料的准备工作，需要人员加班的，就从各网点年轻员工中抽调，黄行长负责各部门协调工作。办公室有什么问题及时向黄行长汇报。关于职工之家、伙房等硬件购置我最近专门到市分行汇报，争取尽快解决。"一路上，邢真就把文明单位创建工作安排妥当了。

下午忙了一阵工作，邢真向李之栋、黄原交代了一下，便提前赶往市分行，去汇报省级文明单位创建工作了。

来到市分行，邢真先向张岳进行了汇报，得到了张岳的赞同与支持。然后又向一把手宋泽民行长进行了汇报，宋行长也给予了肯定与支持，让邢真再找工会主任孙毓贤具体协商。邢真来到孙毓贤主任的办公室，把宋行长的意见及支行情况进行了详细汇报。

"你们回去把需要购置的东西写个申请报告，先报上来，我再报市分行领导研究后走集中采购流程。"孙毓贤对邢真说。

"那就麻烦孙主任了，改天我们伙房重新改善后您一定要去现场验收。"邢真临走时握住孙毓贤的手笑着说。

硬件主要由邢真负责与市分行协调，具体工作由办公室的文波负责。现在的办公室只有文波和司机小梁两个人。小梁基本坐不住，一会儿这个行长叫下企业，一会儿那个行长叫去网点，也就是不外出的时候帮文波打个杂。

办公室的工作基本是文波一个人做，包括安全保卫、服务投诉处理、到县里开会、公文系统处理、纪检、工会工作、人力资源工作、文字报告工作、支行每季度的绩效工资考核计算统计与分配等。现在又增加了一个省级文明单位创建，文波真是忙得不可开交。好在重要的文字资料黄原会亲自把关，进行修改完善，甚至有的材料黄原直接动手写了，也为办公室减轻了一些工作压力。

这天，黄原收到了文波转过来的一个李姓客户关于基金业务的投诉。这个客户前期已经投诉多次了，不仅向 AB 银行客服多次投诉，社会上能受理的投诉单位也基本投诉遍了。蒙山支行虽多次联系客户给予答复，但都没有得到客户的认可。

客户多次投诉已经影响了监管部门对省分行、市分行的服务质量考核，省分行、市分行很重视，要求蒙山支行尽快处理完毕。投诉的主要问题就是 2007 年四季度在蒙山支行营业部购买的基金赔了本，要求银行给予赔偿。

客户对基金产品的属性了解不深是导致投诉的因素

之一。基金销售是商业银行的一项代理基金公司的业务，目的是从中获取代理费用，增加商业银行中间业务收入。客户在银行购买基金后，购买的款项全部划给了基金公司，由基金公司具体操作。至于结果赔与赚和银行无关。客户往往认为基金是在银行购买的，银行应该对所出售基金的亏损负责。但从法规上讲，客户购买基金风险自担，银行是无须承担亏损及赔偿责任的。

　　基金公司发行一只基金后把募集到的款项用于债券投资，以期换取收益，自然会有赚有赔。所以，基金与股市密切关联，关联程度从 10% 至 80% 不等，基金公司在发行新基金时公告里都有详细说明，银行在向客户出售基金时也会向客户展示该公告内容，并进行风险提示。一般客户往往只看到了基金赚钱的一面，却忽略了赔钱的一面，尤其是在股市行情好的时候，基金也跟着大涨，客户对公告内容上的风险提示便视而不见了。

　　该李姓客户是在 2007 年第四季度购买了三十万元基金，恰逢股市指数高位，出手慢了自然就砸在了手里。

　　这种投诉是很难处理的，但客户投诉目的很明确，就是想挽回本金损失，银行很难说服客户。可上级行要求必须限期处理完毕，黄原决定再与客户见一面。

　　黄原拨打了郑丽芳的电话，让她通知该客户下午三点到营业部面谈。

下午两点半，黄原提前来到营业部网点主任办公室，先与郑丽芳协商了一下与客户的谈话内容。

"黄行长，恐怕谈什么也没用，客户投诉的目的是想得到赔偿。"郑丽芳一脸无奈地说。

"有用没用都得谈，不谈更解决不了问题。省、市分行还等着要结果呢。"黄原坐在沙发上，接过郑丽芳递过来的茶水说。

黄原与郑丽芳聊了一会儿，投诉客户如约来了两个人，一男一女，女的即投诉人李某，五十多岁，男的为李某的丈夫。

"行长、主任都在这里，直接说，我们的问题什么时候解决吧。"男的板着脸看着黄原说。

"这个事，我们过去已经给李大姐说过多次了，你们提出的要求银行实在是解决不了。"黄原说。

"你们的员工当时说赔不了，我才买的，如果提前说明了也会赔本，傻子才买呢。"李某瞪着眼看着黄原说，"买后时间不长就亏本了，我来问你们员工怎么办，又说赔就先别卖，等行情好了再卖，结果越等赔得越多，这都等三年多了也没涨上来。"

"基金购买都是先对个人进行了风险评估，并进行了风险提示的，也都是经过客户签字认可后才购买的。"郑丽芳把几张事先打印出来的资料交给了李某，接着说，"你可以看看，风险评估报告、风险提示书，您都是签过字的。"

李某接过资料连看也没看，直接放在茶几上，"啪"的一声拍了下资料，说："这些东西当时你们根本也没让我仔细看，让我在哪里签字我就签了。"

李某的丈夫拿起资料，一张一张看了一会儿说："这么多内容如果你们不说清楚，谁能看得明白？你们这也是一种欺诈行为，如果不尽快解决，我们就上法院告你们。"

黄原一听对方讲了上法院，正中下怀，本来对方不说自己也会引导他们通过走司法程序解决："是否起诉是你们的权利，但无论什么情况我们还是要按制度规定办。"

"我们也不是不想起诉，起诉太麻烦，如果我们能协商解决，不就更省事了吗。"李某说。

"李大姐，实话给你说吧，你投诉这么长时间了，我们也给上级行汇报过了，如果能解决早就给您解决了。"黄原端起杯子喝了口水，接着说。

"甭管怎样解决，我们也不算完，就算不起诉也要给你们曝曝光！你们就等着吧。"李某的丈夫说完气呼呼地站起来就走，李某跟在后面走了两步回头说："我还会再来找的，你们等着瞧！"

黄原、郑丽芳想送送客户，走到大厅，李某和丈夫已经到门外了。

"愁人，你说怎么办啊，黄行长，几乎每周都会有客户投诉。关键是无论什么情况，只要有投诉都一律对网点考核问责，上面不分青红皂白，不是网点与员工的问题也要问责。"郑丽芳满脸委屈，稍停顿了一下接着说，"幸亏柜员田英结束产假回来上班了，要不客户天天排队，投诉的会更多。整天光是处理投诉就耽误了许多外出营销的时间。"

"田英不是产假还没满三个月吗？提前回来上班了？"田英请假条是黄原签的字，所以还记得请假的时间。

"是啊，两个多月就回来上班了，没办法，第一季度业务太忙。"

"一样一样处理，不用愁，先把李某这个投诉在系统回复了，就说分管行长已经和客户当面进行了沟通交流，如果客户再有赔偿诉求可以通过走司法程序解决。"

"你看，她现在还赖我们没给她说风险，还说我们说的赔不了。当时肯定给她进行了风险提示的。"郑丽芳说。

"客户肯定只说对自己有利的方面。说什么不重要，重要的是证据，如果到了法庭，法官要的是证据，而不是只听一方之言。"黄原停顿了一下，接着说，"如果以后这个客户再提到找媒体曝光的事，你就告诉她，曝光与否是她的个人权利，但必须要客观公正，实事求是，如与事实不符的话我们会保留申诉权利。"

黄原离开了营业室回到三楼办公室，对近年来的基金业务投诉进行了梳理和思考。2008年下半年以来，蒙山支行因基金业务接到了不少类似的投诉，大多是黄原处理的。这个李姓客户算是最后一个了。

黄原在梳理以往基金业务客户投诉资料时，偶然发现一个现象：所有投诉的客户都是营业部、朝阳路网点的，中心所一个投诉的也没有。这引起了黄原的关注。基金业务营销大多是网点理财经理做的，2007年至2008年期间中心所的理财经理是梁玉华，梁玉华上次竞聘后当上了朝阳路网点负责人。

黄原来到朝阳路网点找到梁玉华，想了解一下当年中心所基金销售没引发客户投诉的缘由。

"虽然我们网点没有客户投诉，可是当时我和陈主任是被市分行、县行扣了绩效工资的，就是因基金销售没完成任务计划。"梁玉华苦笑着对黄原说。

"这个我知道，但我想知道的是中心所客户没有投诉的原因。"黄原说。

梁玉华向黄原说明了当时基金销售与售后管理情况。

2007年末，股市越疯涨，梁玉华就越害怕。上证指数到了五千点以上，梁玉华就和陈明主任商量，不能再主动向客户销售基金了，陈明接受了梁玉华的建议。如果有客户来网点要求购买基金，梁玉华会主动进行适当的风险提示，做到买卖自由。

对于五千点以前梁玉华主动销售给客户的基金，梁玉华都逐户做了记录，而且逐户电话进行了风险提示，告诉客户见好就收，落袋为安。所以这部分客户如果没按银行的提示出售，即便后来赔了也怨不得银行了。

对于老基金客户，他们都是自己从网上银行或网点柜台、自助设备上自愿购买的，他们对基金的理解比较全面，即便亏了也是自己的行为，自然不会投诉银行。

"怪不得中心所一个投诉的客户也没有，是你们有先见之明，提前预防了。这样，你把过去基金、理财业务销售中防范风险的经验做法整理一下发给我，我还有用。"黄原说。

"黄行长，我就不明白了，当时我们这样的底层员工都感觉到了风险，上级行那么多精英就看不出风险吗？在股市疯涨的时候，还让网点大卖基金。完不成基金销售计划的还考核扣分罚款，有的员工为了完成任务个人掏工资购买基金，结果省吃俭用节约下的工资，最后又砸到基金上亏掉了。都说靠山吃山靠水吃水，我们倒好，靠银行天天守着钱，不赚钱反倒还要往里赔钱。"

黄原听了梁玉华的话不由得笑了，自己购买的基金也有赔了的，至今还没卖，接着向梁玉华解释了上级行让基层行卖基金的缘由：

不是上级行看不出风险，上级行也是出于经营业绩需要。AB银行作为大型股份制上市银行，同业竞争激烈，中间业务收入如果在全部营业收入中占比过低，会影响企业社会形象。中间业务收入占比值，在全球商业银行价值评选中也占有一定分值，所以，总行为了创中收也会不得不为之。

还有银行卡分期业务，除了汽车分期外其余的大多是信用贷款，按说也应该按收取贷款利息入账，而实际业务中却把利息当作银行卡分期手续费收取，入了中间业务收入账，也是为了提高中间业务收入占比。

"说的也是，或许我们在上级行工作的话也会让基层行卖。"梁玉华听了黄原的解释说。

"现实就是这样，位置不同看问题的角度不同，目的不同处理事务的方法也会不同。不过虽然当时上级行让卖基金，同时也要求网点基金销售时风险评估、风险提示落实到位的，如果这些工作都做好了，客户投诉的也就少了。你不就做的很好吗？"黄原说。

"黄行长，说归说，真正做起来难。如果卖的时候只说风险，不说利益与好处，基金还能卖出去吗？哪个客户还敢买？"

"这倒也是现实，但风险该讲的还要讲，该提示的还要提示，而且要留有痕迹，要不就可能会产生麻烦。记得把你过去基金、理财业务销售中防范风险的经验做法整理一下发给我。"

"好吧，整理好了就发给你。"梁玉华刚说完，门外传来一阵吵闹声：

"你们谁是领导？快出来看看。"接着是一阵"哐哐哐"的砸门声。

黄原与梁玉华赶紧走出来看看是什么情况，原来是保安与一个门前停车的客户发生了纠纷。

"你们看看吧，这就是你们银行的保安，给我的轮胎砸上了钉子。"一个三十多岁的男人指着前轮胎说。

"不是我砸的，不是我。"保安人员手持警棍，站在一旁辩解。

"你还不承认，我在远处就看见你在我车头旁边，弯着腰砸钉子呢。你们这儿有监控，咱们可以调出来看看。"年轻人先指着保安，然后又指着监控说。

"不是我，反正不是我。"保安辩驳的声音比刚才小了许多。

"你先到屋里去。"黄原指着保安说。接着，他又对客户说："你先消消气，如果查实了是保安干的，我们会开除他的。不，我们也无权开除他，他是保安公司派遣过来的，不是我们银行的人，我们可以把他遣送回保安公司。"

年轻人听到保安不是银行的，火气小了，说："甭管保安是哪里人，反正我的车子是在你们银行门口被他砸上的钉子。太可恶了。"

"你就在对面上班吧，看着挺面熟。这是我们的黄行长。这样吧，出现这样的事，真不好意思，我是网点主任，给你道歉了，你先去修轮胎，花多少钱回来我给你。"梁玉华走到年轻人面前微笑着说。

"看在梁主任面子上，我就不投诉了，你们要好好管教一下这个保安，哪有这样的！不就是嫌我经常在这里停车吗！"年轻人说着，打开车门上车后驾车扬长而去。

黄原来到网点室内对保安老陈进行了批评。老陈说，这个人忒难缠了，几乎天天霸占着网点门口的车位，一停车就是一天，怎么说也不听。

黄原意识到这虽然是个意外，但也是不容忽视的问题。网络媒体发达的时代，服务行业是弱势群体，小事件也可能引发声誉风险。客户不知道保安不是银行的员工，所以保安在银行网点值班期间出现了问题就直接会影响到银行，必须对保安加强管理。黄原拨通了文波的手机，让他通知各网点保安，下班后到支行三楼小会议室开会，让文波也参加。

支行三楼小会议室，三个网点的保安人员已经到齐了。黄原首先通报了朝阳路网点刚刚发生的保安砸钉子事件，对朝阳路保安老陈提出了批评，如果今后谁再出现类似问题就直接退回保安公司，要求公司换人。

黄原刚通报完，保安人员就纷纷议论起来。有的说最难管的就是网点门前车辆停放问题，遇不讲理的还骂人呢。有的说除非放开不管了，谁爱停谁停，管也不是，不管也不是，难弄。

"好了，大家不要说这些没用的了。"黄原轻轻拍了下会议桌，说，"网点门口车辆管理确实难，我也知道，但难也得管。如果不办理银行业务的车辆长期霸占了车位，来办理业务客户的车辆就没地方停。但管要注意方式方法，掌握好分寸，不能管过了头。人总是要点面子的，脸皮再厚也事不过三。经常在网点门口停车的人不会是远地方的人，大多是在附近上班的。"

其中一个保安说："过来停车的经常说，都是公共车位，谁都可以停，我们怎么管啊。"

黄原说："如果遇到不讲理的，不办理银行业务还长期霸占网点门口车位的，口口声声说是'公共车位，谁都可以停'，这种情况就这样说：是公共车位不假，但公共车位是供给大家共同循环使用的，不是你个人的专用车位。你来停车也可以，停个几十分钟没问题，但不能一停半天或一天，影响了其他客户使用。人都是要脸面的，一次不听第二次再说，最多也不过三次，谁也不好意思老来停车了。"

另一个保安又说："那要是这样说了也不听呢，人家非停不可怎么办？"

黄原说："如果遇到个别难缠的，就是非停不可，让他停就是。不能与这样的人置气，你笑着脸说上三次，他也就不会再来停车了。前提是不能打架、不能骂人，更不能出现砸钉子的类似严重问题。"

黄原讲完，文波又强调了网点安全保卫工作的几点注意事项，六点多才散会。

黄原让梁玉华写基金、理财业务销售风险防范方面的经验做法，是想兑现支行前期制定的风险事件防控专项奖惩考核办法。自该办法实施以来，支行各项内控风险管理工作得到了提升。2011年第一季度支行内控管理、运行管理工作在市分行考核排名进入前七名。内控风险管理工作考核不同于营销业务，与基数关联系数低，只要考核期内不出问题、核算业务差错少考核排名就能靠前。

梁玉华只要写出先进经验材料在支行推广就能得到奖励，同时还可以作为先进经验上报上级行，一旦被上级行采纳推广，市分行还给支行考核加分。另一个需要上报的先进经验总结材料是市分行要求上报的，第一季度蒙山支行 ATM 运营管理考核在全市排名第一，市分行运行管理部让总结一下经验做法，以便在全市推广。营业部上报给黄原的关于 ATM 管理经验介绍内容过于简单，黄原想通过亲自与营业部 ATM 管理员袁立新交流后再充实一下材料。黄原知道，ATM 管理虽然是双人管理，但主要还是靠袁立新，另一个员工责任心不强。

这天下午四点多，黄原来到营业部找到袁立新了解情况。

两个人来到职工休息室坐下后，袁立新表现得很谦虚，说哪有什么先进经验，只要甭管什么时候 ATM 机出了故障都及时处理，尽量减少故障时间，压降 ATM 机装卸钞时间就行了。ATM 管理是个拴人的活，五加二、白加黑，没有周末、没有节假日。这个工作也是个良心活，只要心里想着 ATM 发生故障了就会影响客户使用，影响客户使用客户就可能会投诉，与其让客户投诉了再去维护还不如接到故障通知就及时处理了。

通过交流，黄原了解到了袁立新好的做法，比如更换钞箱法，即无论是 ATM 设备加钞、卸钞还是只清点核对 ATM 机钱箱，一律采取更换钞箱法，有效压降了 ATM 设备管理时间，增加了运行时效。

在交流谈话结束时，黄原突然想起了最近市分行转发省分行的一个关于评选优秀共产党员的通知。支行还没有确定上报人选，袁立新作为一名默默无闻、长期无私奉献在网点一线的共产党员正符合上报条件，可以向支行党总支推荐。如果能评选为省分行优秀共产党员，在三年一次的工资晋升中就能够获得额外加分。黄原心里虽这么想，但他并没有告诉袁立新，因为最后确认上报人选还要支行党总支研究决定。如果支行党总支决定上报袁立新，还需要向市分行上报袁立新先进事迹材料，黄原需要对袁立新有更多的了解。同时，黄原也想弄清楚一个问题：那就是蒙山支行 ATM 管理工作全市考核一直处于前列，靠的应该不仅仅是技术问题，关键是责任心。而袁立新作为一个网点后勤员工在 ATM 管理工作拴人、绩效收入低（在网点员工绩效收入中排名靠后）的情况下，这种责任心的动力源泉又是什么呢？仅仅因为是一名共产党员觉悟高吗？

"那次你夜间处理 ATM 机故障摔伤了，事后还隐瞒了情况说是在家里摔的，有这回事吧？"黄原想起了去年员工间关于袁立新的传言。

"哎呀，去年的事了，您怎么也知道了？"

"后来听说的，能说说吗，当时是什么情况？"黄原微笑着向袁立新点头示意了一下，鼓励他说说。

袁立新回忆起那次摔伤事件，既羞愧又自责，有一种说不出的异样滋味。看着黄原恳切的目光，只好讲述了前因后果。

"去年夏天一个星期二，网点周二例行学习结束后，我回家刚吃完饭，手机收到了一个城西自助银行 ATM 机故障短信。我住在城东，离城西 ATM 自助银行十多里路，于是便骑电动车赶去维护。只要不是钞箱故障，一般都是我一个人处理的。人家陈伟（另一个ATM设备管理员）事情多，我打电话叫人家要么有事去不了，要么不接电话。我也不能老是向网点主任告人家状的啊。

"那次也不是钞箱故障，我处理完返回途中，一阵狂风刮过，突然就下起了大雨，雨点如豆粒般大砸在脸上都有点疼，一会儿全身衣服就淋透了。我正骑着车往回赶，一辆车迎面驶过，刺眼的灯光照得我一阵眩晕，什么也看不见了，接着连电动车带人一下跌倒在路边的树下。爬起来一看，原来是路边的一个下水地漏井盖坏了，地漏里插着提示行人注意的树枝，被迎面车灯一照，我没有发现，车前轮陷进地漏后翻了车，我的头部撞到了路边的大树上，把脸撞破了。

"本来一个人去自助银行处理故障就是违规，我要是说一个人去处理ATM故障路上摔的，同事们会怎么想啊，是为了表现自我，还是为了邀功而违规？第二天上班，同事问我脸上是怎么伤的，我说是在家里不小心滑倒了摔伤的。后来是我那多嘴的媳妇传出来的。只要问心无愧，不耽误客户使用ATM机，对得起自己的工资，自己心安即可，别人说什么也不重要。"

黄原知道袁立新曾经上过战场，好奇心驱使，又问起了战场上的事:"听说你是从边境战场上下来的,有一次还差点光荣了。"

"是的,那是 20 世纪 80 年代初,有一次在边境冲突中一颗炮弹从天而降,千钧一发之际班长猛地扑向了我,把我压在了身下。一声震耳欲聋的爆炸后,我扶起班长,发现鲜血从他嘴里不断涌出。弥留之际,他从兜里掏出一张纸……"袁立新说着哽咽了,眼泪止不住地流了下来。

黄原从桌子上的抽纸盒里抽出抽纸递给袁立新,袁立新擦了擦双眼,接着说:"班长拿出来的纸条是他家乡的地址。他是山东菏泽人,从部队复员后我每年至少去看望他父母一次。起初我也给他父母寄过钱,可是每次都被他父母退了回来,后来我就没再寄过。我的命是班长给的,想想那些牺牲的战友,我们活着的人还有什么可抱怨的呢?活着就是幸福,工作也是一种幸福。"

"你说得很对,凡事看开了烦恼与遗憾也就没有了。"黄原说。

"每个人或多或少都会有遗憾,我觉得亏欠的有两个人,一个是为我牺牲的班长,一个就是我的父亲。在父亲胃癌后期都是妹妹一直在他老人家身边照顾。平时白天咱们工作忙,一个萝卜一个坑,少了一个都麻烦,也不好意思请假，只有夜间我才能值班照料父亲。他老人家去世那天，妹妹给我打来电话，说是在医院住院的父亲快不行了，让我赶快过去。当时我正在和陈伟清理一台ATM机的现金，不能半途离开，等处理完ATM业务匆匆赶到医院时，父亲已经咽气了，还睁着双眼，妹妹说是在等我。"说着说着，袁立新又流下了眼泪。

黄原结束与袁立新的交流谈话时，心里久久不能平静下来，袁立新是最符合上级行要求的优秀党员的人选，必须向党总支积极推荐。

蒙山支行高峰期共有十八台ATM机，日台业务量均三百笔以上。一台ATM机相当于一个业务快手的柜员，极大地减轻了网点柜台压力。在那个没有微信支付、没有支付宝、没有智能手机银行，主要以现金交易为主的年代，如果没有这么多ATM自主存取款机，很难想象网点排队现象会有多么严重。

作为普通市民只知道ATM机确实使用方便，昼夜二十四小时想存就存、想取就取，但很少有人了解银行人为此做出的付出。为了保障ATM机三百六十五天每天都能够为客户提供存取款服务，ATM机缺钞了就要ATM管理员（双人）及时加钞，钞箱满了还要及时卸钞，即便不满不缺刚好，银行还规定也要至少三天开机清点核对一次。作为 ATM 管理员，负责卸钞、加钞、反复清点，动辄数百万元的纸币被点钞机搅得灰尘飞扬，而银行制度要求 ATM 管理员一刻也不能离开灰尘飞扬的现场。

一旦 ATM 机出现故障就必须要求双人及时到现场维护。还有一点，因岗位业务的特殊性，ATM 管理人员平常不能随便请假，如果请假就必须将所有管理的 ATM 机现金进行清点交接，十多台 ATM 机交接清点一次就需要大半天时间才能完成。

银行 ATM 机管理岗，一年四季严寒酷暑、风雨无阻。五加二、白加黑，三百六十五天几乎没有一个完整的节假日，是一个又脏又累又拴人的岗位。袁立新在 ATM 管理岗位上一干就是十多年（期间按规定不得不进行了几次短暂轮岗），蒙山支行 ATM 运行管理考核始终全市排名前列。能够做到这一点，不仅是因为他是一名共产党员，有责任心，他还是一位军人，一位在战场上亲历枪林弹雨、目睹流血牺牲的军人，懂得珍惜与感恩。

通过与袁立新深入交流谈话，黄原终于找到了想要的答案。

二十三

　　文明单位创建工作还在进行中，意想不到的新工作
又来了。这天，邢真接到县里通知去参加一个创建国家
级卫生城工作会议。

　　邢真来到会议现场才发现，这是一次高规格会议。
县委、县政府六大班子成员都参加了，主席台上县级领
导坐满了两排，粗略一看二十多人，还不算坐在台下前
排的县级领导。各乡镇一把手、各企业、各直属单位一
把手均参加会议。县委书记的讲话铿锵有力、句句在理：
创城不仅仅是为了赢得荣誉，而是为了服务百姓，改善

全县营商环境。并特别提示，市里创城已经因工作不力撤职了两个乡镇长，我们也要对创城工作推诿扯后腿的严肃问责。县长的讲话更具体明确，创城存在哪些困难和问题，如何创？怎么创？可谓讲得头头是道。

主要领导讲完话，会议主持人拿过话筒说，以下点到名字的单位留下，继续开会。

当听到 AB 银行蒙山支行时，邢真愣住了。原来，蒙山支行已被指定为创城一个大网格下的小网格的主要责任单位，他相当于小网格组长。

接着召开的就是大网格会议。所谓网格就是划片包干，便于明确创城责任、开展工作。蒙山支行所在大网格属于市场监管局牵头负责。监管局一把手亲自主持会议，该局长有着多年的乡镇书记工作经历，经验丰富，讲话完全脱稿，声音洪亮，层次分明，句句抓心。首先明确了创城的重要性，又阐明了本网格的重要性。本网格是一个大网格，且负责的范围又正在县城中心区域，是全县创城的中心与重点。各小网格的负责单位要承担起所有创城牵头工作，哪个小网格出了问题就找哪个负责单位问责。

监管局局长最后明确，如果哪个单位连创城工作都做不好，相信你其他工作也好不到哪里去，我们就要去查查，看看你们平常的业务工作是怎么做的，符不符合国家相关规定，对有问题的我们就按国家规定进行处罚问责。

散会后，邢真拿着一大摞创城资料回到了办公室。仔细看了看网格划分，蒙山支行负责的小网格为第三组，范围为东至蒙山路，西至小康路，南至浚河路，北至幸福路的一片商业区域，AB银行蒙山支行正处于该区域的中心位置。或许正是因为此才被确定为网格小组负责单位。

除网格分片包干的范围必须要管，另外还有三个员工家属院虽不在支行负责的小网格内，支行也要负责管理，因为这三处家属院都没纳入物业管理公司。这三个家属院都是老旧小区，因为水电没进行入网改造，没有哪个物业公司愿意接收。县里创城方案上明确规定，没有物业公司管理的住宅小区统一由相应的原单位负责，即原来是哪个单位的员工家属院就由哪个单位负责。

邢真原本以为基层支行属于条条管理，不在地方政府管辖范围，只要把银行业绩搞上去就OK了，哪里想到还会有这些银行外的杂务也要承担。虽不情愿但还必须要干且必须干好，此事马虎不得。邢真将黄原、文波叫到办公室，部署创城工作。

"过去县里也安排我们地方上的工作吗？"邢真皱着眉问黄原。

"是啊，比如到村里当挂职书记，到落后贫困村做帮扶工作等。"

听了黄原的话，邢真默默点了下头，然后简要通报了创城会议的主要内容，并对创城工作进行了具体安排：黄原具体负责，办公室要靠上，需要员工参与加班的就安排业余时间加班，打扫卫生等需要花钱请工的就请工。

邢真最后说："这次创城县领导非常重视，出了问题我们谁也承担不起，必须全力以赴做好，决不能因我们网格负责的区域问题影响了全县创城工作。"

听了邢真有关创城会议的说明，黄原说："这县里也太不讲理了吧，我们银行业务这么忙，人员又少，大不了各扫门前雪，我们把自己的办公区域清理好就行了，为什么还让我们网格包片，把不是我们的地盘也包给我们！"

文波也深感为难："哎呀，文明单位创建资料还没整理完呢，这又来活了，实在忙不过来了。"

邢真说："县里就这么安排的，服从也得服从，不服从也得服从。赶到一块儿了，没办法，这段时间大家就辛苦一下吧。有问题及时汇报。"

自从创城工作开始，黄原就更忙了。作为直接分管人，今天参加县里的创城会议，明天大网格又开会调度反馈，这周末还要带领着员工加班到家属院清理卫生，下周又安排找车拉运包片的垃圾。

　　这天中午黄原刚吃完午饭，接到一个电话，说是县纪委的，让黄原下午两点半到纪委三楼会议室谈话。黄原蒙了，仔细回忆了往事也没有什么违法乱纪的啊。自己不分管营销，也不和企业打交道，主要分管内勤工作，与员工打交道比较多，但干的都是得罪员工的事，不是对员工通报处罚，就是对员工诫勉谈话，不知被员工背后骂了多少次了。

　　也或许是单位的事吧，事关重大，必须向邢真行长汇报。打通邢真的手机，黄原说明了县纪委约谈之事，邢真停顿片刻，说："你按时去就是，看看什么情况再说吧。"

　　黄原本来想午饭后眯瞪一会儿的，这一个电话哪里还睡得着。在床上躺了一会儿，到了下午两点便起来洗把脸赶往县纪委。

　　来到县纪委三楼会议室才知道原来还是创城的事。除了纪委工作人员外，还有县电视台的人，架起了录像机准备给黄原录像。纪委人员告诉黄原：县创城检查组昨天检查蒙山支行网格包片卫生情况，一是发现原老百货公司后大院垃圾清理不彻底，倒塌的墙体砖块成堆，最后一排平房后面还有不少垃圾堆没有清理，二是板桥路蒙山支行家属院门口没有按要求进行地面硬化。这些工作必须限期三天内完成，要求黄原现场录像，并在镜头前承诺在三天内完成指定的任务。录像还要在县电视台面向全县人民播放。

回来的路上，黄原万分沮丧，自己长这么大还没上过电视，没想到这次因创城检讨上电视了。虽不光彩但也算是在全县父老乡亲面前亮了一次相，否则，有不少认识自己的人还不知道自己是蒙山支行的副行长呢！想到这里，黄原阿Q式地笑了。

返回单位，黄原来到邢真的办公室，说明了县纪委约谈的具体事宜。然后向邢真汇报了两个问题："老百货公司后大院，我们找过商业局有关领导，但他们推诿扯皮，根本不当回事。我们组织员工去清理过一次，但拆掉的砖头堆积如山，要清理就要花钱雇车雇人。还有板桥路家属院前的那块空地，除了几堆冬青外，有的地方被住户种了菜，有的地方长满了杂草，县里要求全部水泥硬化上。"

邢真说："大网格工作人员也给我打电话了，说我们对创城工作不重视，如果县里督查再发现问题就要被县长约谈。老百货公司那地方让办公室花钱雇车雇人清理吧，没办法。板桥路家属院前的那块空地，我找建筑公司技术人员去看过了，测算了一下具体费用，需要六七万元。我也给市分行汇报过，市分行说费用紧张也不好解决。把板桥路家属院前的那块空地再好好打扫一下卫生，把菜地上的菜通知住户清除了，等等再说吧。"

下午，黄原安排办公室找了两辆拖拉机，到傍晚七点多才把老百货公司后院的砖头、垃圾等清理完毕。在结清运费时，文波对黄原说："我先把钱垫上，也只能让他们打白条了。"

"你先垫上，让他们打白条签个字，以后再想办法解决吧。"黄原告诉文波。

"垫吧，反正虱子多了不咬人。"文波自嘲着转身到ATM机取现金去了。

第二天，黄原又安排办公室花钱找零工清理板桥路家属院门前空地的卫生。黄原现场监工，找了四个人忙了一上午才基本清理完毕。住户种的菜昨天就通知了，但仍没清理。黄原逐户上门再次进行了督促。虽然说是蒙山支行的家属院，实际已经有不少房子交易过户后换了主人，黄原与有的住户根本不认识，也只能上门说说。

住户只答应却拖着不清理，黄原感到很为难。

后来，县创城大网格又约谈了邢真，批评蒙山支行创城工作组织落实不力，如果再不整改到位，下次分管县长要亲自约谈。回单位后邢真向黄原、文波传达了大网格约谈内容，安排黄原、文波加大整改力度，不要让县里再约谈通报了。

夏天的雨说下就下，星期六早晨大雨一直下个不停，电视上说受台风影响造成大范围降雨。而县里创城的脚步并没有因台风的到来而停止。县里创城网格负责人周五就已经通过电话、政务网下了通知，周六、周日县里各创城小组由县分管领导带队现场督导，要求各创城大小网格负责单位人员必须全员上岗。

周六一大早，黄原的手机从六点多就响个不停，说是板桥路家属院门口小区卫生还不达标，需要再次清理。板桥家属院小网格的领导、大网格的领导一个电话接一个电话打给黄原：怎么还没来清理啊？你们 AB 银行想成全县典型吗？今天县委常委组织部田部长亲临视察，你们单位创城人员今天必须全部上街，立即行动。

黄原也只好应承：好！好！好！马上就到，马上就到。

周五接到通知清理时，黄原就已经安排办公室花钱雇人准备周六再清理了，如果不是大雨一直下个不停，清理人员计划周六早晨五点趁天凉快就行动的。黄原给文波主任打电话，让清理人员尽快到现场开始行动，起码在县里领导到达前要行动起来。

七点半，雨虽然还没有停止但也小了许多，黄原准备赶往现场。刚下楼梯，创城网格负责人又来电话了，他边接电话边下楼，一不小心把脚崴了，疼得嗷嗷叫了起来。只好一瘸一拐又返回家中。现场去不成了，他只好给李之栋打了电话，说明了情况，让李之栋替他去现场看看。

李之栋开车赶往板桥路家属院现场。畜牧局领导（小网格负责人）在现场已经等候多时了，清理人员正冒雨清理着。一小会儿，市场监管局（大网格）领导也开车来到现场督导行动。大约八点半，一辆带着标号的浅黄色中巴车来到现场，从车上陆续下来十几人，第一个下车的是一个四十多岁的女士，瘦高个，十分干练，李之栋一看正是田部长。其他随行人员跟随田部长来到小区门前空地，随行人员纷纷指手画脚、建言献策。李之栋与几个熟悉的人相互打过招呼后，趁机走到田部长面前，眼睛滴溜一转，大声说："田部长，给您汇报一下，这个地方我们单位无偿贡献出来，您看看让园林局绿化成小花园，还是让民政部门建成个小健身广场？"

田部长上下打量了一番面前笑容可掬的李之栋，城建部门一个领导向田部长介绍说："这是 AB 银行的李之栋行长。"

"好。园林局、民政局过来，看看这地方是绿化好，还是硬化好？"田部长立刻召集园林局、民政局的负责人现场决策起来。

等县巡察组走后，李之栋通过手机向邢真汇报了刚才自己的"临时决定"——把板桥路家属院门口空地"贡献"出来一事。

手机接通后传来了邢真的声音："啊啊，行行。"

李之栋挂断电话后，从简短的通话中感觉邢真好像不高兴，难道自己这样做不合适吗？

其实，李之栋想多了。邢真在为儿子的事烦心：儿子中考成绩不理想，离一中录取分数线差得比较多。李之栋打来电话的时候，邢真正和妻子讨论儿子的事，所以就没有和李之栋多讲话。

过了不到一周，李之栋再去现场看的时候，已经全部被县园林部门绿化完了。

李之栋一个现场临时应变为蒙山支行省了六七万元的水泥硬化费用。自此以后，这个地方县里再也没有因创城找过蒙山支行。

当李之栋把这一消息当面告诉邢真时，邢真也高兴地笑了，向李之栋竖起大拇指，说："这事办得好！漂亮！"这时李之栋才感觉到上次通话时是自己想多了，邢真对自己的"临时决定"是满意的。

当李之栋把这一消息告诉黄原时，黄原心想，幸好自己崴了脚没去成，如果自己去不一定会办得这么漂亮。

创城对支行工作来说也还是有收获的。文波是个有心人，在创城过程中把员工业余时间加班清理卫生的活动全部拍照洗印出来，并附了文字，一并纳入文明单位创建资料之中。此外，他还挑选了有代表性的几张照片配上文字作为网讯（系统内网媒简讯）上报，在省分行网讯系统刊发了。市分行按季度给支行下达网讯完成任务，支行便把市分行下达的计划分配到各部门，支行各部门（网点）每个季度都要完成网讯任务，且只有被省分行网讯系统刊发的才算完成。办公室近两个季度能够超额完成网讯任务，其中文明单位创建、卫生创城的配文照片起到了主要作用。

黄原、文波忙着文明单位创建、县里卫生创城工作，邢真、李之栋一刻也没闲着。他们自第三季度以来，为沂蒙中药材有限公司办理的一笔五千万元贷款做了大量工作，贷款资料已通过系统上报省分行审批，省分行核准后即可发放。

沂蒙中药材有限公司是一家民营企业，省分行对这笔贷款十分谨慎。专门安排两名审贷人员来到公司现场考察经营情况。邢真、李之栋与市分行一起陪同省分行审贷人员到公司考察了厂房、设备建设情况，还到该公司金银花种植基地进行了现场观摩。

考察结束后，在一起座谈时，省分行审贷人员提出了一个问题："鲁南现代制药股份有限公司作为一家大企业，为什么会选择沂蒙中药材有限公司这样一家小企业合作呢？"

李之栋听了，笑着不紧不慢地说："沂蒙中药材有限公司是鲁南大学生物学院的实验基地，公司与学院有长期合作机制。金银花甘露口服液研发虽然主要依靠鲁南大学生物学院，但公司与学院签订了合作协议，所以公司享有专利优先使用权。鲁南现代制药股份有限公司看中的是专利产品前景，还有沂蒙中药材有限公司土地及厂房优势。沂蒙中药材有限公司、鲁南大学生物学院看中的是鲁南现代制药股份有限公司的生产人才优势与销售管理经验。这就叫优势互补，合作共赢。"

省分行审贷人员对李之栋的答复似乎很满意，微笑着点头认可，没有再提出其他异议。三天后，五千万元贷款发放完毕。

第三季度结束了，虽然市分行综合业务考核还没出结果，但邢真对蒙山支行的经营情况还是充满信心的，从存款、贷款、中收、利润等主要指标完成情况看，第三季度还是保持了继续提升的趋势。

省级文明单位创建工作也基本完成。经市分行批准，伙房、餐厅重新进行了装修，餐桌、座椅全部焕然一新，大型消毒橱柜、大冰箱、馒头机、蒸汽厨具、电烤箱等配备齐全。全行员工配发了就餐卡，支行每月往员工就餐卡上补助一百元就餐费，一日三餐员工可以在伙房就餐。这极大地方便了员工的就餐需求，得到了员工的一致好评。

五楼职工之家也建成了。健身房里配备了跑步机、阻力脚踏车、哑铃、杠铃等，娱乐室有乒乓球台、台球桌、棋牌桌等。

职工书屋购置了一千多册书，桌椅、茶几、茶具一应俱全，还被沂州市总工会评选为"优秀职工书屋示范点"，颁发了荣誉奖牌。

全行员工业余时间终于有了休闲娱乐的地方，尤其是年轻员工三两结伴周末或晚上经常到职工之家打乒乓球、看书或下棋。

文明单位创建让全行员工看到了实实在在的新变化，也从中得到了实惠，感受到了支行领导对员工的关心关爱，员工的归属感、凝聚力得到了进一步提升。

同时，营业部大厅又进行了再装饰，结合本地特色文化，在客户等待区设立了文化宣传栏：一个是蒙山本地历史名人宗圣曾子人物故事简介；一个是北海银行鲁南印钞厂旧址故事梗概。图文并茂，引得排队客户在等待办理业务时纷纷驻足观看，既使客户很好地打发了等待时的无聊，又缓解了客户等待的焦虑情绪，宣传了本地特色文化，可谓一举三得。

柜台增设了"军人优先办理""七十岁以上老人优先办理"服务窗口。大厅设置了客户休息区、环卫工人休息区，配备了座椅、饮水机、便民服务台。

文明单位创建让客户也体验到了蒙山支行服务质量的提升，得到了社会各界的好评。

黄原、文波几个月来带领几个年轻员工连续加班加点，相关文明单位创建书面资料也基本准备完毕。其中，新入职员工陈瑛加班最多，忙碌中也跟着文波主任学到了不少东西：公文写作要求、支行公文管理知识，尤其是通过整理支行过去获得的荣誉及员工个人先进事迹了解了支行发展历史，对商业银行经营发展有了更深刻的认识。

陈瑛积极主动的工作态度和任劳任怨的敬业精神给黄原、文波留下了较好的印象，邢真及很多员工也注意到了这个泼辣能干的小姑娘。

在上级主管部门文明单位验收前一周，邢真邀请县委宣传部文明办主任杨明文带人进行了一次现场验收，验收人员对硬件方面十分满意，软件方面也给予了肯定，尤其是对营业厅本地特色文化宣传栏的创建特别赞赏。验收人员最后只对资料内容方面提出了需要补充的几点建议。

一周后，省级文明单位验收小组对蒙山支行进行了现场验收，事后根据县文明办主任杨明文反馈信息，不出意外的话应该成功了，只等着下文发"省级文明单位"奖牌即可。

一切都在按部就班地进行着，一场危机却又悄悄降临到了 AB 银行蒙山支行。

二十四

省级文明单位创建验收顺利通过了，AB 银行蒙山支行办公大楼一楼门厅多了一个山东省人民政府颁发的银光闪闪的奖牌——省级文明单位。邢真安排黄原向市分行上报了省级文明单位创建成功的事迹材料，并上报网讯在省分行网讯系统刊发了。关于省级文明单位每年增发一个月工资的报告也上报了市分行，由市分行再向省分行报告。

营业部 ATM 管理员袁立新获得了省分行优秀共产党员称号，由省分行颁发了荣誉证书，在全省通报表彰奖励。

第四季度，就在蒙山支行各项业务稳健前行的时候，一个出乎意料的事件发生了。

11月中旬，星期一，上午八点半，蒙山支行营业部准时开门营业，一个农民模样的男性客户气喘吁吁地冲了进来，直奔大堂经理说："我银行卡上的钱没了，赶快帮我看看，怎么回事？"

"您贵姓？"大堂经理李英兰也紧张起来，急忙询问情况，"少了多少钱？什么时候的事？"

"俺叫曹贵，少了十多万呢，昨天晚上的事。"

"好，请您跟我来，让柜员帮您查一下。"李英兰边说边引导客户来到网点柜台。

客户递交给柜员的是一张具有磁条且带芯片的借记卡，又称复合卡，平时使用时可以刷磁条也可以读芯片。柜员根据客户提供的银行卡、身份证即时查到了相关交易信息，昨晚十点左右，在十二分钟的时间内共发生十笔支付交易，金额十多万元。其中ATM机取款三笔，POS机消费转账七笔，根据交易明细初步判断交易地址为境外M国。

大堂经理立即将客户曹贵介绍给业务主管高洋，高洋询问其本人最近有无出国，有无将卡借给他人使用，是否经常使用 POS 机刷卡，是否开通了个人网上银行。曹贵摇着头全部否定。"你们怎么回事？钱在你们银行没的，还问俺这么多屁事。"曹贵发火了，"赶快把没的钱还给俺，俺还急等着用这钱盖屋娶儿媳妇呢！"

"别急，别急，您这个情况可能比较复杂，我们要详细查查。"高洋说，"我们肯定会帮您查清楚的，无论什么情况都会给您个说法。"

好说歹说，客户的情绪才有所稳定。高洋留下了曹贵的联系电话，让其尽快到公安部门报案，并告知查明后即通知他。

将客户暂时安抚走后，高洋立即向主任郑丽芳进行了情况汇报，郑丽芳又立即向黄原进行了汇报。

黄原感觉到了问题的复杂性，涉案金额较大，交易又发生在国外，过去从未遇见过。他立即将情况整理后通过内部邮箱书面报告市分行各业务部、运行管理部、内控合规部等相关部门，同时向邢真行长进行了汇报，邢真要求黄原具体负责核查，并尽快查明原因。

根据有限的交易信息，黄原结合以往经验判断，应该是客户不小心或被骗后泄露了银行卡密码等重要信息，造成了资金被盗刷，尽管客户不会主动承认信息泄露的事。

按此思路，黄原到网点通过授权查询并打印了该客户涉案银行卡一年来的交易明细，可令黄原没想到的是，的确如客户所言，该银行卡被盗刷之前既没有发生过POS刷卡交易，也没有发生过境外支付交易。该卡也没有开通个人网上银行、手机银行。而且就在昨天下午四点多还在蒙山支行营业部ATM机上取款五千元。

　　黄原重新回到办公室，通过办公室计算机远程系统调取网点监控录像，查看昨天下午曹贵的ATM机提款情况。经网点识别确认，的确是曹贵本人持卡支取的，说明客户出国的可能性不大。难道正是最后的这笔ATM机取款交易泄露了信息？

　　更出乎意料的是，过了一个多星期，又有几名客户陆续到网点反映借记卡资金被盗刷问题，涉案金额已达三十多万元。交易种类有POS机刷卡，有ATM机取款。交易地址一部分在境外，涉及美国、日本、韩国、阿联酋等多个境外国家；一部分在国内，均为跨地区、跨银行交易，涉及多个省份、市区，分散作案，可见犯罪分子极其狡猾。

　　黄原坐不住了，在办公室里踱来踱去，愈发感到了问题的严重性。如果继续发展下去，银行资金损失会越来越严重。此外，一旦爆发舆情，对整个AB银行造成的损失更是不可估量。作为直接分管支行内控风险的副行长必然逃脱不了干系，难道就自认倒霉，几十年的所谓"全市有名内控专家"就这样栽在不法分子手中？！倘若如此，自己守护陪伴多年的蒙山支行也必将因此遭遇大劫。

不可以，绝对不可以，必须不惜一切代价尽快查清事实。决不能让蒙山支行栽在自己分管风险防控的任期内。

黄原再次将情况向邢真进行了汇报，邢真也感到了问题的严重性。邢真立即组织召开了应急会议，成立了应急处理领导小组，邢真为组长，成员由李之栋、黄原、文波、郑丽芳组成。具体分工：公安等外部协调主要由邢真、李之栋、文波负责，内部业务核查、客户投诉接待主要由黄原、郑丽芳具体负责处置。

会议结束后，邢真立即到县公安局进行了专题汇报，希望公安局能够帮助破案。邢真也很着急，如果该事件持续发生，造成银行资金损失是其次，给 AB 银行造成的负面声誉影响是大事，尤其是对蒙山支行可能就会是一场灾难。存在 AB 银行里的钱不明不白就没了，谁还敢来蒙山支行存款，个人的职业规划肯定也会深受影响，必须全力以赴应对这一突发事件。

已经报案的客户不断来网点追问进展情况，甚至吵闹，新的银行卡被盗刷客户还在陆续增加，到12月初，涉案客户十三人，涉案金额达六十一万元。

　　涉案客户越来越多，李之栋也为邢真捏了一把汗。心想，这道坎如果过不去，邢真也就栽在蒙山支行了。出了问题，当副职的虽也要承担责任，但毕竟还有一把手顶着呢，总不至于寝食不安。但一把手就不同了，没有退路，没有依靠，无论多么艰难也必须向前冲。一把手的压力，从邢真消失的笑容中便可感知。

　　眼看着涉案客户增多，向来以金融业务棒而自居的黄原感觉到了从未有过的挑战，他意识到，过去只在电视等媒体上看到过的情景，这次在眼前发生了，真的是"狼"来了！

　　近段时间以来，黄原几乎没有睡过一个安稳觉，一贯睡眠质量差的他，在责任与压力面前几乎彻夜难眠。

　　今夜同样如此，已经是深夜了，躺在床上的黄原没有一点睡意，脑海里一个个可疑点不断浮现。究竟是外"鬼"还是内"鬼"，或内外勾结？外"鬼"会是哪些人？内"鬼"又会是谁呢？为什么蒙山县有多家同业商业银行机构，系统外其他银行都没发生银行卡被盗刷事件，偏偏只发生在 AB 银行蒙山支行呢？为什么全市有这么多家 AB 银行的县域支行，而只有蒙山支行发生了呢？

一个个疑惑在脑海中扑朔迷离，一个个熟悉而又值得怀疑的面孔在脑海中不断闪现。

如果案件继续增加，原因仍未查明，客户责任还是银行责任就无法界定，责任无法界定，涉案客户资金损失就无法得到赔偿，客户得不到赔偿，极易产生声誉风险，尤其在网络如此发达、快捷而便利的今天，盗刷事件随时都有可能在网上被曝光。在同业银行众多、市场竞争激烈的时下，谁还敢再把存款存到蒙山支行？作为直接分管内控案防的负责人，总不能眼看着各项业务蒸蒸日上的蒙山支行因此事撂倒在自己手上吧？倘若如此，岂不成了蒙山支行发展史上的罪人？

绝对不可以！无论你是"内鬼"还是"外鬼"，无论你多么狡猾，就算挖地三尺我黄原也一定要找出线索，协助公安部门尽快破案，将不法分子绳之以法，水落石出，给客户一个满意的答复！

辗转反侧，心里憋着一股劲的黄原满腹心事、久久无法入眠，恨不得马上追查到不法分子的蛛丝马迹。

最担心的事情往往最容易发生。这天晚上八点，邢真接到了市分行张岳副行长的电话，说省行舆情监测发现有一个涉案客户已经通过省电视台曝光了，影响很坏，要求蒙山支行尽快控制舆情蔓延。

挂断电话后，邢真立即上网查看详情，原来正是前几天网点接待过的一个姓李的客户，其银行卡在广州市的某商家POS机刷走了十七万元。由于该客户的银行卡不是蒙山支行签发的，网点工作人员便让客户到市区的一家AB银行原发卡网点去报案处理。没想到网点工作人员的这一推脱，反成了引发舆情的导火索，省电视台打出的标题：傻眼！蒙山县李先生银行卡十七万元不翼而飞。

客户李先生在节目中的陈述内容，矛头直指蒙山支行城西离行式ATM机，称就是在蒙山支行ATM机上取款后存款不见了，电视台还播放了蒙山支行城西ATM室内外的现场录像，AB银行行徽、行名一览无遗，一直让邢真感觉特别亲切与自豪的AB银行行徽、行名等户外标识，今天在网上看到居然感到特别地刺眼。

邢真立即电话通知李之栋、黄原明天八点召开舆情防控会议。

这一夜，邢真久久无法入眠，像一块砖头压在了心窝上。

早晨不到五点钟，邢真便起床上网查看舆情。一看傻眼了，省电视台的视频报道被各媒体纷纷转载，有的直接向邢真发信息询问情况。一夜之间，关于蒙山支行的各种传言纷至沓来，山雨欲来风满楼，邢真立刻意识到舆情控制十万火急。

八点整，会议准时召开。邢真、李之栋、黄原参加，文波列席做记录。

邢真显得有些憔悴，昨晚接到市分行电话后，内心又增加了一份压力，他把会议记录本打开，说："省电视台的报道已经被总行、省分行监测到了，下发了防控通知，市分行要求必须尽快消除舆情，否则省行将要逐级追责。各位行长说说如何应对吧，这两天的首要任务就是救舆情之火。"

李之栋看邢真满脸憔悴，心想昨晚肯定又没休息好。昨晚接到邢真电话通知后，心里已经预备了发言内容，讲了几点尽快控制舆情的措施建议。接着，黄原根据网上查看到的信息汇报了舆情蔓延情况及控制措施。

最后，邢真进行了简短安排，明确了各自分工：从稳定全县金融形势角度出发，邢真负责向分管金融的副县长汇报；李之栋负责到县金融办、县委宣传部等部门进行汇报；黄原仍然负责快速查清原因，全力协助公安部门破案，以便从根源上控制住舆情"火"源。短暂会议结束后，各行长立即分头行动起来。

在县委宣传部、金融办的大力支持下，只用了两天时间，各县域、市域微信公众号平台陆续删除了相关转载的银行卡盗刷视频信息。

有一家"蒙山商机"微信公众号，市委宣传部答应协助处理，可十多天过去了仍迟迟未删除刊发的视频信息。再与市委宣传部联系，答复该公众号为个人开立，没有联系方式，查不到具体经办人，无法处理。

如同森林失火，一个火点不彻底熄灭，就有可能死灰复燃，邢真心里十分着急。他知道黄原对公众号有研究，安排黄原消灭最后这个"火点"。

晚上九点多，黄原关注了"蒙山商机"微信公众号，把视频信息的手机截图发到该微信公众号里，同时发送了留言："这个视频是您转发的吗？"

"我们是县政府金融办的，视频事件我们已经核实过了，采访内容与实际情况有出入。"

"不利于我县金融稳定，麻烦您删除了吧，感谢您对我们工作的支持与理解！"

为了引起对方的注意，黄原分三次接连发了以上信息。发完，便静静等待对方的回复。大约十分钟，惊喜出现了："好的，马上删除。"过了一会儿又回复："已经删除了，我以为省台报道的都是真的呢。"

黄原看到对方回复信息后，再查看视频信息显示"该信息已经被发布者删除"。黄原十分高兴，立即留言答谢："感谢您对我们工作的支持！"末了又发了一个聊天表情——一杯热气腾腾的咖啡。

　　高兴之余，他又感到一丝内疚，过去从未这样冒名撒谎过。今天为了工作冒名县金融办的工作人员也是被逼无奈，明天要给金融办胡主任打电话解释一下。这样想着心里方轻松了一些。

　　可案件还没有侦破，涉案客户被盗刷的资金还没有着落，新的舆情之"火"难免会再次燃起。毕竟这次波及的客户太多，何况又是集中爆发，决不能再出现负面舆情了，须尽快查清缘由，将已经掌握的情况再次向上级行汇报，寻求上级行的支持。

　　想到这里，黄原找出床头的小笔记本，为了不影响已经熟睡的妻子，使用手机照明记下了明天需要落实处理的事项，放下手机时一看时间已经是夜里十二点多了。窗外月明星稀，寂静如原野，身边妻子的轻微呼吸声都能听得清楚，而黄原的内心却久久无法平静，一个个疑点如无形的幻影在脑海中飘来晃去。

　　经过几天的努力，这一波舆情之"火"终于完全熄灭了。

经过这番舆情风波，邢真进行了反思：一是无论哪里发行的银行卡，只要是找上门的客户都要认真负责接待，因为根据目前案情判断这批被盗刷卡应属于同一案件。省电视台曝光的李先生事件正是工作落实不到位，没有安排好网点的接待工作造成的。二是今后不能让网点再接待客户了，这段时间他与黄原虽然也接待了不少主动找上门来的涉案客户，但也有一部分涉案客户是由网点接待的。

上报市分行的报告至今还没有明确的答复，公安部门还在查找线索，网点工作人员已经无能力应对了。网点办理业务的客户多，涉案客户在网点大厅吵闹，容易造成负面影响的扩大。邢真立即电话通知黄原及各网点主任，凡是涉及银行卡被盗刷客户来网点找的，无论是本行发卡还是他行发卡，一律将客户引到黄行长的办公室，不准将客户再推诿到其他银行去。

这一决断及时纠正了工作中存在的问题，但麻烦也接踵而来，黄原的办公室从此更不平静了。

星期一，黄原如往常一样来到办公室，简单清理完卫生，继续根据客户的大量交易资料分析查找可疑点。

八时许，"咚咚咚！"急促而响亮的敲门声响起。

"请进！"黄原回应了一声。

"妈的，AB银行怎么回事？我的钱到现在还没还我！"黄原正关注着交易资料还没抬起头来，开门声、谩骂声便破门而入，听声音便知来势汹汹。

黄原放下手中的资料，抬头一看，原来正是自己曾经多次接待过的第一个到网点报案的曹贵，身边还跟着一个四十岁左右的中年妇女。黄原已多次领教过了，知道来者不善，就心平气和地说："请坐、请坐，这位是？"

"俺媳妇！坐什么坐？您说会尽快办理，这都办了一个多月了，怎么还不还俺的钱？"曹贵边嚷嚷边向黄原走去，本来就有些枣红色的面孔这时愈发显得红且有些紫了，双眼球瞪得好像要鼓出来，他怒视着黄原，似乎要把黄原一口吞下去。

其实黄原看到曹贵进门后，听着骂声便站起来准备迎接了。他绕开站在面前的曹贵，一言不发地走到茶柜旁取出纸杯，接上两杯水放到茶几上，依然心平气和："老曹，先坐下，我给你们好好说一下进展情况。"

曹贵此时情绪稍有缓和，不情愿地坐到双人沙发上，他妻子也随着他坐了下来。

"黄行长，您说怎么办吧？反正今天必须还我钱！家里还等着给儿子盖屋娶媳妇呢！现在只盖了半截就停工了，不给钱施工的不干了。你也知道我跑多少趟了，结婚日子都定好了，耽误我多少事，知道吗？"曹贵怒气又起。

"老百姓挣点钱容易吗？就这么不明不白地没了。"妻子也夫唱妇随起来。

"现在县长都重视起来了，县公安局成立了专案组正在全力破案，应该不会太久就会有结果的。"黄原边听边解释。

"我不管破不破案，那是你们银行的事！钱存在你们银行，少了就得赔我。一天我也不等了，今天不给钱就不走人，我一会儿就打电话让儿子给你们上电视曝曝光，看你们怎么办？"曹贵越说声音越大，还用手狠拍了几下茶几，震得纸杯里的茶水差点溢出来。

"老曹，我给你说过多次了，会给你一个满意的答复，现在又不是说我不管了，你让电视曝光钱就能回来吗？"黄原听到曝光心里咯噔一下，但瞬间又冷静下来，一脸严肃，嗓音也高了一点。

"钱要不回来也要让你们 AB 银行丢尽脸，下午就到你们营业室拉横幅，让你们办不成业务。"曹贵越说越气愤。

"老曹，你是个明白人，拉横幅影响我们正常营业是违法的，知道吗？"黄原也毫不让步。

"我一个农民不懂法，就知道钱被你们银行的人给捣鬼了，就得赔我。"

"老曹，你说，谁捣鬼了？告诉我！只要你能找到证据，你的钱一分不少，现在就还给你，我不仅要开除捣鬼的员工，还要将他送交公安局。"黄原有些生气，语速快了，嗓门也高了，曹贵一时竟无语应对。

"上次来你就说是我们银行的人捣的鬼，在公安部门查清之前，我们都不能无凭无据乱说。诽谤诬陷都违法，更不要说在网点乱来做出影响银行营业的事了。"见曹贵不再说话，黄原继续说，"再说了，你怕什么？我们这么大的银行，全球数一数二，一年盈利数千亿元，如果查清了确实是我们银行的责任，别说十几万元，就是百万元我行也一分不会少你的。"

看到黄原有些生气，且一脸的严肃，曹贵的妻子悄悄拽了一下他的衣服，可能是妻子的小动作起到了作用，曹贵的声音明显降了下来："反正我们急等着用钱，找你多少回了，到现在还没结果。"

"你们急着用钱，这我知道，也很理解你们的难处，所以我立即给你上报了情况。而且已经通过上级行正在向国外给你追款。"

"能追回来吗？"

"现在还说不定，但很有希望。你最近拿身份证到公安局出入境管理处开一个未出境证明，我把资料再补充一下，你先回去忙其他的，关于进展情况我会随时与你沟通。"

"好吧，我回去就去公安局开证明。麻烦黄行长多费费心，我们老百姓挣点钱确实不容易，这十几万元是给儿子结婚盖新房用的，房子盖不成，儿媳妇就黄了。"听到有了希望，曹贵脸上的怒色平缓了许多，语气也缓和了。

"你尽管放心，我们蒙山支行又不是小个体户，今天开门、明天就关门找不到人了，既然我已经答应你了，就一定会给你一个合理的说法，为你负责到底。"

又聊了一会儿，夫妻俩终于离开了办公室，临走时一遍又一遍地拜托黄原多操心，尽快找回丢失的存款。

打发走两人，黄原也松了一口气，回到办公室一看表，已经接近十一点钟了，刚拿起涉案银行卡交易资料看了不到五分钟，"咚咚咚"的敲门声又响起来，不过声音显然比刚才曹贵来时的敲门声小多了。

开门进来的是一位姓魏的退休教师，魏老师八十五岁老父亲的工资卡也被盗刷了二十万元，前几天黄原也接待过几次。

"不好了，黄行长！"进门后魏老师神情凝重地说。

"怎么了？坐下慢慢说。"黄原边让座，边给魏老师倒了杯水放到茶几上。

"老爷子住院了，这次还不知道会怎样，老爷子的钱怎么还没有结果呢？"魏老师坐下后说。

"病得厉害吗？"黄原也有些紧张地问道。

"上回不是给你看视频了吗？老爷子已经八十五岁了，高血压、高血糖，还半身不遂。"边说边拿出手机，将老爷子住院的照片找出来让黄原看。

"他现在还不知道自己一辈子省吃俭用攒下的二十万元养老金没有了，如果知道了，那就毁了。"

黄原接过手机一看，见魏老爷子半躺在病床上，正在输液，闭着双眼，似乎比上次视频上看到的精神又差了许多。

"一定不要把工资卡被盗刷的事告诉老爷子，先全力给老爷子治病，我会专门将老爷子的事情向市分行进行汇报，看看能否特事特办给予解决。"黄原边说边把手机归还魏老师。

"这么大的 AB 银行，还差这点钱吗？你们蒙山支行先把老爷子的钱还上不就行了？"

"魏老师，不像你说得这么简单，银行是不差钱，但

284 ｜方圆之间｜

钱都是国家的，蒙山支行是没有权限随意支配的。我们现在买一支笔都需要上报上级行集中采购。"黄原边说边拿起身边的一支签字笔示意了一下，继续说，"所以，老爷子的事情，我还是要逐级上报上级行，寻求解决方案。"

"家里的孩子们还想请电视台来报道报道，被我挡住了，我说相信黄行长能够给予妥善解决。"魏老师语气虽不强硬，但凝视黄原的眼神也充满了威胁的味道。

"那就对了，即便电视台报道了，最后还是要通过公安、银行来解决，所以你们不要着急，现在最要紧的是先给老爷子治病，我一会儿就向市分行进行专题汇报。"

"好吧，麻烦黄行长多操心，只要能够解决老爷子钱的问题，我们也不想给银行添麻烦。趁老爷子还不知道这事，尽快把事情解决了，我就不多说了，你也忙，我还要去医院伺候老爷子。"

"好的、好的，一定不要告诉老爷子银行卡被盗刷的事，先治病要紧，有消息我会及时电话通知您。"

送走魏老师，黄原心里增加了几分忧虑。如果在问题未解决之前魏老爷子有个三长两短，无论什么原因造成的，那蒙山支行岂不又摊上大事了……他不敢往下想了，立即收起办公桌前的交易资料，撰写起关于魏某涉案银行卡事件特事特办的报告，阐明了存在的巨大声誉风险隐患，并提出了防范措施、建议。

写完后，黄原立即通过内部办公邮箱发给了市分行相关部门、领导，同时抄送了邢真、李之栋。此事非同小可，下午上班后还要再向邢真行长专题汇报一下。

本来黄原有午休的习惯，可自银行卡盗刷事件发生一个多月以来，几乎就再没正常午休过，今天同样如此。他回家简单吃了点东西，坐在沙发上静养了十分钟，便来到了办公室，继续查看交易资料查找线索。

下午两点，黄原到邢真办公室汇报了魏老爷子住院的事情。邢真说已经看过黄原写给市分行的专题报告了，他会继续与市分行联系解决方案。

黄原回到办公室，手机响了，是郑丽芳主任打来的。

"黄行长，麻烦了，你快下来看看吧！"

"怎么了？发生什么事了？"黄原不由得又紧张起来。

"一位姓徐的客户来网点闹事了，来了四个人，堵住柜台说不还钱就不让客户办业务，大厅里客户都成堆了。"

"不是通知你们所有盗刷的客户都让他们到我办公室吗？"

"给他们说了，他们就是不去，说不还钱就要让银行日子不好过。"

黄原立即放下手头的资料，赶往一楼营业大厅。

来到大厅一看，果真如此，年龄较大的一男一女各自把住一个现金窗口，两个年轻的一男一女站在他们身后。大厅里已经聚集了不少客户，手持着排号单无奈地等待着。

郑丽芳见黄原来了，向徐某介绍说："这是我们黄行长，有什么事给黄行长说好吗？"

黄原走近客户："徐先生，咱们到我办公室谈吧。"

"我不去，到你办公室你能把钱还给我们吗？"

"不还钱我们哪里也不去，就在这儿等着。"中年妇女也开口了，瞟了一眼黄原，又转头面向柜台。

"知道吗？你们这样做是不合法的，有理讲理，不能影响我们正常营业。"黄原厉声说道。

"我们不管合不合法，谁让你们把我们的钱弄没了呢。不还钱我们就是死在这里也不走。"中年妇女嚷嚷道。

"如果你们再这样闹下去，我们就要报警了！"黄原警告说。

"报吧、报吧，让警察来评评理！"谁知两个年轻人也怒气冲冲地火上浇起油来，还朝其他客户大声喧哗，说什么不要来 AB 银行存款了，银行里有内鬼，存款不安全！

营业厅里等待办理业务的客户越集越多。黄原看劝离客户是没希望了，就电话请示邢真，经同意后，拨通了110 报警电话，将情况向 110 警务中心进行了简单汇报，申请出警处置。

不到五分钟，110 警车就开到了营业厅大门外，车上走下四个民警，有两个人拿着摄像机。黄原向民警大致说明了情况，民警来到徐某等身旁，劝说道："你们这样会影响银行正常办公秩序，是不合适的，有什么事到行长办公室谈吧。"谁知他们竟又和民警杠上劲了，无论怎么说就是不走人。僵持了大约十多分钟，带头的民警一声令下，将徐某带进警车带走了，中年妇女、两个年轻人也急忙离开网点，开着车跟随警车而去。

营业厅总算恢复了正常，黄原这才松了一口气。

在网点主任办公室里，郑丽芳显得满脸无奈，语气沉重地说："黄行长，您说怎么办？现在我们到外面营销客户，客户都说我行的银行卡不安全，不敢把钱存到我行了，营业部的存款已经受到了影响。"

"好好给客户解释一下，告诉客户，这次事件属于不法分子刑事犯罪造成的，就说县公安局已经成立了专案组，我行也会配合公安部门尽快破案。AB 银行作为有担当的大行，只要不是客户的责任，无论什么情况决不会让任何一位客户吃亏的，而且被盗刷的也只是少数磁条卡，我行现在发行的芯片卡是非常安全的，可以放心使用。"黄原又交代了几句方离开网点回到自己的办公室。

二十五

除了全力防范舆情、接待涉案客户外，目前最重要的任务是尽快查清案件原因，为公安部门提供有破案价值的第一手线索，尽快破案，斩断继续伸向客户资金的无形黑手。县公安局虽然成立了专案组，但进展缓慢，不仅是因为首次办理该类案件，没有办案经验，更主要的原因是没有破案线索可寻。这一点，邢真早已心知肚明。他再次把黄原叫到办公室，要求他尽快查明案件线索，以便协助公安破案。

其实黄原已经多次向市分行申请查询相关盗刷交易

的详细情况，希望通过逐级向总行数据中心反映获取更多有价值的盗刷交易信息，但一直没有得到相关信息反馈。

黄原想越级反映，即直接通过内部办公网络系统向总行发送邮件，申请总行相关部门帮助。但总行的邮箱地址支行是根本查不到的。

一次偶然的机会，黄原在处理公文系统文件时，发现部分总行公文要求下发到支行执行的，在文末附有总行相关部门个人（业务联系人）的邮箱地址。他眼前一亮，迅速查看过往公文，终于找到了总行个人金融业务部、银行卡业务部的相关邮箱地址，直接将蒙山支行发生银行卡盗刷事件资料发了过去。按说，上级行有规定，除非特殊业务，基层支行一般是不能越级反映问题的，但黄原已经顾不得这些了，先解决问题是关键。

发出的邮件如石沉大海。黄原只好继续根据已经掌握的有限信息进行排查。

黄原通过分析，基本排除客户因素后，确定剩下的可能性就只有能够接触到客户银行卡的人了。一是ATM机管理员，客户银行卡经常会出现因密码输错等原因被ATM机吞卡的情况，他们会经常接触到这类被吞没的客户银行卡；二是ATM设备厂家维修人员，经常到网点维修 ATM 设备，维修的时候是否会在 ATM 设备上做了手脚呢？

黄原首先进行了内部员工排查。重点排查 ATM 机管理员。他把蒙山支行负责管理 ATM 机员工的手机号码交给了公安部门，希望能够有所帮助。将重点确定在两个人身上，一个是 ATM 机管理员袁立新，他经常一个人处理 ATM 机故障，有作案时间和机会，他任劳任怨、默默无闻的工作表现是否正是为了掩盖其不可告人的行为？更为巧合的是，袁立新的儿子是个体户，无固定职业，现在就在 Q 市做生意，而其中有多笔被盗刷的 ATM 取款交易正是在 Q 市某银行支取的，取款具体地址尚未确定。难道是袁立新父子二人共谋作案？

另一个就是 ATM 机管理员陈伟。该员工十分聪明，善于投机取巧，是蒙山支行唯一被重点关注的异常行为员工。被支行关注后由市场部调到了网点，社会交往有增无减，而对待工作一向态度散漫。

既然第一个报案客户曹贵被盗刷的当天下午还发生了一笔本地 ATM 机取款业务，那是否就是那次取款的时候出了问题呢？

早在客户曹贵报案的第五天晚上（星期五），黄原就来到办公室，通过联网监控系统查看曹贵取款前后 ATM

机房室内的录像情况。

当监控回放到 11 月 16 日 21 时 05 分 31 秒的时候，ATM 机房室内的灯光突然亮了起来，黄原紧张又有些兴奋，瞪大了眼睛，看看究竟会是谁出现在 ATM 机房里。然而约十分钟后灯光突然又灭了，始终也没有看到有人进入 ATM 室。

黄原反复看了多遍，从 ATM 室到营业厅，再到进入营业厅大门的监控录像都查看了，就是没有发现有人进入营业厅，更没有人进入 ATM 机房。这就奇怪了，难道还闹鬼了不成？黄原从办公室回到家里的时候已是晚上十一点多了，可 ATM 机房出现的"鬼"灯的事情，让他又疑惑不解。

第二天，营业室周六营业，黄原便来到 ATM 机房室现场查看，并向网点人员询问 ATM 室灯光夜间有无异常开启情况，一问才知道了"鬼"灯的原因。最近市分行新增设了一套报警联防设备，出现异常情况时，系统自动向公安 110、市分行联防中心同时报警，新安装的应急灯也会自动亮起。网点人员之前就发现了，可能是因为应急灯太敏感，有时候会突然亮起。昨晚可能就是因为 ATM 室外出现了较大动静传感到室内，引发应急灯亮了。

从网点回到办公室，黄原继续查看其他监控。在查看城西 ATM 机房内监控时，突然发现一个 ATM 设备厂家维修人员动作可疑。只见他在维修的时候，拉出了 ATM 上部的插卡设备，取出一个打火机大小的物件，然后又安装了一个，是否就是安装的信息窃取设备呢？黄原心中一亮，立即将该视频下载保存下来。

星期一，黄原来到办公室，将上周六下载的视频通过内部邮件发给了市分行科技部工程师，并说明了情况，希望市分行科技部协助判断。

八点二十分，科技部负责管理 ATM 设备的工程师打来了电话说，那是维修人员更换的凭条打印机上的部件，看得很清楚，没有问题，市分行科技有维修记录。黄原好不容易找到的一个线索又失去了价值，像顽童吹起的肥皂泡被风一吹消失了，希望化为了泡影。

于是，黄原又与管理 ATM 机的两名可疑人员谈话，探测一下两个人的第一反应。他打电话把袁立新、陈伟两人同时叫到办公室进行谈话。两人来到办公室并排坐到沙发上，黄原关上门，坐到两人对面，神色严肃、郑重其事地说："有个事情给你们说一下，我们行里多名客户的银行卡资金被盗刷了，你们应该也知道了，已经报案，公安部门正在全力破案。全县多家银行只有我行发生盗刷事件，全市系统内也只有我行发生了，公安人员怀疑是我们单位内部问题。"

黄原说完，聚精会神地盯住两人，看看他们有什么反应。

"谁能有这么大本事，谁会捣鼓啊，不可能吧？"袁立新一脸无奈地说。

陈伟则微微摇了摇头，面带微笑，没有任何惊慌之色，十分坦然地说了句："不会吧？"

又聊了一会儿，黄原也没有看出两个人有什么异常反应，又向两人交代了几句，现在是特殊时期，要加强日常 ATM 机的巡视管理，发现异常情况及时向支行领导汇报。之后便让两人返回网点。

黄原利用晚上或周末时间连续查看监控录像，寻找蛛丝马迹，前后持续进行了半个多月，所有涉及 ATM 设备场所的监控都查看了，包括 ATM 室内、室外（客户服务区），最终也没有发现其他异常情况——既没有发现内鬼，也没有发现外鬼。

直至 2011 年末，黄原也没有查出任何有价值的案件线索，整个银行卡盗刷案件仍旧扑朔迷离。公安部门由于得到的破案线索有限，侦破工作进入瓶颈。虽然支行向上级行多次上报了有关银行卡盗刷的材料，包括黄原直接越级向总行有关部门发送的情况汇报，支行也没有得到有价值的信息或解决方案。忙忙碌碌中，2011年又到了年终决算日。

邢真早就对年终决算日进行了安排，趁营业部、伙房餐厅装修一新之际，来一次决算日大宴会。每年决算日县长要带领财政、税务、人民银行等部门主要负责人对各家商业银行参加决算的一线网点员工进行现场慰问。邢真已提前登门向王亮县长打了招呼，王县长也接受了邢真的邀约。

12月30日，伙房就开始了晚宴准备工作。12月31日，邢真又抽调了两名员工给伙房帮忙。

晚上约七时许，王县长一行来到蒙山支行，一阵寒暄之后，邢真带领他们来到营业部看望参加决算的一线员工。

装修一新的营业大厅灯火辉煌，宽敞明亮，营业部主任郑丽芳早已率领营业部全体员工列队欢迎，男员工一律西服领带，女员工一律工装领结。

"王县长带领各位领导来看望大家了，大家欢迎！"邢真说罢，全场响起了热烈的掌声。

"大家辛苦了！"王县长微笑着向营业部员工挥手致意。

"助力经济！为民服务！义不容辞！"营业部全体员

工齐声回答，铿锵有力。

随后，邢真带领王县长一行人参观了理财室、大客户休息室等，介绍了业务开展情况。

半小时后，大家走出营业室，来到餐厅聚餐。

黄原被银行卡盗刷事件折腾了一个多月，今天难得一次放松，也来者不拒，凡员工敬酒的都喝了。慢慢地已经有了几分醉意，但黄原还是有控制和保留的，他明白，决算日非同他日，上级行随时都有可能通知处理特殊业务，他要陪着营业部员工等待市分行的最后撤离通知。于是，全场宴会还没结束时，黄原便悄悄利用上卫生间之际来到了营业室。

"往昔今日此室中，熙熙攘攘乱哄哄，熙攘不知何处去，决算依旧进行中。"看着偌大的营业室里虽然灯火辉煌，却空空荡荡、悄无声息，只有业务主管高洋和两个柜员坐在低柜区各看各的手机，此时此刻此景令黄原感慨万千，不由自主来了诗兴。

"哟，黄行长诗兴大发，看来还没喝多啊。"高洋给黄原倒了杯水，让黄原坐在转账区柜台旁。

"看看现在年终决算多轻松、多幸福啊！所有决算业务全部由系统机器自动处理。没有特殊情况，就坐等上级行撤离通知即可。"黄原喝了口水，看着柜员陈瑛说，

"知道原来年终决算是怎么进行的吗？"

"不知道。"陈瑛摇了摇头微笑着说。

"20世纪七八十年代，连个巴掌大的电子计算器也没有，全靠一把木算盘，算盘应该知道吧？"

"算盘见过，但不会用。"陈瑛说完，黄原便讲起了当年银行年终决算的经历，脸上挂满了骄傲与得意，作为一名老银行会计，他曾经在营业部挂帅主持过几次年终决算。

"那个年代银行人都会用算盘，尤其是网点员工，如果不会用算盘就没法工作，日常业务中加减乘除全靠算盘。

"每年的年终决算日一直要忙到后半夜。计提营业税、职工教育经费、工会费、城建费等，匡算营业收入、利润，结转损益账户等全靠一把算盘。后来有了小型电子计算器就方便多了。不过老会计还是习惯用算盘，像加减算盘比小计算器还快。

"那个年代，基层银行会计是仅次于信贷员的岗位，如果当不了信贷员，干会计便是不错的选择。银行人时常戏言：'没有经历过银行年终决算的会计只能算半个银行会计，不懂得银行年终决算业务的会计就不能算是一名合格的银行会计。'

"年终决算是全行的大事，只有这一天，营业部网点才会成为全行关注的焦点。支行领导也会高度重视决算工作，决算日会亲临营业部现场关注决算进展情况。这一天，营业部需要什么只要提出来，行领导就会马上安排解决。

"每年结平全部账务后全行员工也会一起聚餐，但不像现在这么早就吃饭。什么时候开始吃饭，完全由营业部负责人说了算。也有到次日凌晨一两点钟才开始聚餐的，主要看结账是否顺利，利润等主要指标是否能够按计划完成。如果完不成，还要想办法收贷款利息。这个时候，即便是深夜了，信贷人员也要再联系贷款企业，要么转账，要么缴存现金收取贷款利息。

"那时的营业室里人来人往，热闹非凡。营业室十几名员工按照事前制定的《决算日分工明细表》各忙各的工作，结平全部账务之前谁也不准离开工作岗位，哪怕是到凌晨两点，只要没有处理完全部决算业务，一个也不能走。

"现在所有决算业务全部由系统机器自动处理，省去了多少人力物力啊。"

"这都是科技进步的功劳，说不定将来机器人就能代替柜员办理业务了。"高洋插话说。

"是啊，科技淘汰了算盘，你们赶上了好时代。"黄原说。

说着聊着，已到十一点，市分行业务运行管理部也下发了邮件：总行决算已圆满结束，大家辛苦了，可以撤离回家休息了，预祝元旦快乐！

二十六

　　元旦这天，邢真在宿舍睡到上午八点多才起床，十点多到办公室看了看主要指标完成情况后便开车回家。回到家里已经是中午十二点了，正好赶上午餐。儿子亮亮在外参加辅导班补课，中午不回家吃饭，只有邢真夫妻俩就餐。

　　午饭后，妻子刘媛又说起了儿子亮亮的事。元旦前亮亮的班主任把刘媛叫到学校，把亮亮在学校期间的不良表现告诉了她：有时候自习课逃课，有时候偷看小说，学习成绩在班里倒数，要求家长加强管理。

"你看怎么办吧？照这样下去，别说考一本、二本了，我看三本也考不上。"妻子刘媛满脸愁云，瞪着眼看着邢真。

"这样吧，抽空我们一起与亮亮的班主任沟通一下，相互留个电话，让他多关注一下亮亮。另外，我把亮亮叫回家来再跟他好好谈谈。"邢真说。

"依我看这些都不管用。"

"老师如果管不了，谈话也不管用，你说还能怎么办？"邢真有些生气，满脸写着无奈。

"你的那个行长就这么重要吗？你去蒙山县已经一年多了，为什么不申请回市分行工作？"

"不是我个人想回来就能回来的，再说，我回来也不可能陪着亮亮去上学啊！"

"起码不会一周甚至两周见不上一面吧！"妻子说完转身进了卧室。邢真一个人坐在沙发上，呆呆地陷入了沉思。

晚上，刘媛九点多就洗漱完上床休息了。见妻子上床了，邢真也洗漱完上了床。年末工作忙，邢真一个多星期没有回家了，想和妻子亲热亲热，妻子侧身背对着邢真，邢真想把妻子揽过来。"快睡觉吧，浑身难受不舒服。"妻子边说边用力挣脱了邢真的手臂，依然背对着邢真。当邢真再次动手时，妻子不耐烦了，竟然起身到另一间卧室去睡了。

邢真怅然若失，一个人躺在床上，心里五味杂陈。到蒙山支行工作已经一年多了，一年来，自己拼命工作，不断摸索创新，把一个落后支行带进了全市第二考核梯队，摆脱了倒数行列。眼看各项工作正稳步提升，朝着预定的目标发展，谁知又突然冒出了一个银行卡盗刷案件。

受银行卡盗刷事件影响，蒙山支行第四季度的储蓄存款下降了很多，存款存量、增量、四行市场份额占比都不理想，直接影响了蒙山支行季度综合考核。根据目前市分行通报的主要指标考核情况看，如果照此发展下去，第四季度蒙山支行在全市综合考核排名不但不会提升反而还会下降。

如果案件久拖不破，再出现一次大的负面舆情，不仅会把蒙山支行的业务压垮，他个人也会因负面舆情被上级行问责处理。什么"军令状"，什么职业前程，统统都毁了，还不如当年在市分行机构业务部老老实实当副总，慢慢熬个正总呢。如果不到蒙山任职，多关心照料一下儿子，或许儿子也不会变成现在这样子。

邢真耳边又一次响起了张岳的话，"在基层支行干好了可以成就一个人，但如果出了问题，也能毁掉一个人的职业生涯"。邢真越想心里越不是滋味，"人人都想步步高，世间坦途太少了，唉……"他深深叹了口气，翻了一下身子，难以入睡。

辗转几次，反念一想，如果在这个节骨眼上轻言放弃，当了逃兵，岂不说妻子及其家人会笑话自己，单位同事也会看不起自己，更辜负了市分行领导的信任。以后在家人和同事面前还怎能抬得起头？

不可以，决不可以在这个时候退缩！虽然工作中有坎坷、有困难、有辛苦，但也有收获：结交了蒙山支行一帮脚踏实地干事创业的同事，结交了蒙山社会各界朋友，尤其是磨炼了自己的工作能力。支行麻雀虽小但五脏俱全，这些都是在市分行工作学不到，也体会不到的。有了这段基层支行的经历，今后无论到哪里，无论干什么工作，自己都不会再有困惑或畏惧，而是更有信心，更愿尝试新的挑战。

现在蒙山支行各项业务正稳健发展，银行卡盗刷事件还没有告破，决不能在这个时候打退堂鼓。储蓄存款下降只是暂时现象，越是困难越能锻炼人，要把困难当作挑战，才能不惧怕、不退缩。只要自己不退缩，又有业务高手黄原全力以赴协助公安破案，银行卡盗刷案件就一定能够侦破。只要案件告破，社会上各种对蒙山支行不利的传言就会不攻自破，支行业务经营也会回到正常轨道上来。

再说了，即便自己调回市分行工作，儿子的学习成绩也未必就能完全改变，以后多与老师沟通交流，多与儿子交流，多关注一下就是。想到这里，邢真心里好受了许多。

元旦过后，轰轰烈烈的旺季业务大会战又开始了。这天上班后，营业部郑丽芳、理财经理高雨欣走访私人银行客户李某。李某是营业部的存款大户，不知什么原因，在蒙山支行的资产除未到期的理财产品未动外，近期活期存款几乎转没了。郑丽芳想亲自登门了解一下情况。

李某经营几家服装连锁店，还经营着一家大型餐饮酒店。郑丽芳、高雨欣一起买了鲜花、新鲜水果等来到李某的办公室。

"好长时间没见到李总了，来看看您。"一见面，郑丽芳笑着对李某说。

落座后，高雨欣直入正题："李总，您近期存款转走了不少啊，是生意需要吗？"

"是的，春节前是销售旺季，进货比较多，所以用款也多。"李某说，"你们行银行卡盗刷的事还没破案吗？"

"快了，县长亲自负责，县刑侦大队成立了专案组，估计很快就会破案了。"郑丽芳明白李某的担心，接着说，"李总您的银行卡都是芯片卡，绝对没问题的，所以尽管放心好了，这次出问题的都是磁条卡。"

"听说芯片卡也有出问题的。"李某说。

"那是芯片卡又带磁条的，像您的是纯芯片卡，绝对不会有问题的，您放心好了。"高雨欣说，"近期我行针对您这样的大客户发行了高利息大额存款，新发行的几款理财产品收益也比较可观，有时间欢迎李总到我行看看。"

"好的，好的。"

又聊了一会儿，郑丽芳、高雨欣告别李某回到单位。郑丽芳从侧面了解到李某存款下降的主要原因，就是因为银行卡盗刷事件影响的。难怪营业部存款近期下降较多，肯定都是这个原因。郑丽芳来到黄原的办公室，想了解一下案件进展的具体情况。

"黄行长，如果再不破案，我们行的存款恐怕要下降很多。这么重大的事情，上级行怎么也不管不问呢？"郑丽芳一脸着急。

"市分行也非常重视，找过市公安局，也派人来现场看过，只是问题没那么简单，一时半会儿解决不了。"

"省分行、总行难道也不帮忙解决吗？如果再来一次电视台曝光，我们行里的存款恐怕就会转没了，谁还敢来我们行存款啊！没有存款，我们靠什么吃饭！"

"所以，我们要竭尽全力帮助公安尽快破案，同时密切关注舆情，防止负面舆情再次爆发。如果出现你说的严重事件，那倒霉的只能是我们了，到时候处分最严重的也只能是我们。"

"明白了，看来主要还要靠我们自己。"郑丽芳聊了会儿走出黄原的办公室，又来到邢真的办公室，向邢真汇报储蓄存款下降情况及走访客户得到的相关信息。

"我也了解了几个大客户存款下降的原因，多数也是银行卡盗刷事件影响的。不过，这只是暂时现象，等公安破了案就没问题了。当务之急是做好客户维护工作，做好宣传解释，争取尽快破案。"邢真鼓励郑丽芳不要灰心，一切都会好起来的。

其实，自银行卡盗刷事件发生以来，邢真、李之栋也没闲着，多次找县长、分管金融副县长、县公安局局长进行了汇报沟通，阐明了案件虽不大但事关一方金融稳定大局。县里比较重视，公安部门也在全力组织破案。

黄原更是天天在排查。非现场排查没有结果，他又将排查目标锁定在了现场排查上，即守株待兔，到城西离行式 ATM 室现场外蹲点。经过仔细排查客户被盗刷账户明细，发现多数客户是在城西离行式 ATM 机发生交易后被盗刷的。城西离行式 ATM 机外"鬼"作案的可能性最大。

在现场蹲点前，黄原心里早已制订好了一旦遭遇不法分子的紧急处理方案，即先悄悄向公安部门报案，不要打草惊蛇，然后再监控其行踪，待公安人员一到，协助公安人员一网打尽。

黄原每晚七点左右出发，一般十点多返回。每次来到该 ATM 室旁边，黄原便把车停在离 ATM 室约二三十米远的地方，先下车步行到 ATM 客户服务区，查看每台 ATM 机插卡口、密码罩等各部位是否正常，有无安装可疑物件，检查正常后再回到车里，关上车门，静悄悄、目不转睛地期盼犯罪嫌疑人的出现。当 ATM 室里没人的时候就下车到现场再查看情况，尤其是当戴口罩的人员离开 ATM 室时，总要到现场再排查一番。

这处 ATM 服务点紧邻着一家大型超市。随着春节的脚步越来越近，夜间大街上往来人员也多了起来。有进出 ATM 室办理业务的，有出入超市大包小包购物的，远方时而还传来几声清脆的鞭炮声，节日气氛也浓了起来，市民们已经沉浸在购物与狂欢聚会的骚动之中。而此时蹲守在车里的黄原，心里却没有一丝忙年的心思，银行卡盗刷事件一天不破，他一天也不能安宁。

有一天夜晚，黄原再一次来到城西 ATM 室旁侧，停车后坐在车内守株待兔。突然一个蒙面人走进了 ATM 服务区，鼓捣了一会儿走了出来。黄原立即紧跟在他身后，正想打电话报警，蒙面人回头发现了他，撒腿就跑。"抓住他、抓住他——"黄原的呼叫声惊醒了身边的妻子。"怎么了你，做什么梦了？"妻子叫醒了梦中的黄原，黄原才意识到原来是做了个梦。

黄原如此蹲点一个多星期，每次满怀期望而去，满怀失望而归。他感觉到了前所未有的无奈与疲惫，甚至有点泄气了：该案件既然基本判断不是银行员工行为所致，自己的责任也就不大。自己年龄这么大了，干不了多少年就该退休了，面对如此复杂的案件上级行至今都无计可施，自己又何必不自量力、自寻烦恼呢？

可转念又想：如果此案久拖不破，几十户客户资金损失迟迟得不到补偿，必然会再次引发网络媒体曝光事件，负面舆情如果再次大面积发酵，给蒙山支行带来的声誉损失将会是巨大的。存在银行的钱都丢失了，谁还敢来存款，一旦因信誉风险造成客户大批量流失，在市场竞争激烈的当下，蒙山支行有可能几年乃至十几年都无法翻身。

生于斯、长于斯、干于斯，陪伴蒙山支行几十年，怎能亲眼看着这一切发生？越是退休前越要坚守好岗位，给自己的职业生涯画上一个圆满的句号。更何况，这本就是自己的分内工作啊，再难的银行业务自己也没有认输过，这次也决不能认输。狡猾的不法分子，这次你遇到我黄原算你倒霉，不把你们绳之以法决不罢休！

黄原给自己鼓足了勇气，调整排查思路，继续深挖犯罪痕迹。

内查、外排，内、外"鬼"都没有发现，深谙银行业务的黄原意识到，还是必须从涉案交易信息中才能够直接获取有价值的线索，这是自己的业务专长，也是最直接、最快捷的途径。无论作案手段、作案方法多么高明、多么隐蔽，交易记录是永远抹不去的痕迹。

其实，案发不久，黄原就曾经通过内部邮箱向上级行进行了多次详细的书面报告，要求上级行能够提供涉案交易的 IP 地址信息。可上级行答复：境外或国内跨行（跨系统）交易目前系统是无法提供 IP 地址的。狡猾的犯罪分子为了逃避监测，所有盗刷交易要么是在境外进行，要么是在境内跨省系统外进行（他行交易），没有一笔交易是在 AB 银行本行系统内发生的。

于是，黄原又想到了银联，无论 POS 机刷卡、还是

ATM 机取款，被盗刷的银行卡多数为银联卡，几乎都与银联有关，银联应该能够提供一些信息。于是，他拨打银联客服电话，查询盗刷交易相关信息，得到的答复是：国内的交易能够查到交易 ATM 设备编号，无法查到交易详细地址。

黄原想，交易 ATM 设备编号应该是唯一的，有设备编号就完全可以通过设备所属银行查到交易的具体地址。涉案异地取款交易目前已经通过银联、柜台交易系统确认了交易方是哪家银行（总行）、哪个地级市，那么拨打对方银行（总行）的客服电话应该能够根据交易 ATM 设备编号查到具体详细的交易地址。

于是，黄原联合公安人员，拨通了 CD 银行客服电话，接通了人工台：

"您好，1012 号为您服务，请问您有什么业务需要帮助吗？"

"您好，我是公安局的，AB 银行的客户徐 ×× 的银行卡被不法分子盗刷了，我们正在侦破，已经在 AB 银行查询到了取款交易的 ATM 设备编号，麻烦您根据设备编号协查一下盗刷交易的详细地址。"

"好的，请您告诉我交易日期及交易设备编号，并将您的手机号码告诉我，随后将把相关信息发到您手机上。"对方回答得很痛快。

公安人员将从银联获取的交易 ATM 设备号码、交易日期、自己的手机号码告诉了对方。果不其然，等了大约五分钟，手机短信铃声响了，一看正是对方客服电话发的。短信内容很详细，哪个市区、哪家银行、哪个网点一览无遗。如法炮制，他们连续查了多个涉案交易地址信息，公安办案人员非常高兴，并说会尽快去现场查看线索。

然而，一个礼拜后，公安局办案人员给黄原打来电话，说已经到取款地排查了，遗憾的是虽然发现了取款人，但由于取款人反侦察意识很强，且戴着口罩，因此始终无法锁定具体取款人。

黄原虽然有点失望，但也增强了信心，毕竟已有了新的突破。

又过了两个礼拜，公安办案人员给黄原打来电话说，根据后来查到的地址信息，专案组在另外几个省市排查了多天，已经发现了不法分子的蛛丝马迹，破案指日可待。

得此消息，黄原如释重负，感到身上的担子轻松了许多。随后，黄原又根据自己的判断，找到了另一个更有价值的破案线索交给了公安部门。

黄原一直在思考，为什么有的客户银行卡刚刚存入款项就会被盗刷了呢？不法分子是如何获取持卡人存款信息（存款余额）的呢？途径只能有两条：一是持伪卡到银行 ATM 机上查询，但狡猾的犯罪分子一定不会这样做，因为这容易暴露身份；二是通过银行客服电话查询，只要输入银行卡号、密码就可以足不出户随时查询到银行卡的余额变动情况。想到这里，黄原立即通过内网邮件直接向省分行电子银行部申请把涉案客户的银行卡信息发给省分行，希望提供不法分子查询涉案银行卡使用的电话号码。

　　可能是这次申请内容具体且可执行，省分行电子银行部第三天便通过邮件给黄原返还了查询结果。正如黄原的判断，不法分子正是使用第二种方法（电话银行）查询涉案银行卡余额信息的。黄原立即将查询结果打印出来送交给公安办案人员。这些电话号码的提供也为尽快破案提供了有力帮助。

　　再狡猾的狐狸也逃不过猎手机智的双眼，狐狸尾巴一旦露出，收网的时候就到了。

　　从 2011 年 11 月案发到 2012 年 2 月末，涉案客户已达二十六户，涉案金额约一百二十五万元。虽然适逢 2011 年春节前后，但县公安部门一直没有停止办案的脚步。几个月来，公安专案组根据黄原提供的信息线索，先后辗转广东、湖南、河北、四川等地，行程近万公里，内查外调，深挖细查，终于掌握了犯罪分子的窝点。

3月初，公安部门终于将七名犯罪团伙分子全部抓获归案，一网打尽。追回涉案款五十余万元，为蒙山支行挽回了部分损失。

案件也终于真相大白：济水市一伙不法分子窜入沂州市蒙山县，通过在蒙山支行城西离行式ATM机插卡口安装读卡器，窃取客户信息。同时在ATM密码键盘罩内安装微型摄像器窃取客户银行卡密码。之后再通过相关设备将窃取到的银行卡信息复制到空白磁条卡上，使用复制卡片（伪造卡）进行异地取款或POS机刷卡套现。

各种疑惑，终于云开雾散、水落石出。

疑惑之一：蒙山县只有AB银行的蒙山支行发生了银行卡盗刷事件，是因为蒙山支行的这台ATM机的插卡口正好和不法分子使用的读卡器模型完全一致，蒙山县其他几家银行没有这种插卡口的ATM机设备。

疑惑之二：为什么沂州市其他县域没有发生该类案件呢？因为蒙山县比邻济水市，有国道、高速相连，交通方便，且蒙山支行的离行式ATM自助设备又位于县城最西侧，靠近济水市方向，犯罪分子进城方便，通过的治安监控少，所以就跑到蒙山县的 ATM 自助银行作案。

疑惑之三：为什么黄原现场蹲点没有遇到不法分子，负责 ATM 夜巡的工作人员也没有发现犯罪分子的踪迹，黄原监控录像查看也没有发现作案线索呢？犯罪分子特别狡猾，首先，选择的作案时间十分巧妙，一般都是在傍晚网点工作人员下班后三十分钟时间段内作案，这段时间正是银行员工下班回家吃饭的时间，所以最安全。黄原蹲点、工作人员夜巡时间均在其后或之前。其次，其作案手法快、隐蔽性强，破案后再仔细查看作案录像发现，在安装克隆器时，模仿成一般客户，伪造正常客户插卡办理业务的动作，且动作很快，安装读卡器、微型摄像机前后不过十几秒左右的时间，仅凭 ATM 室外摄像头录像资料回放是很难发现不法分子作案过程的，摄像回放一般只能看到客户背影或侧面，前面手的动作往往被作案人的身体挡住了。

疑惑之四：为什么有的交易是在国内盗刷，而有的则是跑到国外盗刷呢？原来国内各大商业银行通过升级系统、更新设备，严格执行了国际银联新规则，即磁条加芯片的复合卡禁止使用该卡的磁条信息进行交易，只能使用卡的芯片信息交易，所以磁条加芯片的复合卡即便窃取到了信息也无法在国内进行刷卡。而境外部分国家还没有做到这一点。

案件侦破后，银行对客户资金进行了返还。

另外，黄原还组织召开了网点主任、理财经理会议，要求各网点利用走访客户机会对有疑问的重点个人客户进行解释说明，关于银行卡盗刷案件统一对外宣传口径：一是本案件已被公安告破，是一起社会不法分子造成的刑事案件，与银行内部员工无关；二是涉案客户资金损失已全部进行了补偿；三是芯片卡是安全的，本次出问题的皆为磁条卡。

通过统一口径对外宣传，洗清了社会上关于 AB 银行蒙山支行的种种传言，既体现了 AB 银行的担当与负责，又增强了客户对 AB 银行的信赖感。蒙山支行还陆续免费将客户手中的磁条卡换成了更加安全的芯片卡。

邢真带领班子成员打赢了这场没有硝烟的硬仗，既成功破获了案件，又有效防范了声誉风险发酵。这个胜利成果来之不易，听到了多少骂声，看到了多少白眼，忍受了多少无奈，个中滋味或许只有亲力亲为者方能够切身体会得到。

一场劫难终于过去了，蒙山支行又恢复了往日的平静，各营业场所人来人往，各项业务稳步增长……

二十七

2011 年第四季度支行综合业务考核结果也出来了，邢真打开市分行关于考核通报邮件，把考核指标明细打印了出来，逐项分析优劣。蒙山支行全市综合排名第十名，但与第九名得分相差不大。第四季度有一个意外扣分项目影响了蒙山支行考核排名，那就是出现了银行卡盗刷事件，虽然是外部因素造成，但也在内控管理考核项目中进行了扣分。另一个是在员工行为排查中发现了员工信用卡违规套现问题，被市分行扣了分。如果刨除这两项扣分，蒙山支行第四季度综合考核就是第九名。

使用信用卡套现的是营业部 ATM 管理员陈伟。

　　陈伟信用卡套现是省分行系统监测发现的，按照省市分行要求，黄原已经对陈伟套现交易进行了排查，是在某酒店 POS 机刷了一笔金额近五万元的交易，显然不是住宿费，经核实也不是餐饮费。最终被省、市分行确定为违规套现。经市分行认定后给予陈伟行政记过一次，并同时核减陈伟一个季度绩效工资，全省通报。

　　在异常行为关注期内又发生违规套现，邢真把黄原叫到办公室，安排对陈伟开展再检查监控，以防范更大风险事件发生。

　　这天刚上班，黄原约好了办公室主任文波对营业部进行现场突击检查，范围是营业部全体员工，其实重点就是针对陈伟开展的。黄原与文波来到营业部，第一个便从陈伟开始检查。

　　"今天要对营业部全部员工进行突击检查，请把你的抽屉打开。"黄原对陈伟说。

　　陈伟犹豫了一下，还是用钥匙打开了办公桌的抽屉。抽屉里放了笔记本、领带等物品。在一本书里黄原发现了一个黄色信封，信封里装着一沓纸，黄原正要拿出来查看，陈伟把信封从黄原手中抢了过去，说："这是个人信件，不能随便看吧。"

黄原看陈伟神色紧张，更是存疑，心想都什么年代了还有书信往来？再者刚才从信封口看到里面的东西也不像书信。

"私人物品不允许放在办公场所，这个过去说过多次了，你又不是不知道。既然放了就要检查。"黄原说。

"真是书信，哪有看个人书信的，属于个人隐私。"陈伟倒背着手把信封放在了身后。

"这样吧，你自己把信封里的东西拿出来，我们只瞅一眼，如果能够确认就是书信我们不会细看。这样总可以了吧？"黄原说。

"不好意思，个人书信就别看了。"陈伟一副很为难的样子。

"陈伟，别耽误时间好不好！这次检查是支行党总支会议决定的，谁也不能例外。"黄原说着趁其不备从陈伟手中夺回了信封，掏出信封里面的东西一看，傻眼了，全是借条。逐张清点了一下总共十一张，金额从一两万到五六万不等，月利率从一分到五分，债权人有的写着陈伟的名字，有的写着陈伟妻子的名字，还有的写着其他人的名字。金额累计大约三十余万元。黄原感觉问题严重，让文波对借条逐一拍照，并对检查现场拍照留存。又让文波使用营业部复印机对借条各复印了两份，把原件放回了信封。

陈伟耷拉着脑袋站在一旁面无血色，脸色一会儿白一会儿黄，一言不发。

"陈伟，这些借条都是你的吧，还有什么要说的吗？"黄原问陈伟。

"这些都是我自己和亲戚的钱，没有客户的，更没有公款。"陈伟说。

"你这就是违规参与民间融资还不明白吗？"黄原一脸严肃，心里也很气愤，"县行三令五申禁止违规参与民间融资，你怎么就是不听呢？饭碗不想要了吗？"

检查完陈伟，黄原、文波又象征性地检查了营业部其他员工，也发现了一些问题。现金区有个柜员保管了客户银行卡，大堂站式对外服务柜台桌洞里有客户身份证、银行卡。员工对此均解释是客户遗漏的，联系不到客户，只好临时存放。

黄原找到营业部主任郑丽芳，把查到的柜员保存客户银行卡、身份证问题进行了说明，让营业部自己拿出处理意见，自行对相关责任人进行违规处理。

"黄行长，你说怎么办？柜员也没办法，都是客户自己遗漏下的，联系不上客户也不能扔掉吧。"郑丽芳一脸无奈。

"特殊情况要特殊处理，比如可以根据客户遗漏的身份证或银行卡，填制特殊业务申请授权查询客户联系方式，让丢失的客户尽快来领取。如果查询不到客户联系方式的，可以将身份证、银行卡使用信封封装起来，双人签字入保险柜保管。无论什么情况都要建立一个明细登记簿，客户来领取时要让客户签收。但不能这样随便一放就完事。"黄原告诉郑丽芳。

"好的，以后我们就按您说的办。"

"这次由你们营业部自己处理，县行就不处罚了，但以后如果检查再发现类似情况行里就要进行处罚通报了，到时候不仅会处罚通报直接责任人，还要处罚业务主管，包括你。"

"知道了。"郑丽芳噘着嘴一歪头口里答应着，心里却想，就知道罚！罚！罚！

黄原、文波离开营业部后立即来到邢真的办公室，将检查发现陈伟的借条复印件交给了邢真，并说明了检查经过。

邢真看了看借条复印件，脸色凝重，皱起了眉头，"除了你们俩还有谁知道这个事情吗？"

"没有，目前就只有我和文主任知道，我们也没有跟郑丽芳说。"黄原说。

"好！这事暂时保密，不要再扩大知悉范围。你们俩尽快核实一下借条上债权人的情况，主要是看看有无我行客户，是否像陈伟说的，除了他和妻子的外都是亲戚的。"

"要不要先向市分行汇报一下？"黄原问。

"暂时不要汇报，等你们核实完了我们再定。"

黄原与文波根据借条复印件债权人名单开展了核实。先与陈伟本人座谈了解，后又通过营业部其他员工进行佐证，陈伟说的基本属实。

支行三楼办公室，行长办公室会议，邢真、李之栋、黄原参加，文波列席并做记录。首先由黄原介绍了陈伟参与民间融资情况及涉及全部债权人核实情况。

"大家说说吧，对陈伟这件事应该如何处置。"听完黄原的介绍后邢真说。

"如果仅仅是三十万借条问题，不涉及银行和客户资金还好说，先让他自己处理完了，然后再决定如何处置吧。"李之栋想拖延一下再说，甭管怎样，毕竟陈伟曾经是他手下的兵，一旦上报了市分行，就没有退路了。

"我不支持。"黄原一听李之栋想拖延一下，立马反对，说，"陈伟是否有其他问题还不好说，根据前期员工异常行为排查情况分析，陈伟家庭消费开支相对比较大。他拥有两辆家庭车，妻子开了一辆商务车，陈伟也换了新车。撇开这些不说，仅就违规参与民间融资、发放高利贷这件事，我个人意见也应该上报市分行。"

"我同意黄行长的意见。"邢真看着李之栋说。

"那就上报市分行吧，我也没意见。"李之栋一看邢真也想上报市行，只好表示同意。

"那就这样吧，黄行长负责整理好上报材料，我抽时间带着材料到市分行现场汇报。对陈伟的监测还要继续，黄行长可以跟郑丽芳主任交代一下，让她也要关注陈伟的日常情况，发现问题及时上报支行。当然，陈伟借条的事可以先不说。"邢真最后安排要加大对陈伟的排查，担心陈伟是否还有更大的问题没有暴露出来，这也是邢真同意将情况上报市分行的主要原因。上级行过去通报的案例中，不乏银行员工挪用客户大额资金进行违规拆借的案件。如果现在不上报，以后陈伟出了更大的问题，那支行责任就更大了。

邢真将陈伟违规参与民间融资的情况向市分行纪委、分管行长、行长分别进行了详细汇报，并提交了书面汇报材料。市分行宋泽民行长说要召开会议研究后再做决定，让邢真回蒙山支行等通知。

还没等到市分行的处理通知，陈伟的问题又来了：县法院来支行营业部查封了陈伟的代发工资账户，原因是陈伟为一笔十万元的民间借贷进行了担保，贷款人是一个个体户，因经营不善亏损严重跑路了，欠下了不少个人融资借款。债权人一看借款无法追回，便把担保人陈伟起诉了。

邢真再次向市分行进行了汇报，这次市分行态度很明确：必须解除陈伟的劳动合同。让蒙山支行先停止陈伟的工作，动员其主动辞职，否则就按规定走流程解除劳动合同。

邢真将此项工作安排给黄原与郑丽芳，让营业部停止陈伟的所有工作，对其经管事项进行核对，尽快交接完毕，并密切关注有无其他异常情况，重点关注是否有挪用客户资金情况。

"成天担心他会出问题，最后还是出问题了。真是不作不死，这回好了，自己把自己的饭碗砸了。"当郑丽芳知道了陈伟的所有情况后感觉放下了一个包袱。

黄原与文波一起和陈伟进行了谈话，告知了他市分行、支行的处理意见，动员其主动辞职。但陈伟不认可，认为自己并没有给客户、银行造成任何损失，只是个人借贷问题。

这样僵持了一周，黄原、文波再次与陈伟谈话，找出相关解除劳动合同依据，告诫陈伟如果不主动辞职，支行就按规定流程解除其劳动合同。

过了一天，陈伟拿着几张纸，来到黄原的办公室。黄原以为陈伟想通了是来递交辞职申请的，接到手一看却是自我检讨书。陈伟递交自我检讨书后并没有离开，黄原让他坐在了沙发上。

"黄行长，这次我知道自己做错了，以后决不会再犯任何错误，希望你再与邢行长说说，给我最后一次机会。如果以后再出现任何问题，我愿接受行里的任何处罚。"陈伟脸色蜡黄，无精打采，哀求着。自从参与民间借贷的事被支行发现后，陈伟就再没有睡个安稳觉。

"恐怕与谁说也不管用了！县行不是没给你机会，是你没有抓住机会彻底改正。"黄原看着陈伟憔悴的样子，心里也不是滋味。

"黄行长，我虽然有违规问题，但没给行里造成一分钱损失，也没挪用客户资金啊。如果解除了劳动合同，我老婆也没固定工作，有两个孩子需要养活，还有半瘫痪的老父亲，以后可怎样过啊。"说着说着，陈伟抽泣了，眼泪唰唰地流了下来。

黄原抽出抽纸递给陈伟，说："凡事要想开，你年龄还不算太大，辞职后可以再找个工作，以后一定要好好干。"

"还不大，过几年就五十了，上哪儿再去找工作啊……"

"你先回去吧，你的检讨书我会交给邢行长，不过，到现在这份上了，恐怕没有什么希望了。"送走了陈伟，黄原打开了陈伟的自我检讨书。

尊敬的行领导：

我知道这次犯下了比较大的错误，给行领导添了很多麻烦。曾经我也想彻底改正，可又身不由己，当一个人被金钱迷惑深陷泥潭后是无法快速走出泥潭的。回顾过去，今天的结局虽然不是一日形成的，但都是自己造成的。

我姊妹三人，上面有两个姐姐，无论父母还是两个姐姐从小就都宠着我，好吃的让着我吃，好穿的衣服先给我买，从小就养成了养尊处优的坏毛病。我九岁的时候母亲因病去世了，为了我父亲没有再婚，而是更加溺爱我，不管什么都依着我。

高中毕业后我没有考上大学，通过招干进入了银行。刚参加工作时，我也想好好工作，混出个模样，出人头地。在网点干过柜员，也在保卫科干过解款押运，在省分行举行的射击比赛中还获得过全省第三名，得到了省分行的表彰奖励。

后来在个人贷款部工作时结交了不少个体老板，看到老板们出手阔绰，穿名牌衣服，开高档轿车，我既羡慕也嫉妒，总想着自己什么时候也能混成那样。

那些年，银行员工月工资不过几百元，还不如好企业员工的工资高，更不能与个体老板比，人家请客吃顿饭就能花几百元。那时候因业务关系，个人贷款客户会请我们吃饭、唱歌，有时候有的客户不请，我也示意他们请，一来一往，便与社会上的商人混熟了。

我在与个体户商人打交道过程中参与了民间借贷业务。一开始只是把自己的一两万元钱放在混熟的个体老板手中，获得一点比银行存款高的利息。慢慢尝到了私人借贷的好处，于是参与的借贷金额逐渐增加。后来把亲戚的钱也拉了进来。

至于那笔十万元的担保，也是因为一场酒后碍于朋友面子稀里糊涂就在担保书上签了字。

后来因个人贷款业务关系加上妻子的交往，我的社会交往也越来越多，沉迷于酒场，以至于县行把我纳入了异常行为关注范围，把我从个人贷款部调到了网点。由于我的日常表现不好，每年的个人年度综合评优考核都落后，导致工资晋升缓慢。我的工龄虽然不算短，但我的基本工资在同龄人中是最低的，甚至后来入行的大学生也很快就超过了我。每季度绩效分配我也是最少的。同龄同事要么提拔了，要么长了工资档次。我失去了心理平衡，希望在单位外找到收获来满足攀比心和虚荣心，于是对工作也不再积极，进入一种恶性循环之中。

直到县行通知我辞职后才幡然醒悟：从小家庭娇生惯养的环境造就了我不健康的价值观、人生观，滋生了我的虚荣心、攀比心，致使我在违规的道路上执迷不悟，越走越远。

我虽然有违规问题，但没给行里造成一分钱损失，也没挪用客户一分钱，这点我敢对天发誓。如果解除了劳动合同，我老婆也没固定工作，还有两个孩子需要养活，老父亲半瘫痪在床上，以后怎样过啊！看在我二十多年工作的分上，希望县行领导能给我最后一次机会。我会尽快把所有债务清理完毕，今后不再有任何违规行为。

恳请县行领导高抬贵手，给我一次重新做银行人的机会，今后本人如再出现任何违规问题任凭行领导处置，绝无怨言。

看罢陈伟的检讨书，黄原心情难以平静。检讨书为陈伟手写而成，与其说是"检讨书"，不如说是"悔过书"。上次信用卡套现时支行让陈伟写过一次检讨书，但那次只是说明了违规过程及问题，违规原因说得比较简单。这次陈伟的确是说出了心声，也深入剖析了违规的根源及个人生活轨迹。但可惜的是，现在才明白过来太晚了，说什么也无济于事了。

人生是一道解析题，每个阶段是判断题，每天的生活是选择题。完成了选择题，才有判断的权利；做好了判断题才有解析的意义。一旦选择错了人生方向，跌倒了才知道伤痛往往就晚了。

不过陈伟提到的基本工资、绩效工资低却是事实。老员工工资低的除了陈伟外，蒙山支行还有几个，如袁立新等。黄原早就发现了这个问题，作为省分行工会职工代表，前年他曾把这个问题提议上报了市分行工会。他也参加了省分行职代会，但他提的"关于提升老员工基本工资等级的建议"在会上没有得到相关答复，不知是因为市分行工会没有上报省分行，还是省分行没有列入会议报告中。基层行这部分员工工作几十年了，还不如入行几年的大学生工资高，黄原在提案中建议开展岗位工资摸底普查工作，对于工龄超过二十年以上工资等级仍处于较低档次的员工给予特殊处理，即普调一级工资，以纠正工资改革过程中的不足，提高老员工的工作积极性。但这个提案显然没有得到上级行的采纳。

今年的职工代表会又要召开了，市分行工会已经下发了会议预备通知，要求各支行上报职工提案。黄原打算继续上报该提案。黄原转发了市分行通知，还要征集全行员工意见，然后汇总上报职工提案。他来到营业部，希望再督促一下，也想现场听取一下职工意见。

营业大厅里，大堂经理李英兰听说要上报职工提案，她把黄原带到 ATM 机对外客户服务区，指着其中一台 ATM 机说："黄行长，你看这画面上的提示内容——'无介质交易'，明白的客户知道是不用银行卡的交易，可明白的客户能有几个啊？"

"这个问题你们可以通过优化建议上报省分行网讯或单独上报科技部门。这种称谓应该是软件开发方案中的专业术语，用在对外客户服务中的确不合适。"

"上报省分行网讯不一定能发表，发表了也不一定能改正。还有单位开立对公账户时单位名称不能超过十六个字，多一个也开不上户，给上级行汇报了几次至今也没解决。还有咱行里的对公、个人网上银行客户也反映网银系统不好用。特别是个人网上银行登录后弹出的画面花里胡哨，全部是 AB 银行购物网站售货广告，吓得客户都不敢用了。网上银行本来是一个庄重而令客户信任的对外服务渠道，现在竟然成了卖东西的杂货铺，本末倒置，真不知上面领导是怎么想的。据说总行两千多人的科技研发队伍，成天在开发大楼研究软件开发，怎么不下来问问客户需求，问问基层员工的意见呢？"李英兰滔滔不绝，把日常积累的意见一股脑儿都捅了出来。

"你这个建议我可以整理一下上报职工提案，不过具体的业务问题还要按业务需求逐级上报上级行对口部门，上报时一定要把存在的具体问题、优化建议都写明白了。"黄原心想，一个网点大堂经理都积累了这么多建议，如果把基层各岗位层次的员工建议都集中起来，那将会是一个可观的数量，若再将这些建议择优改进，对 AB 银行业务发展肯定会大有益处。

"好的，我把业务方面的建议整理好先发给您，您帮忙修改一下再上报上级行。"李英兰停顿了一下，接着说，"哎，黄行长，您看到网上公布的 AB 银行员工的平均工资了吗？"

"看了，怎么了？"黄原问。

"怎么差距这么大？我们连平均数的三分之一也拿不到啊！网上会不会是胡说的？"

黄原对李英兰的疑惑进行了解释，告诉李英兰网上公布的数据是没问题的，收入差距问题形成的因素是多方面的。

其一，网上公布的平均工资是财务数据中的发放工资费用总额，包括了支出扣除的部分，比如缴纳的养老金、企业年金、个人纳税等，而基层员工对比的工资收入是个人工资的纯收入，即不包括已经支出扣除的部分。

其二，大型商业银行层级太多，基本和党政机关设置一样，从总行、省分行、市分行、基层支行、网点，一级比一级职务高，工资也肯定是由高到低下降的，所以，基层行员工工资最低也就在所难免。作为一般员工县域支行与市分行收入差别不大，因为都是同一个独立核算单位。但从省分行开始，收入差距就拉开了，总行与省分行又拉开一截。凡是管理层次多的大单位几乎都存在这种情况。

其三，大城市消费高，加之行业之间参照、行业之间人才竞争压力，造成大型银行的总行、省分行工资不能低，否则，大型商业银行的人才都流失到小型股份制银行去了。

其四，大城市有资源优势，即便同样是基层营业网点，但他们占据了天时地利。比如集团大客户资金归集业务，全国各地的子账户日终存款全部要归集到总公司账户，即各县（区）支行底层网点子账户收缴的存款每天都要全部上划总公司。子账户所在基层行就没有效益，存款效益全部集中到了总公司即大城市的账户开户银行。

黄原最后笑着说："虽然我们比上级行收入低，但我们与本地工薪阶层收入相比还是高的，所以就知足吧。"

"不知足还能怎样？谁让我们在最底层支行工作呢。"李英兰说着笑了。

黄原没再接话，他是想安抚职工的情绪，但商业银行员工收入差距大也是不争的事实。机构层级差异、机构业绩差异、员工职级差异等因素都对员工收入有不同影响，特别是员工职级差异对收入影响最大，管理岗位的员工拿年薪，是经办岗位员工的数倍，管理岗位级别多，级差也大，虽然人数不多（总行最多，机构层级越低人数逐渐少），但收入非常高，因此拉高了全行的平均工资水平。

每年网上各商业银行平均工资发布之后，除了被其他行业热议和羡慕，很多系统内经办岗位员工却感到难以置信，直言拖了单位后腿，自嘲工资被平均。因为工资差距大，平均工资确实不能代表系统内多数员工的实际收入水平，银行大多数的经办岗位员工拿不到平均工资，甚至与全行平均工资差距还很大。特别是基层岗位员工，他们承担着最繁重、最琐碎、最有压力的工作，却拿着最低的工资，很多人的收入还不到全行平均工资的一半，他们是默默无闻的奉献者，是最可爱的银行基层人！

黄原前两年也写过提高基层员工收入水平的提案，但也不了了之，因为这不是某个具体银行的问题，而是整个银行业的共性问题。好在与本地工薪阶层收入相比，基层普通员工的收入也不算低，只能看开吧。

从营业部回到办公室，黄原受李英兰提示，又总结了一条职工提案：关于大力开展调研工作提升我行市场竞争力的建议。

案由：目前我行市场竞争力提升缓慢。分析原因如下：

一是同业成功模式与经验未充分借鉴，造成我行某些业务领域已经落后同业。

二是存在业务发展与市场需求脱节现象。客户服务工作（包括产品研发与推广）与客户之间缺乏有效的沟通交流，市场信息反馈机制不健全，造成客户流失或新产品推广效果不理想。

三是缺乏专业的市场调研队伍，造成市场信息、员工建议无法充分得到采纳与反馈。

四是全行员工出谋划策积极性不高、渠道不畅，未形成全员创新、群策群力谋发展的格局，发展依靠员工、发展为了员工的经营理念未得到有效落实。建议：

（一）省市分行分别成立专业市场调研团队，定期下基层、访客户，深入开展调研工作。

一是调研同业经营发展中好的经验、优势产品，如调研团队通过使用同业 ATM 机体验，综合改进我行 ATM 机功能。通过使用同业网上银行体验，改进我行网银功能；通过使用同业 POS 机、快捷支付产品等改进我行产品。二是调研团队深入客户，广泛调研市场需求，同时对客户使用我行产品情况进行信息搜集，根据客户建议、客户体验来改进我行产品功能、操作流程等；对流失的大客户进行跟踪调研，查找客户流失原因，并据此改进营销措施或考核办法。三是调研团队走进基层、走进员工，与我行一线员工面对面交流、沟通，征求员工建议及改进措施等，对成功案例进行全行推广或复制开展。调研团队不仅要对业务发展征求意见建议，还要倾听一线员工呼声，对基层员工个人职业发展、改革发展中存在的问题及合理化建议进行征集与汇总，比如人事管理问题、团队建设问题、薪酬管理问题等，为高层发展改革决策提供参考依据。

（二）健全员工创新献策长效机制，畅通员工建言献策渠道，真正实现全员创新、群策群力谋发展格局。

一是建立健全员工创新网络渠道，既要建立外网创新建议专用渠道，如电子邮箱、微信公众号等，又要建立内网创新建议渠道，如内部办公邮箱、系统内网讯园地等。并将以上专用渠道全行公布，方便全行员工建言献策。二是开展月度、季度、年度创新献策评选活动。对于以上各渠道建言献策要安排具备专业特长的专人进行收集、梳理、汇总，开展月度、季度、年度创新献策评选并通报表彰奖励，鼓励全行员工敬业爱岗、争先创优积极性。由被动机械执行变为参与措施方案制定，增强员工的参与感、成就感。

（三）将员工好的创新建议付诸实际业务发展中。除开展以上创新评选奖励外，重点是将员工好的建议、措施组织实施到我行业务发展中，让员工感受到自己创新的价值。省分行能够实现的，要限期组织实施；省分行不能实现的，要及时汇总上报总行，申请总行组织会诊后筛选实施。同时要将实施情况反馈到创新或建议人。

以上建议措施的实施，必将对推动各项业务健康快速发展起到积极作用，真正让"发展依靠员工"的经营理念落地生根、开花结果。

黄原整理好以上提案存放到专用文件夹里，以便汇总其他提案建议后一并上报市分行工会。如果不及时总结出来，事后一忙就又忘记了。黄原期待这些建议能够得到上级行的重视，切实解决 AB 银行业务发展与市场脱节以及大企业发展过程中存在的种种问题。

又过了几天，陈伟依然没有递交辞职报告。

邢真把黄原叫到办公室，说："陈伟的检讨书我看过了，写得很好，可惜明白的太晚了。既然他本人不愿自动辞职，就按流程办理辞退手续吧，让办公室下个会议通知，今晚班后召开全行员工会议，没有特殊情况一律不允许请假。"

四楼大会议室，晚六点半，全行员工工会会议准时召开。主席台上，邢真、李之栋、黄原就座，工会主席黄原主持会议。黄原首先通报了陈伟近期的违规情况，宣布了本次工会会议的主要议题就是全行员工针对解除陈伟劳动合同事宜进行表决。

"根据总行员工违规处理规定，报经市分行研究同意，支行拟解除陈伟劳动合同，不同意的请举手。"黄原宣布，整个会议室鸦雀无声，没有一个举手的。

"好，没有不同意的。弃权的请举手。"黄原继续宣布，整个会议室依然鸦雀无声，也没有一个举手的。

"好，没有弃权的，我宣布，关于解除陈伟劳动合同一事，全行员工一致通过。"黄原说。

整个会议不过十几分钟的时间，但对于陈伟而言却是一个不小的打击，他的银行职业生涯从此结束了。

随后，支行按规定向陈伟下达了解除劳动合同通知书，并告知其权利，如有异议可以在规定时间内进行申诉。

一周后，蒙山支行接到了县劳动仲裁委员会的应诉通知，要求蒙山支行十天后按规定日期到县劳动仲裁委员会应诉。原来是陈伟到县劳动仲裁委员会进行了申诉。

邢真安排黄原准备应诉材料。黄原清楚，关于解除陈伟劳动合同事实清楚，证据确凿，胜诉应该没问题。黄原将陈伟借条的复印件、法院查询冻结陈伟工资账户的资料复印件、前期信用卡违规套现资料、支行关于陈伟违规套现处理通报以及总行相关员工违规处理规定、监管部门关于商业银行员工禁止性规定、全行员工工会会议表决资料等整理齐全，一式四份，一份提前交给了县劳动仲裁委员会，三份留存开庭应诉时备用。

十天后，县劳动仲裁大厅，关于陈伟劳动纠纷仲裁如期开庭。原告陈伟聘请了律师，陈伟与律师两个人出庭。被告由蒙山支行黄原、文波出庭。宣布仲裁开始后，首先由陈伟的律师进行申诉发言，主要表述了陈伟的所有行为是符合国家法律的，不仅不违法，而且也没有给蒙山支行及其客户带来任何资金损失，因此蒙山支行解除陈伟劳动合同是处理严重了。

黄原再次向主审人递交了相关证据材料，同时向陈伟的律师递交了一份，并阐明了商业银行是特殊行业，有自己的行业规定。陈伟违规事实清楚，证据充分，蒙山支行依规解除陈伟的劳动合同合规合法。

庭审只进行了半个多小时主审人就宣布结束，告知双方仲裁委员会最后裁决结果将另行通知。

半个月后，县劳动仲裁委员会下达了最后仲裁书，驳回了陈伟的申诉，宣布蒙山支行解除陈伟的劳动合同合法有效。

邢真参加省分行培训还没有回来，黄原接到县劳动仲裁委员会的仲裁结果通知书后，第一时间通知了邢真。

邢真下午接到黄原的电话时刚从省分行结束培训回到家里。今天是星期五，所以邢真没有再回单位。儿子今晚住校，难得有时间在家里向妻子表现一番，所以邢真到超市买了几样妻子喜欢的菜品，准备露一手，陪妻子喝盅酒，让妻子高兴高兴。

刘媛下午五点多回到家里，进门便闻到了饭菜香，一看餐桌上已经摆好了菜品：油炸大虾、红烧排骨、风味茄子、海米炒西蓝花、糖拌萝卜苗、凉拌黄瓜丝，都是刘媛平时喜欢的菜。一瓶红酒也已经打开了包装。

"就我们两个人吃饭，你做这么多不是浪费吗？"刘媛嘴上说着，心里却感觉暖暖的。

"你是家里的功臣，做几个菜表彰奖励一下怎能算浪费呢，快洗手开吃。"

吃完饭后，两人坐在沙发上边看电视，边聊天，仿佛又回到刚谈恋爱的时候。

二十八

　　转眼又到了秋天，秋天是收获的季节。

　　蒙山县是有着百万人口的大县，为房地产行业发展奠定了基础。蒙山支行个人住房贷款业务也有了大突破，已经占据了全县市场份额的近半壁江山。个人贷款总额也超过了公司业务贷款，为支行创收奠定了基础。

　　蒙山支行个人贷款业务计划完成率在全市系统内排名已经跃居第一，为支行经营业绩综合考核提升贡献了力量。

　　这个成绩是邢真努力争揽的结果，跑县里政府部门，找县长，到房地产开发商拉业务，一直没有停下。

李之栋近一年来逐渐改变了对邢真的看法，从设备砸人事件到银行卡盗刷案件，从争揽县里的财政存款、土地存款到营销个人贷款等，切身感受到了邢真的工作能力，由起初的不服气，到后来的认可，再到佩服，他也跟着邢真学到了不少东西。李之栋分管个人贷款业务，一年来积极作为，全力以赴，经常带着市场二部主任魏新宇主动外出营销，为个人贷款业务突破性发展发挥了积极作用。

魏新宇不负众望，自从竞聘当上市场二部主任后，积极作为，冲锋陷阵，带领着市场二部员工加班加点，确保了所有楼盘贷款及时发放。高效与周到的服务，赢得了各房产开发商的一致好评，在市场竞争激烈的当下，为提高蒙山支行个人贷款市场份额发挥了先锋作用。

正是蒙山支行个人贷款业务取得的优异成绩，市分行研究决定，提拔李之栋异地任职行长，派王辉、任真两人来蒙山支行对李之栋进行先期考察。虽然是考察李之栋，但考察时对外公开只能说在蒙山支行选拔一名行长人选，所以，也不排除大家不推荐李之栋的情况。如果推荐李之栋的人员占比过低，市分行提拔他的计划就会取消。

当听到市分行要在蒙山支行考察行长人选时，黄原心动了。他知道邢真对李之栋前期的工作有成见，而自己一直是死心塌地工作的。虽然有时对邢真的提议会表示不支持意见，但那都是为了工作，没有掺杂个人利益。尤其是在设备砸人事件、银行卡盗刷案件中，他发挥了重要作用，如果哪一件没成功解决，都够他邢真受的，他邢真对此也应该心知肚明。一把手的意见很关键，黄原认为邢真对他会比较认可。

李之栋得到这一消息时，心里是忐忑的。虽然他知道，市分行这次的目标人选是他，但邢真对他究竟是什么态度还不确定，邢真刚到蒙山支行初期，他给邢真留下的印象是不咋样的。

邢真得到这一消息时是高兴的。只有蒙山支行一名副行长提拔了，才能空出一个副行长的位子，然后提拔支行新的员工。黄原是不能走的，还要继续为蒙山支行保驾护航，他的性格也不适合当一把手。至于新的副行长人选，邢真心里也已有了目标。

这天，王辉、任真来到蒙山支行开始了考察工作，两个人与邢真说明情况后，支行三楼会议室，谈话开始了。

第一个被谈话的自然是邢真。

邢真希望李之栋提拔成功，一是自己培养出来的干部，二是为了蒙山支行再提拔新人，三是他知道市分行的目标人选是李之栋，所以上来就推荐了李之栋，且只挑好的说。

"优点说得不少了，还是说说李之栋的缺点和问题吧。"王辉笑着打断了邢真的话。

"要说他的缺点也不是没有，多少有点老好人的感觉，处世比较圆滑。"邢真说到这里，王辉、任真不约而同地笑了起来。

"搞营销的都有这特点吧，灵活性强。不过位置不同观念也会改变，当了一把手可能就不一样了。"邢真说完也笑了。

当王辉、任真与黄原谈话时，黄原问："能推荐自己吗？"

"当然能。"王辉、任真几乎不约而同地说。

"那我就推荐自己吧。"黄原谈了自己对任职行长的认识与看法。当王辉问起李之栋的情况时，黄原首先肯定了李之栋的营销能力，尤其是分管的个人贷款业务取得的成绩。说着说着话锋一转，竟谈起了对大力发展个人贷款业务未来的担忧。

黄原说，房地产如果成了区域经济发展的支柱，经济发展是不可能持久的，终究会有房地产行情转向的时候，不可能一直好下去。而一旦市场出现了转折，如果个人住房贷款占比过高，银行的日子可能就会不好过。

同时，以房地产支撑经济发展，还削弱了众多普通百姓的消费需求。你想啊，老百姓把辛辛苦苦挣的血汗钱都砸到房子上了，还要再拼命挣钱还房贷，哪里还有闲钱再用于其他消费！而单靠少数有钱人的消费总是有限的。消费低迷了，反过来又会制约经济发展……

王辉、任真微笑着听黄原讲大道理，王辉看了一眼任真，任真打断了黄原的阔论："说得有道理。以后的事我们管不了了，谈谈李之栋的缺点或存在的问题吧。"

"不好意思，跑题了。"黄原意识到自己说多了，不自觉地用手抚摸一下头，接着说，"要说缺点嘛，怎么说呢，在内控风险管控方面，需要进一步加强管理。一岗双责嘛，营销与管理要齐抓并进，既要重视营销，也要重视管理。"

半个月后，对李之栋的考察、公示结束了，市分行下发了正式任命文件，李之栋被调到沂河支行主持工作，正常的话，半年后即可转为行长。李之栋上任前的那一天晚上，邢真在单位伙房设宴为李之栋钱行，支行主任以上的都参加了。酒场结束时，喝了不少酒的李之栋紧紧拥抱了邢真，哽咽着流下了眼泪，半天没有撒手。

邢真也被市分行作为后备干部推荐到省分行，入了省分行后备干部人才库。下一步，市分行提拔二级分行级行长助理或副行长，就会被优先考虑。

黄原看到李之栋的公示后，好几天耷拉着脸，见了邢真躲着走。邢真看出了黄原的心思，找机会与黄原谈了一次话，告诉黄原：市分行的考察是有目标人选的，还说蒙山支行可以没有他邢真，但离不开黄原，因为蒙山支行不缺营销人员，缺真正懂风险管控的人。慢慢地，黄原也就想开了，干行长也不容易，尤其是自己的性格或许也不适合当一把手。

但黄原偶尔还会有一种失落感。他接触的一把手各式各样的都有，以其昏昏使人昭昭者有之，业绩平平依然在位的也有之，只要不出大问题，照样干；即便出点小问题，大不了换个位置也是平调，照样享受正职待遇。邢真这样的一把手是少见的，在他熟识的支行一把手中，邢真是他最佩服的一个。

用人机制改革尤其是干部提拔任用也是国有大企业改革的难点。公司利益与个人利益不完全一致，高管掌控大权与监管相对失控或缺失，这些矛盾与问题是滋生各种腐败的主要原因；用人唯亲、官僚主义、形式主义、推诿扯皮、失职渎职等大企业病会不可避免时有发生。国有企业改革任重道远，如何既让大企业高管拥有企业经营管理权利，又能在有效监管中运行权利，让高管权利运行公开透明合规合法，这是国企用人改革的重点。

李之栋调走后，邢真向市分行推荐了蒙山支行拟提拔副行长人选，第一人选是郑丽芳，后备人选是周强。近期市分行将到蒙山支行进行副行长人选考察。

员工对于郑丽芳、周强也有不同的看法：郑丽芳性格随和，能说会道，客户人缘好，但只从事过个人业务管理，没有信贷业务工作经历。周强多年从事对公业务，公司业务尤其是信贷业务经验比较丰富，但与客户交往方面不如郑丽芳善于表达。

但人总是在不断自我改变的，每个人所处地位不同其表现也会不同。平台可以改变一个人，关键要看是否能够向上跨过台阶，站在高一级的平台上。

不管最后被提拔的是郑丽芳还是周强，蒙山支行中层都会发生一系列的变化。邢真也提前做了准备，参照上级行人才后备办法，采取竞聘方式选拔了支行中层后备人选，营业部理财经理高雨欣、市场一部客户经理胡勇强成功入选支行中层后备人才库。

半年后，2013年的春天来了，邢真来蒙山支行已经三年了。郑丽芳已提拔为蒙山支行副行长，接替了李之栋的营销分管工作。

梁玉红由朝阳路网点调任营业部主任，营业部理财经理高雨欣提拔为朝阳路支行网点主任。

黄原仍为分管内控风险的副行长。

柜员陈瑛因在省级文明单位创建工作中表现良好，工作积极主动，成为网点业务主管后备人选。

2012 年全市第四季度支行综合业务考核通报下发了，蒙山支行在全市十九家县（区）支行排名第四。一季度已经结束，市分行综合考核结果还没有出来，从目前蒙山支行主要业务指标完成情况看，不出意外的话，2013 年一季度蒙山支行会顺利进入全市前三名。

邢真看到市分行通报会心地笑了，提前一个季度完成了三年前对市分行的承诺，得到了市分行的高度认可。

邢真心里想着，现在可以抽机会向市分行提出回市分行工作的要求了。

但还没等邢真去市分行汇报个人的想法，他便得到了一个可靠消息，他已被调往沭河支行继续任职支行行长。蒙山支行行长一职由市分行公司业务部一位副总来接替。市分行刚开会通过，正式公文随后就会下发。

邢真心里明白，沭河支行这几年如同三年前的蒙山支行，全市综合业务考核一直排名倒数第一，员工人心涣散，全行员工对支行领导班子意见较大，向上级行写人民来信的不断。显然，市分行是想让邢真去沭河支行扭转被动局面的。

邢真心想事不宜迟，在正式公文尚未下发前，必须尽快找市分行宋泽民行长、张岳副行长谈谈，否则就来不及了。

邢真将这一消息立马打电话告诉了温欣，温欣给了他一个建议，希望邢真辞职，到鲁南新型建材有限公司或到长春总公司干，收入一定比在银行高出许多。

之后，邢真将工作调动的事又打电话告诉了妻子。妻子的态度很明确，坚决反对邢真到沭河支行任职。

正在邢真考虑自己的未来职业规划时，邢真和妻子共同的大学同学，鲁商银行的乔新打来了电话。

现在的乔新已经由人事部总经理提拔为鲁商银行的行长助理了。是邢真的妻子给乔新打的电话，想让乔新劝劝邢真，不能再去沭河支行任职了。乔新是了解邢真的，邢真是干事创业的人，家是牵绊不住的。乔新想让邢真去鲁商银行，到总部任部门总经理或到沂州市分行任职副行长，收入可观。乔新还说与鲁商银行一把手关系很好，只要邢真同意，应该没问题。邢真没有答应，也没有拒绝，说再考虑考虑。

第二天一大早，邢真给黄原打了个招呼，说是有点事回家一趟，驾车直奔日兰高速。

上高速后十多分钟时间即到了蒙山脚下，路北数公里之外，春天的蒙山已经满山翠绿，浩荡的蒙山山脉一个个山峰若隐若现、连绵不断，宛若一巨型的水墨丹青画长廊慢慢飘移过车窗，再一次映入邢真眼帘，使他不由得想起了三年前来蒙山就职时同样的一幕，宛若就在昨天。

但此时的邢真心里已没有了任何包袱，一身轻松，扫一眼美丽的蒙山，除了曾经美好的记忆，还产生了一种依依不舍的依恋。

邢真把油门踩到了最高限速，风驰电掣一般，打开了车载音乐播放机，一首《飞得更高》在车中激扬回荡：

我要的一种生命更灿烂
我要的一片天空更蔚蓝
我知道我要的那种幸福
就在那片更高的天空
我要飞得更高　飞得更高
狂风一样舞蹈
……